MICHAEL GERBER
Barry Trotter
und der unmögliche Anfang

Buch

Hermeline hat genug vom dauerinfantilen Gebaren ihres neununddreißigjährigen Göttergatten Barry Trotter und greift in ihrer Not zu einem drastischen Mittel: Sie schickt Barry zum Schulpsychologen von Hogwash, Dr. Ritalin. Dieser wiederum schickt Barry Trotter durch Hypnose auf eine ganz andere Reise, nämlich die in die Vergangenheit, denn irgendwo dort muss der Grund für Barrys kindlich-kindisches Wesen begraben liegen. Nach nur wenigen Sitzungen kristallisiert sich heraus, dass die Geschehnisse während eines Schuljahres in Hogwash der Schlüssel für seine Unfähigkeit zu altern sein müssen. Jenem Jahr, in dem nicht nur Barrys Konflikt mit seinem mordlustigen Erzfeind Lord Valumart, sondern auch der mit seinem Erzerzfeind Schulleiter Bumblemore eskalierte. Und des Weiteren jenem Jahr, in dem Barrys einziger Freund Lon von einem tragischen Sportunfall (an dem Barry nicht ganz unschuldig war) ein klaffendes Loch im Kopf zurückbehielt, durch das auch heute noch der Wind pfeift ...

Autor

Michael Gerber, geboren 1970, ist Amerikaner, sieht sich als Autor aber eher in der Tradition großer englischer Komiker wie Monty Python. Er wurde bekannt durch seine Raymond-Carver-Parodie »What We Talk About When We Talk About Doughnuts« (»Wovon wir reden, wenn wir von Doughnuts reden«) und schreibt unter anderen für den *New Yorker* und das *Wall Street Journal*. Mit dem ersten, ursprünglich im Selbstverlag veröffentlichten Band seiner Harry-Potter-Parodie landete er einen großen Überraschungsbestseller. Michael Gerber lebt mit seiner Frau und drei Katzen in Chicago, Illinois.

Von Michael Gerber außerdem bei Goldmann lieferbar:
Barry Trotter und die schamlose Parodie (45815)
Barry Trotter und überflüssige Fortsetzung (46017)
Die Chroniken von Blarnia. Die ultimative Parodie (46211)

Nicht von Michael Gerber, sondern lediglich in der Hoffnung hier aufgeführt, dass jemand nicht so genau hinsehen und versehentlich Tantiemen an ihn überweisen könnte. (Und wenn er den Fehler bemerkt, ist es *zu spät!* Ha, ha, ha, ha! Gnihihi!!!)
Die Bibel
Das Guinness-Buch der Rekorde
Worte des Vorsitzenden Mao-Tse-tung
Das Tal der Puppen

Michael Gerber

Barry Trotter

und der unmögliche Anfang

Deutsch von Tina Hohl
und Heinrich Anders

GOLDMANN

Die Originalausgabe erschien 2004 unter dem Titel
»Barry Trotter and the Dead Horse«
bei Gollancz, London

FSC
Mix
Produktgruppe aus vorbildlich
bewirtschafteten Wäldern und
anderen kontrollierten Herkünften
Zert.-Nr. SGS-COC-1940
www.fsc.org
© 1996 Forest Stewardship Council

Verlagsgruppe Random House FSC-DEU-0100
Das FSC-zertifizierte Papier *München Super* für Paperbacks
aus dem Goldmann Verlag liefert Mochenwangen Papier.

3. Auflage
Deutsche Erstausgabe Juli 2006
Copyright © der Originalausgabe 2004 by Michael Gerber
Copyright © der deutschsprachigen Ausgabe 2006
by Wilhelm Goldmann Verlag, München,
in der Verlagsgruppe Random House GmbH
Umschlaggestaltung: Design Team München
Umschlagmotiv: Mark Gmehling, www.braincorps.de
An · Herstellung: Str.
Satz: Buch-Werkstatt GmbH, Bad Aibling
Druck und Bindung: GGP Media GmbH, Pößneck
Printed in Germany
ISBN: 978-3-442-41665-3

www.goldmann-verlag.de

Für

Hoffnungslos umzingelt von Valumarts Unterlassungserklärungen schwenkenden Ninjas, zog Barry seinen Zauberstab und brüllte: »*Dieses Buch ist eine Parodie! Jegliche Ähnlichkeit mit urheberrechtlich geschützten Figuren oder Stoffen bzw. mit noch lebenden oder verstorbenen Personen außer zum Zwecke der Satire ist zufällig und nicht beabsichtigt! Weder J. K. Rowling noch Bloomsbury Books, Warner Bros. oder irgendein anderer Inhaber von Rechten oder Lizenzen an den Harry-Potter-Romanen oder -Filmen haben ihre Zustimmung zu diesem Buch erteilt, und es soll auch in keiner Weise angedeutet werden, dass sie irgendetwas damit zu tun hätten* ... Und schon entfaltete der uralte Zauberspruch zur Abwehr rechtlicher Schwierigkeiten seine magische Wirkung.

Michael Gerber nimmt unter Berufung auf den Copyright, Designs and Patents Act von 1988 das moralische Recht für sich in Anspruch, als Autor dieses Buchs gelten zu dürfen. Nach Ansicht der meisten Gelehrten ist es jedoch das Werk hochintelligenter Hefe.

INHALT

Vorbemerkung des Autors 9

Eins	Die Zielgruppe	13
Zwei	Der Fummelfritze	31
Drei	Das Lied der sprechenden Mütze	45
Vier	Die Macht des Geistes	55
Fünf	Quaddatsch, der Deppensport	70
Sechs	Ein Mädchen und sein Schwein	86
Sieben	Barry als Dichter	111
Acht	Alle Wege führen nach Rom	129
Neun	Im Namen des Gesetzes	161
Zehn	Der Schmuklapp	173
Elf	Laufe niemals mit dem Zauberstab	203
Zwölf	Barry Trotter gibt den Löffel ab	210
Dreizehn	Ah, Unterwelt!	232

Vierzehn	Die Stunde der Wahrheit	255
Fünfzehn	Das große Rennen rund um die Welt	261
Sechzehn	Hermeline platzt die Hutschnur	280

Bibliografie 283

Diskussionsanregungen für Lesegruppen 285

Vorbemerkung des Autors

Ich werde oft gefragt (und, weiß Gott, ich frage mich selbst): »Warum schreibst du eigentlich all diese Bücher?« Die Antwort lautet schlicht und einfach: Ich brauche dringend Geld. Ehrlich gesagt, bin ich so gut wie pleite – ich schreibe diese Worte auf dem Einwickelpapier eines Big Mac an einer Bushaltestelle in einer Stadt, die so arm ist, dass sie sich nicht mal einen Namen leisten kann. Das ist mein Zuhause. Das Schriftstellerdasein ist längst nicht so toll, wie man es sich gemeinhin vorstellt, und so wahnsinnig toll stellt man es sich ja ohnehin nicht vor.

Lassen Sie mich zunächst zu den kursierenden Gerüchten Stellung nehmen. Was auch immer Sie gelesen haben – es ist nicht wahr, dass ich Millionen von Dollar ausgegeben habe, um Madonna rumzukriegen. Wir sind beide glücklich verheiratet (nicht miteinander). Und es stimmt auch nicht, dass ich ein Vermögen in die Errichtung des größten Lego-Bauwerks der Welt gesteckt habe. Man könnte meinen, diese Unterstellung sei zu absurd, um überhaupt darauf einzugehen, aber Sie würden sich wundern, wie viele Leute mich danach fragen. Richtig ist, dass ich mir zur Feier der Fertigstellung von *Barry Trotter und die überflüssige Fortsetzung* einen alten Jaguar gekauft habe, aber der ist nur zwölf Zentimeter lang und steht auf meinem Schreibtisch.

Ich bin ein genügsamer Mensch – ich brauche nur ein Dach über dem Kopf, irgendetwas Einfaches zu essen und ein Kinderbuch zum Parodieren, schon bin ich zufrieden. Nach dem Erfolg der ersten beiden Barry-Trotter-Bände hätte ich in der Lage sein sollen, meinen Lebensabend einzuläuten, von den Tantiemen zu leben und mir meinen Traum zu erfüllen: eine Kette von Drive-Through-Hochzeitskapellen. Aber wie so viele andere im Showbusiness vor mir habe ich den falschen Menschen vertraut. »Menschen«? Schön wär's.

Vor ein paar Jahren lernte ich auf einer Interviewreise anlässlich der Veröffentlichung des ersten Bandes ein paar Mäuse kennen. Ihr Anführer war ein sehr charmantes, bräunlich graues Exemplar namens Timothy. Timothy behauptete, er sei unsterblich, aber vor allem war er sehr komisch und kannte alle möglichen faszinierenden Geschichten über die Reichen und Berühmten. Wir führten viele lange und, wie ich glaubte, recht tiefsinnige Gespräche, und bald waren wir unzertrennlich.

Wir hatten eine schöne Zeit miteinander ... eine *wilde* Zeit. Ich weiß noch, wie Timothy und ich eines Sommers mit einem VW-Bus durch Europa gegondelt sind. (Ich hatte ihn so umrüsten lassen, dass er ihn fahren konnte.) Als Timothy mir anbot, mein Agent, Buchhalter und Manager in Personalunion zu werden, nahm ich bereitwillig an. Ich gehöre nicht zu den Menschen, die der Meinung sind, eine Körpergröße von nur fünf Zentimetern würde einen automatisch für eine leitende Position disqualifizieren. Ich bin selbst nicht der Größte.

Wie ich erst sehr viel später herausfand, ließ er binnen einer Woche mein gesamtes Vermögen auf sich überschreiben. Sämtliche Erlöse der ersten beiden Barry-Trotter-Bände wurden auf das Schweizer Nummernkonto des Nagers umgeleitet. Jedes Mal, wenn ich mich nach einem Scheck erkundigte, der nicht bei mir angekommen war, vertröstete mich Timothy mit irgendeiner Ausrede. Und ich war so dumm, ihm zu glauben.

Mit der Zeit wurde es immer schwieriger, Timothy telefonisch zu erreichen. Naiv, wie ich war, redete ich mir ein, dass er eifrig neue Projekte für mich an Land zog. Aber in Wirklichkeit schmiss er unglaublich kostspielige Partys, wurde süchtig nach Designer-Erdnussbutter und häufte bei den teuersten Käseläden Londons immense Schuldenberge an.

Zu allem Überfluss begann Timothy, sich überall auf der Welt *für mich auszugeben*. *Er* war es, der Madonna den Hof machte, *er* war der Lego-Fan, und *er* unterhielt Verbindungen zur »Mäusebefreiungsfront«! Ich würde nie im Leben auch nur einen Penny für eine derart fehlgeleitete und hasserfüllte Gruppe wie die MBF spenden, und ich war auch nie auf einer ihrer Kundgebungen. Man braucht sich das Foto nur anzuschauen: Es ist offensichtlich, dass es nicht mich zeigt. Ich bin zwar zu einem Achtel Sizilianer, aber ich bin nicht von Kopf bis Fuß mit Haaren bedeckt.

Erst viel zu spät wurde mir klar, was da ablief. Mein einziger Trost ist, dass die meisten Berühmtheiten, von denen Timothy erzählt hatte – Menschen wie Benjamin Disraeli, Sonja Henie, Maria Callas und UN-Generalsekretär Kofi Annan – sich ebenfalls von dieser kleinen Kanaille haben übers Ohr hauen lassen, wie ich herausfand. Wenigstens bin ich in guter Gesellschaft.

Großzügigerweise hat mein Verleger mir erlaubt, dieses Buch zu schreiben, um mit dem Gewinn, den es hoffentlich abwirft, diese Maus vor Gericht zu zerren. Aber leicht wird's nicht: Jede Nacht so gegen drei Uhr klingelt bei mir das Telefon. Wenn ich rangehe, höre ich eine Piepsstimme, die mir prophezeit, was für grässliche Dinge mir widerfahren werden, wenn ich dieses Buch veröffentliche. Ich bin sicher, es ist einer von Timothys gedungenen Schlägern. »He, Kumpel« (er nennt mich immer »Kumpel«; ich hasse es), »wenn du Barry 3 herausbringst, nagen wir alle Seiten raus ... Und dann sagen wir unseren Leuten in den Buchläden, sie sollen sämtliche Exemplare von den Regalen schubsen – dann sind sie angestoßen und müssen zurückgeschickt werden. Dein Verlag wird Millionenverluste erleiden!«

Natürlich habe ich Schiss. Wer hätte das nicht? Aber mein Verleger hat mir zugesichert, dass er für meine Sicherheit keine Kosten scheuen wird, und ich bin entschlossen, die nötigen Schritte einzuleiten. Bitte kaufen Sie dieses Buch, und sei es nur, um mich davon abzuhalten, weitere zu schreiben. Ich brauche Ihre Hilfe (oder besser gesagt: Ihr Geld), um meine Unschuld zu beweisen.

Ich danke Ihnen, dass Sie diese Zeilen gelesen haben, und hoffe, das Buch wird Ihnen gefallen.

M. G.
Eine Stadt ohne Namen, 2004

Kapitel eins
Die Zielgruppe

Die Filibustergasse schimmerte in der Sommerhitze. Seit Wochen schien die Sonne verkehrt herum. Ihre seltsam schweren Strahlen spendeten keine Energie, sondern sogen sie auf. Unter dieser himmlischen Verhörlampe wurde jede Tätigkeit in Zeitlupe, widerstrebend und unter unbeschreiblichem Schweißvergießen ausgeführt. Selbst den stets zahlreich vorhandenen Insekten in der Straße war das Beißen und Stechen zu anstrengend geworden. Jeder knochentrockene Grashalm wollte sich am liebsten auf der Erde ausstrecken und schlafen, zumindest so lange, bis England sich ein bisschen von der Sonne entfernt hatte.

Das einzige Geräusch an diesem Dienstagnachmittag war das Tropf, Tropf, Tropf des Schweißes, der von den verängstigten Eigenheimbesitzern herabtroff. Die Schule war aus; ganze Familien lugten besorgt hinter fest verschlossenen Türen und Fenstern aus ihren nicht klimatisierten Häusern. Wird meine Tochter heute ungeschoren an den Zombies vorbeigelangen? Oder werden sie sie wieder zwingen, Dreck zu fressen?

Draußen bewegten sich zwei Gestalten. Mit leerem Gesichtsausdruck und steifen Gliedmaßen wankten Werner und Pekunia Dimsley hin und her und taten alles, was ihr garstiges Mündel, der fünfzehnjährige Zauberer Barry

Trotter, von ihnen verlangte. Die beiden spürten nichts von der Hitze. Sie torkelten die Filibustergasse auf und ab, ließen bei sämtlichen Autos die Luft aus den Reifen, nagten Plastikbeutel mit Rasenschnitt auf und schütteten sie aus, schnappten sich irgendwelche Kinder und steckten sie kopfüber in Mülltonnen.

Da tauchte am anderen Ende der Straße ein achtjähriger Junge aus der Nachbarschaft auf. Howard – so hieß er – war ein fantasievolles Kind. Gedankenverloren stolperte er durch die Gegend, ohne die Zombies zu bemerken, die sich um ihn zusammenrotteten.

Mit einer Action-Figur schob Howard die Brille hoch, die ihm ständig die Nase hinunterrutschte. »Ihr Idioten«, sagte er laut, »niemand kann mein Magnetometer aufhalten!« Das war eine entscheidende Wendung in der Geschichte, die er sich gerade ausdachte.

»Das glaubst auch nur du«, sagte Howard mit etwas veränderter Stimme, was bedeutete, dass nun die andere Action-Figur sprach. »Dir werd ich's zeigen!« Dann knallte er die beiden Figuren gegeneinander und machte dazu ein leise krachendes Geräusch.

Fünfzehn Meter entfernt öffnete Howards Mutter einen Spalt weit das Fenster. Wenn die Zombies sie bemerkten, würden sie ihr unter Umständen mehrere Kilo Rasenschnitt durch den Briefschlitz schieben, aber dieses Risiko musste sie eingehen.

»Howard!«, schrie sie und zeigte verzweifelt mit dem Finger durch den schmalen Spalt. »Die Dimsleys! Lauf, Howard, lauf!«

Howard blickte auf, sah die zombiegewordenen Nachbarn und spurtete zur Haustür. Er schaffte es nicht.

»Arrghh«, sagte Pekunia, während sie den strampelnden

Howard zum dritten Mal in dieser Woche in eine Mülltonne stopfte.

»Arrghh«, pflichtete Werner ihr beflissen bei.

Da platzte Howards Mutter schließlich die Hutschnur. Mit dem Besen in der Hand stürmte sie die Treppe hinunter und lief schnurstracks auf die Dimsleys zu.

»Ihr verdammten Zombies!«, rief sie, wobei sie wie wild mit dem Besen herumfuchtelte. »Haut bloß ab hier!«

Während sich die Dimsleys die Luft tatzend und knurrend zurückzogen, half Howards Mutter ihrem Sohn aus der Mülltonne. »Ihr beide solltet euch was schämen!«, brüllte sie. »Und dieser bekloppte Trotter-Junge auch!«

Ermutigt durch diesen Akt der Auflehnung, schlug die wegen der Hitze ohnehin ziemlich gereizte Filibustergasse zurück. Fenster und Türen flogen auf, und alle möglichen Gegenstände begannen, auf die zurückweichenden Zombies herabzuregnen, geworfen von verschwitzten Anwohnern, denen es einfach zu bunt wurde.

»Geschieht euch recht, ihr Bastarde!«, brüllte einer von ihnen von der Treppe seines Hauses aus. »Ich weiß, dass ihr meinen Hund gefressen habt!«

Barry Trotter beobachtete den Tumult von drinnen mit tiefster Befriedigung. Endlich begriff er, wovon die Zauberärzte immer redeten – Zombies zu haben war toll! Diesen Experimentierkasten zu bestellen war die beste Idee, die er seit Jahren gehabt hatte.

Und doch überkam ihn ein höchst sonderbares Gefühl. Freute er sich etwa darauf, wieder zur Schule zu gehen? Immerhin war er inzwischen, da J. G. Rollins' nur vage an die Realität angelehntes Werk *Barry Trotter und der Steinpilz der Weisen* wegging wie warme Semmeln, in Hogwash zu einer Art Gott geworden. Also wirklich, wenn's um Bücher ging, kauften die Leute wirklich alles!* Aber konnte es angehen, dass er deswegen den ersten Schultag herbeisehnte? Nein, unmöglich. Barry zog die Vorhänge zu, und es war wieder dunkel im Zimmer.

Als er sich so auf seinem ungemachten Bett ausstreckte und desinteressiert auf das Fußballspiel im Fernsehen starrte, legte sich die Langeweile über Barry wie eine Zeitung vom letzten Monat. Nachrichtensprecher zum Rülpsen zu bringen machte nur die ersten fünfhundert Mal Spaß ... Und Fußballtore wieder rückgängig zu machen brachte nur dann etwas, wenn man auf das Spiel gewettet hatte. Vielleicht kann ich, wenn ich es oft genug hintereinander tue, Frankreich und Honduras dazu bringen, einander den Krieg zu erklären, dachte Barry feixend.

Das irritierende Gefühl kehrte zurück. Nein – Lust, zur Schule zu gehen, war es nicht. So eine starke Empfindung, ob positiv oder negativ, konnte Hogwash gar nicht hervorrufen. Schwindelgefühle, Furcht, Begeisterung und der Drang zu fliehen ... Wäre er nicht in der Filibustergasse gewesen, hätte er geschworen, dass Marketoren in der Nähe waren.

Barry hörte ein Geräusch und ging ins Badezimmer. Er stellte sich auf die Toilette und schaute aus dem Fenster. Was er sah, löste bei ihm eine Mischung aus Abscheu und größter Freude aus: Im Garten, vier Meter unter ihm, umringte ein Trupp von Marketoren in blauen Nadelstreifen-Anzügen Dicky Dimsley. Da er ein Muddel war (und obendrein ein außerordentlich beschränkter), konnte Dicky nicht wisssen, dass Marketoren die Geißel der Zauberwelt waren und niemand – vielleicht nicht einmal Barry – den »Zielgruppen« entkommen konnte, Horden von Marketoren, die an einzel-

---

* Aber wem sag ich das!

nen unglückseligen Testobjekten ihre fürchterliche Bösartigkeit exerzierten.

»Mum! Dad! Im Garten sind so ... komische Typen ...!«, brüllte Dicky, der bereits unter dem Einfluss des alle Sinne betäubenden, extrem teuren Eau de Colognes der Marketoren stand.

»Argggh«, grunzte Werner dumpf. Er und seine Frau verschlangen gerade auf der Veranda, auf die sie getrieben worden waren, eine mindestens eine Woche alte Familienpackung Chicken-Nuggets.

»Nicht weglaufen, junger Mann ... Wir würden dir gern ein paar Fragen stellen«, sagte ein Marketor, der seine bösen Absichten mit Höflichkeit kaschierte. »Du bekommst dafür diesen Zehn-Pfund-Schein.«

»Na gut ...« Schwerfällig griff Dicky nach dem Geldschein. Er war bereits ziemlich benommen.

»Nicht so hastig.« Der Marketor räusperte sich und sagte mit lauter Stimme: »Durch Annahme des dir offerierten Honorars erklärst du dich bereit, an dieser Studie teilzunehmen, und deinen Verzicht auf jeglichen Rechtsanspruch gegen dieses Unternehmen oder seine Kunden in dem Fall, dass du dabei zu Schaden kommen und/oder das Leben verlieren solltest.« Nachdem er diesen Standardspruch runtergeleiert hatte, reichte er Dicky die Banknote. Dieser versuchte, sie in seine Tasche zu stecken, zielte jedoch daneben.

Während der Schein zu Boden flatterte, rotteten sich die Marketoren wie Schakale zusammen. Jetzt gab es für Dicky keine Hoffnung mehr – die »Zielgruppe« trat in Aktion.

»Wer ist dein Lieblingssportstar?«, fragte ein Marketor.

»Aber er muss vorbestraft sein!«, fügte ein anderer hinzu.

»Milch mit Käsegeschmack«, sagte ein Dritter mit gezücktem Klemmbrett. »Ja oder nein?«

»Würdest du eine Zahnpasta kaufen, die deine Spucke wie Blut aussehen lässt?«, hakte der zweite nach.

»Wie wär's mit einer aufblasbaren Hose?«, fragte ein vierter und drängelte sich vor. »Zusammenfaltbarer Schenkelbereich, automatische Schritterweiterung, Gesäßpolsterung für den Notfall. Na?«

Der erste packte Dicky am Kragen und blaffte ihn an: »Würdest du Federn essen? Vielleicht mit milchfreier Schlagsahne?«

Dicky rang um Worte. »Sind die ... knusprig?« Er war blass, und seine Augen waren glasig.

»Das ließe sich machen! Man könnte sie zum Beispiel mit Nougat umhüllen!«, lechzte der Marketor. »Und mit köstlichem, hypoallergenem Karamell überziehen!« Er ließ Dicky los, und der Junge sackte auf dem Boden in sich zusammen.

Ein anderer Marketor zog ihn hoch. Mit weichen Knien stand Dicky da, während der Marketor sagte: »Was empfindest du bei folgenden Worten: ›frittierte Zigarette‹?«

»Ich glaube ... ich glaube ... ich glaube, mir wird schlecht!« Die Marketoren, die ihn umringten, traten zurück, und Dicky übergab sich praktischerweise ins Blumenbeet. Dann brach er zusammen. Er rührte sich zwar nicht mehr, aber tot war er nicht. Sie hatten ihn im Rekordtempo ausgesaugt. Von oben sah Barry voller Faszination und Schadenfreude unbemerkt zu.

»Das hat ja nicht viel gebracht«, sagte einer zum anderen.

»Diese Kids von heute ...«, erwiderte der andere. »Als wäre es ihnen vollkommen egal.«

»Bespritz ihn mit Wasser, und dann fangen wir noch mal von vorn an«, sagte ein dritter Marketor.

»Nicht mit Wasser«, antwortete ein anderer. »Hier

herrscht gerade eine Dürreperiode.« Er tat so, als wollte er den am Boden liegenden Schwachkopf anpinkeln.

»Ach, vergiss es, aus dem ist nichts mehr rauszuholen«, sagte der vierte Marketor und hob den Geldschein auf, den Dicky fallen gelassen hatte. »Kommt, wir gehen Mittag essen.«

Die Marketoren ließen ihre Aktenkoffer zuschnappen. Barry konnte sie deutlich verstehen, sie sprachen so laut wie Menschen, die keinen Widerspruch gewohnt sind.

»Ich habe übrigens eine Idee für ein Joint Venture«, sagte einer, während er sein Handy wieder einschaltete.

»Ich höre«, erwiderte der Marketor neben ihm. Sie knieten sich alle neben Dicky, um ihm den grausigen Gnadenstoß zu versetzen. Barry konnte es kaum erwarten, das mitanzusehen.

»Wenn dein Unternehmen frittierte Zigaretten auf den Markt bringt, wird meins mit Nikotin imprägniertes Klopapier einführen.«

»Wir machen sie süchtig, und ihr helft ihnen, wieder aufzuhören?«, sagte der zweite Marketor und stand auf. »Das gefällt mir. Schick mir ein Memo.«

Der erste Marketor drückte einen Knopf auf seinem Handy. »Schon passiert.«

Nun drückte der zweite einen Knopf auf seinem. »Ich habe gerade zugestimmt.«

Noch ein Knopfdruck. »Jetzt habe ich den Börsengang veranlasst«, sagte der erste.

Und ein anderer: »Und ich habe ein paar Millionen von dem Geld genommen und die maßgeblichen Regierungsvertreter damit bestochen«, sagte der zweite Marketor. »Die Zulassung ist schon erteilt. Das Produkt müsste am Montag, spätestens Dienstag im Handel sein.«

»Super!«, rief der erste Marketor aus und drückte dann einen weiteren Knopf auf seinem Handy. »Die Aktien werden gehandelt ... Der Kurs steigt ... Hurra, wir sind Milliardäre!«

»Großartig!«, sagte der zweite Marketor. »He, Jungs! Ich geb einen aus!«

Als die jubelnden Marketoren zum Gartentor hinausschlurften, konnte Barry sehen, was sie mit Dicky angestellt hatten: Er hatte die neuesten Trendklamotten an. Sie waren knallbunt und in grotesker Weise mit schwachsinnigen Slogans bepflastert. Dicky würde bestimmt hocherfreut sein. Man hätte meinen können, dass er sich selbst schon Strafe genug war, aber Barry war anderer Ansicht. Er betrachtete es als *seine* Aufgabe, die Dimsleys zu bestrafen.*

Draußen auf dem Flur gab Hertha ein trockenes Husten von sich. Barry schaute auf die Uhr – wie üblich war er spät dran. Er trug eine Armband-Sanduhr, aber die war nutzlos:

---

* Es war Barrys gutes Recht, die Dimsleys zu hassen, schließlich hatten sie (um nur ein Beispiel zu nennen) Wolfsspinnen darauf dressiert, in seinen Haaren zu nisten. Allerdings taten sie das nicht bloß aus Gemeinheit, sondern aufgrund eines geheimen Abkommens zwischen dem Zauberallerleiministerium und dem Muddel-Geheimdienst MI-6. Barry Trotter war als Säugling aus einem landesweiten Pool von Zaubererwaisen dazu auserwählt worden, an dem Projekt RAPTUS teilzunehmen. Ziel dieses Projekts war es, ein Wesen mit Zauberkräften zu schaffen, das dermaßen unerträglich war, dass es die gesamte Antipathie, die Muddel gegenüber Zauberern und Hexen hegten, auf sich lenkte. Die Rolle der Dimsleys (und sie spielten sie mit großem Genuss) bestand darin, Barry bis zur Zauberpubertät in einer Tour zu drangsalieren. Man hoffte, dass Barry dadurch einen massiven Verfolgungswahn entwickeln und, sobald er zaubern konnte, völlig verantwortungslos handeln würde. Wie wir wissen, ist das Kalkül voll aufgegangen. Ob das Projekt RAPTUS sein Hauptziel erreicht – nämlich einen Konflikt zwischen den Muddeln und dem Volk der Zauberer und Hexen zu verhindern –, wird sich zeigen. Man könnte behaupten, dass die Dimsleys nicht etwa schurkische Muddel sind, sondern drei der größten Helden der Zauberwelt. Das wäre vermutlich falsch, aber behaupten könnte man es.

Der Sandpegel änderte sich bei jeder Handbewegung. Barry hatte gerade den »Hogwash Depress« verpasst, den altersschwachen Zug, der ihn zum nächsten Schuljahr an der Hogwash-Schule für Hexerei und Hokuspokus bringen sollte.
Zum Glück brauchte er nicht viel zu packen. Das Notwendigste konnte er anderen Schülern abluchsen (ob durch Überredungskunst oder Gewalt, war ihm egal). Die meisten gaben gern, seit Barry berühmt war – er sonnte sich geradezu in seiner Popularität als rebellisches Idol.* In weniger als einem Monat war Barry von einem gewöhnlichen Arschloch zum Bad Boy von Weltruhm aufgestiegen. Gott segne die Autorin und das Buch!

Ein Jahr zuvor war eine Muddel-Journalistin an Barry herangetreten, J. G. Rollins. Ms. Rollins erklärte ihm, sie wolle ein Buch über die nihilistische Haltung der Zaubererjugend von heute schreiben.
»Ich will die Wahrheit ans Licht bringen«, hatte sie voller Verve verkündet.
»Okay«, sagte Barry, obwohl er nicht ganz sicher war, welche Rolle er dabei wohl spielen sollte.
»Fein!«, sagte sie und zückte ein Notizbuch. »Wie oft siehst du im Schnitt deine Eltern pro Woche?«, fragte sie. »Gelegentlich, selten oder nie?«
»Nie«, antwortete Barry wahrheitsgemäß, ohne ihr zu verraten, dass sie tot waren.
»Fantastisch! Ich meine, wie traurig«, sagte sie. »Sie sind also nie für dich da, stimmt's?«
»Nein.« Barry verdrückte eine falsche Träne.

---

* Colin Creepy, der für die Schülerzeitung *Hogwash-Telepath* schrieb, hatte Barry als »unausstehlich, unberechenbar und unvergleichlich« bezeichnet.

»Na, na ... ist ja gut. Wir werden ein schönes Zuhause für dich finden, das verspreche ich.« Barry erstarrte, was J. G. nicht entging. »Oder auch nicht. Du bist ja schon groß – du kommst vermutlich allein klar.« Sie kritzelte weiter. Barry entzifferte die Worte »sträubt sich gegen Domestizierung, halb verwildert«. Sie blickte wieder auf. »Dir fehlt also eine Bezugsperson, du langweilst dich in der Schule und fühlst dich von den Erwachsenen im Stich gelassen. Verbringst du deine Zeit deswegen mit Drogen und unverbindlichem Sex?«

Schön wär's, dachte Barry. Abgesehen von den abgelaufenen Zutaten für Zaubertränke, die die Schüler aus Snipes Schrank klauen konnten, gab es an der Schule keine Drogen. Der Hausmeister von Hogwash, Angus Filz, konfiszierte alles und verscherbelte es mit ansehnlichem Gewinn in Hogsbleede. Die Zentauren machten, sehr zur Freude der Schüler, die noch nie etwas vom Placebo-Effekt gehört hatten, ein Bombengeschäft mit dem Verkauf von Oregano. Und in Sachen Sex hatte Barry, entgegen aller Prahlerei vor seinen männlichen Mitschülern, noch nicht mal den Schritt vom Fummeln zum Petting geschafft. Aber er wollte die Autorin nicht enttäuschen – und außerdem sah es so aus, als könnte Geld dabei herausspringen.

»Besser hätte ich es nicht ausdrücken können«, log Barry.

Sein ganzes achtes Schuljahr hindurch traf Barry sich regelmäßig mit Rollins, und vor drei Monaten, im Mai, war *Barry Trotter und der Steinpilz der Weisen* in Druck gegangen. Das Buch verkaufte sich gut, besonders bei Erwachsenen. Es hat noch keiner finanzielle Verluste erlitten, der sich darauf verlegt hat, die ältere Generation in ihren schlimmsten Befürchtungen über Teenager zu bestätigen. Innerhalb weniger Wochen wurde Barrys Name zum Synonym für Gesetzlosigkeit – natürlich fühlte er sich verpflichtet, seinem Ruf gerecht zu werden. Angestachelt von den Measly-Zwillingen, machte Barry die Schule unsicher. Er erfand einen Zauberspruch, mit dem man sämtliche Toiletten der Schule in Klarsichtfolie wickeln konnte. Aus jedem Duschkopf sprudelten gekochte Süßigkeiten hervor. Und den Großteil eines jeden Tages verbrachte Barry in diversen Schränken, um seine Mitschülerinnen »besser kennen zu lernen«.

»Unsere Zukunftsangst«, dröhnte der *Tagesprofit* in seinem Leitartikel (Zauberzeitungen konnten ganz schön grölen), »hat einen Namen: Barry Trotter!« Der *Schmirror* brachte auf der Titelseite nur ein Foto von Barry und dazu ein einziges Wort: »Depp«.

Dank solcher Publicity und den gnadenlos wirren Auftritten des Jungen in Funk und Fernsehen verkaufte sich das Buch sogar noch besser. Bald durchschritt Barry die dumpfigen Flure von Hogwash wie ein Gott – wenn auch wie einer, der gelegentlich von Feuerakne heimgesucht wird und noch einen recht spärlichen Bartwuchs hat.

Der *Steinpilz* hatte mit der Realität so gut wie nichts zu tun, aber zu J. G.s Verteidigung muss man sagen, dass Barry von Anfang an geschwindelt und sich immer mehr gesteigert hatte. Nach einer besonders drastischen Erzählung davon, wie er vor der versammelten jubelnden, johlenden und tobenden Schülerschaft »den größten Drachen aller Zeiten« überwältigt und in den Arsch gefickt hatte, dachte er schon, J. G. würde Verdacht schöpfen. Aber sie äußerte keinerlei Zweifel – nicht ein einziges Mal. Auch nicht, als sie genug Zeit mit Barry verbracht hatte, um zu wissen, wie sehr ihm die Verlogenheit im Blut lag.

Trotz oder wegen seines geringen Wahrheitsgehalts hatte sich das Buch für beide ausgezahlt: J. G. war dabei, sich in

Schottland ein kleines Stück Karibik nachzubauen, und Barry freute sich auf sein erstes Schuljahr als Berühmtheit. Es mag ja sein, dass Ehrlichkeit am längsten währt, aber im Falle von *Barry Trotter und der Steinpilz der Weisen* hatte Unehrlichkeit reiche Früchte getragen.

Der Gedanke daran heiterte Barry auf, während er die Haustür abschloss. Die Dimsleys waren zwar noch draußen, aber sie würden schon irgendwann den Weg in Mrs. Keggs Keller finden (sie schloss nie ab, weil sie nie den Schlüssel finden konnte). Dort konnten die Zombies Mrs. Keggs Riesenvorrat an billigem Fusel vor den Muddel-Teenagern beschützen, die auf der Suche nach etwas zu saufen durch die Gegend streiften. Vor langer Zeit hatte die Frau einmal selbst zu diesen Jugendlichen gehört. Nun war sie ständig betrunken und würde Werner und Pekunia vermutlich selbst dann nicht bemerken, wenn sie knurrend und Käfer vertilgend in ihrem Haus herumschlurften. Den ganzen Sommer über hatte sie sie für Garderobenständer gehalten.*

Barry stellte sich in den Kamin und holte ein kleines Papierschirmchen hervor. Er hatte es bei einer illegalen Schulparty in einer Tiki-Bar in Hogsbleede mitgenommen. Jenen Abend, der mit der altehrwürdigen Tradition endete, dass der Wildhüter von Hogwash, Hafwid, aus der Schule herübergestapft kam und diverse Schüler aus dem Gefängnis holte, hatte Hermeline Cringer organisiert, um damit ihren neuen Liebhaber, Victor Crumb, zu beeindrucken. Normalerweise war Hermeline ein Ausbund an Tugend, aber Bar-

---

* Die trunksüchtige Mrs. Kegg hielt sich in ihrem permanenten Vollsuff für eine Hexe. Das war sie auch, aber nur, wenn »Hexe« ein anderes Wort für »Geisteskranke« ist.

ry war längst aufgefallen, dass ihr Urteilsvermögen stark nachließ, sobald es um gewisse Jungs ging.

Victor Crumb war ein grunzendes, moralisch verkommenes, kaum des Lesens und Schreibens mächtiges Quaddatsch-As von einer anderen Schule. Anfangs konnte Barry ihn allein deswegen nicht leiden, doch dann verlegte er sich auf andere, vernünftigere Gründe. Crumbs bevorzugte Finte beim Quaddatsch bestand darin, unbemerkt in die Luft zu steigen und seine Gegenspieler von oben bis unten mit Filzstift voll zu kritzeln. Diese spontan entstandenen Bilder waren oft extrem obszön und lustig – solange es einen anderen traf.

Hermeline stimmte zu. »Er ist ein junger Bruegel«, sagte sie.

»Eher ein junger Blödel«, sagte Barry und rubbelte sich wütend den Nacken mit einem Handtuch ab.

Victors Kritzeleien lösten bei Hermeline etwas aus – etwas Neues und Aufregendes, das für die jüngeren Leser dieses Buches nicht recht geeignet ist. Seit sie die unanständige kleine Zeichnung gesehen hatte, mit der Victor Barrys Nacken verziert hatte, war Hermeline davon überzeugt, dass Crumb ein Genie war. Außerdem wusste sie einfach, dass sie genau die Frau war, die diesen sauertöpfischen, wortkargen Soziopathen auftauen konnte.

Na, dann viel Glück, dachte Barry, während er das Schirmchen betrachtete. Dieses kleine Spielzeug aus Holz und Papier war mit einer Art magischer Rückhol-Leine ausgestattet. Wer immer ihn aufspannte, wurde augenblicklich in das »Tiki Shack« versetzt, die dunkle, stickige Hawaii-Pinte, in der die Party stattgefunden hatte. Dort wurden die Schirmchen als Werbegeschenke an Stammgäste verteilt (die oft erst dann von ihren magischen Fähigkeiten erfuhren, wenn es zu spät war). Sie waren verdammt wirkungsvoll – wie sonst ließe sich die erstaunliche Langlebigkeit eines solchen Schandflecks in der Landschaft erklären? Die Inneneinrichtung war heruntergekommen, die Bedienung patzig, und das Unterhaltungsprogramm bestand aus einem verwitterten Transvestiten namens »Dawn Ho«, dessen Anblick offen gesagt die reinste Qual war.

Mit anderen Worten: Selbst nach den unterirdischen Maßstäben von Hogsbleede war das »Shack« eine üble Spelunke. Aber nach vier Jahren hatte Barry den altersschwachen Hogwash Express mit all seinen Schimmelflecken, der abblätternden Farbe und den Übelkeit erregenden beseelten Sandwiches satt. Ein schöner, steifer Mai Tai war genau das, was er brauchte, um die einschläfernde Auswahlzeremonie zu überstehen. Er konnte ihn schon fast schmecken.

Barry spannte das Schirmchen auf, hob den Arm und sprach das Zauberwort: »*Kommichlechdichflach!*«

Nichts geschah.

»Ist wohl ein Blindgänger«, sagte Barry. Kein Wunder bei einem Lokal, in dem die Würmer im Tequila Plastikattrappen mit Wurmaroma waren.

Während er den Scherzartikel ein paarmal öffnete und schloss, hörte Barry jemanden an die Haustür hämmern. Er bückte sich und ging ein paar Schritte ins Schlafzimmer hinein – da zündete der Schirm. Im Nu wurde Barry durch mehrere Schichten Putz, Latten und Schindeln katapultiert, wobei er sich diverse blaue Flecken holte.

»Auaaa!«, kreischte Barry, als er senkrecht in die Luft sauste und dabei knapp eine Ente verfehlte. Mit tieferer Stimme schreiend, kniff er den Schließmuskel zusammen und umklammerte mit allen ihm zur Verfügung stehenden Fingerspitzen das Schirmchen.

Unglaublich, wie viel Macht dieses winzige Ding hat, dachte Barry, während er zusah, wie ihm Kleingeld aus den Taschen fiel und mit tödlicher Geschwindigkeit auf die Erde zuraste. Na schön, ich sollte mich wohl besser entspannen und d...

In dem Moment schoss ein gigantischer Funke aus dem Schirm heraus, und Barrys Steigflug war zu Ende. Mit einem asthmatischen Ächzen gab der Schirm plötzlich den Geist auf. Und nun ging das Geschrei erst *richtig* los.

Manchmal, so heißt es, ist Glück mehr wert als Können: Durch reinen Dusel landete Barry in einem Gebüsch im Garten der Dimsleys. Von dem Krach aufgeschreckt, hob Dicky kurz seinen benebelten Kopf. Dann verlor er wieder das Bewusstsein.

Barry blieb im Gebüsch sitzen. All seine lebenswichtigen Organe – zumindest die, die er kannte – schienen intakt. Irgendwelche Knochenbrüche? Nein. Aber was er dann sah, weckte in ihm den Verdacht auf eine Gehirnerschütterung: Hafwid – als Stubenmädchen verkleidet.

»He, Barry«, polterte der Wildhüter von Hogwash besoffen. »Ich soll dich zur Schule bringen. Bumblemore hat dir 'nen Wagen geschickt.«

»Bist du's wirklich?«, fragte Barry.

»Schon möglich«, sagte Hafwid und wurde dann nachdenklich. »Aber v'leicht auch nich'. Wirklichkeit – was heißt das schon? Können wir denn überhaupt ...«

»Ach, halt die Klappe. Ich wusste ja, dieses Fernstudium ist nichts für dich«, sagte Barry entnervt. »Bildung ist eine knifflige Angelegenheit, vor allem, wenn man kein Hirn hat, in dem man sie unterbringen kann. Hilf mir bitte mal hier raus, ja?«

»Klar«, sagte Hafwid. Er zerrte Barry auf die Füße,

wobei zersplitterte Zweige in alle Himmelsrichtungen flogen.

Als er wieder festen Boden unter den Füßen hatte, war Barry überglücklich. Man macht sich ja gar nicht klar, wie nützlich der Erdboden ist, bis man dreißig Stockwerke darüber schwebt und kurz davor ist, zu Guacamole zu werden.

»Was hat es denn mit diesem Outfit auf sich?«

»Womit?«

»Na, den Klamotten, dem Kostüm!«, sagte Barry und zupfte Hafwid am Ärmel.

»He! Pass bloß auf, das is' geliehen! Bumblemore wollte, dass ich in der Muddelwelt nich' auffallen soll«, sagte Hafwid. »Aber das Einzige, was der Laden in meiner Größe hatte, war das hier und eine sexy Krankenschwesterntracht.«

»Na, wenn das so ist, hast du die richtige Wahl getroffen«, sagte Barry. Als sie den Garten verließen, hörte er, wie Dicky sich aufrappelte und dabei eine leise Melodie vor sich hinsummte. Er konnte ihn nicht einfach so zurücklassen, oder? Womöglich würde es regnen ... oder hageln! Richtig heftig! Bei der Dürre war Hagel jedoch unwahrscheinlich – Barry konnte sich nicht darauf verlassen, dass die Sache für Dicky schlecht ausging. Er musste schon selbst dafür sorgen.

»Warte mal«, sagte er.

»Barry, Bumblemore will dich unverzüglich sehen ...«

»Es dauert nur eine Sekunde«, sagte Barry. Der von Rachedurst beseelte junge Zauberer ging zurück und zog seinen Zauberstab.

Dicky saß im Schneidersitz auf dem ungepflegten Rasen und murmelte selig vor sich hin.

»*Adestefidelis*«, sagte Barry, und ein Strahl rotgrüner Energie schoss aus seinem Zauberstab und traf Dicky mitten auf seine wulstige Neandertalerstirn.

»Fröhlich soll mein Herze springen«, sang Dicky inbrünstig und wiegte sich dabei vor und zurück, »dieser Zeit, da vor Freud alle Engel singen!«

»Mit der Fröhlichkeit ist's bald vorbei, du Penner«, sagte Barry. »Das ist für all die Male, die du meinen Kopf ins volle Klo gesteckt und dann abgezogen hast, als ich noch klein war.« Der Zauberspruch führte rasch zum Tod, normalerweise durch des Sängers eigene Hand, der alles Erdenkliche anstellte, um die Weihnachtslieder in seinem Kopf zum Verstummen zu bringen. Die Vorstellung, dass Dicky seelische Qualen litt, machte Barry sehr glücklich. Aufgekratzt hopste er zu Hafwid zurück.

»Du schaust drein wie ein schwachsinniger Elf«, sagte Hafwid und musterte ihn misstrauisch. »Könn' wir jetzt geh'n?«

»Ja, *si, oui, yessss*!«, tirilierte Barry. Plötzlich ergriff er Hafwids Hände und begann, ihn triumphierend zu umkreisen. Wieder und wieder kreiselte er um ihn herum – bis er schließlich den Halt verlor und durch die Luft segelte …

… Barrys Kopf schlug schmerzhaft auf dem Teppichboden auf, und er erwachte. »Aua! Verdammte Sch…«

»Kommen Sie, ich helfe Ihnen.« Ein schlaksiger Mann mit schütterem Haar und einem etwas zerschlissenen Tweed-Sakko reichte ihm die Hand. »Sie sind von der Couch gefallen.«

»›Tut gar nicht weh‹ – von wegen! Sie sollten hier mal ein Schutzgitter dranbauen!«, sagte Barry benommen. Er setzte sich auf die Sofakante, rieb sich den Kopf und versuchte, die Orientierung zurückzugewinnen. Irgendwie kam ihm das alles lächerlich vor, als sei er eine Figur in einem bescheuerten Buch. »Ich glaube, ich habe eine verdammte Gehirnerschütterung.«

»Das lässt sich ganz leicht herausfinden: Wie alt sind Sie?«

»Neununddreißig«, sagte Barry.

»Mit wem sind Sie verheiratet?«

»Mit Hermeline Cringer, der Direktorin«, sagte Barry. »Sie war es, die mich zu dem hier gezwungen hat.«

»Okay. Und wer bin ich?«, fragte der Mann.

»Sie sind Dr. Ritalin, der Volltrottel, der mich hypnotisiert hat, der neue Seelenklempner der Schule!«

»Stimmt«, sagte Ritalin. »Ich glaube nicht, dass Sie eine Gehirnerschütterung haben. Wollen wir weitermachen?«

Für einen kurzen Moment war Barrys Ärger stärker als die Angst vor seiner Frau. »Das bringt doch nichts«, sagte er unwirsch. »Sie sind ein Idiot, und ich werde den Rest meines Lebens wie ein Neunjähriger aussehen.«

»Barry, das menschliche Gehirn hat ungeheure Kräfte. Außerdem hat es einen kranken Humor«, sagte Dr. Ritalin. »Wie Sie wissen, glaube ich, dass etwas in Ihrer Vergangenheit – etwas in Ihrem Kopf – Sie daran hindert, normal zu altern. Die einzige Möglichkeit herauszufinden, was das ist, ist eine Hypnose-Therapie.«

»Ach, was soll's ...«, sagte Barry und legte sich wieder hin. »Schließlich hab ich für die vollen fünfzig Minuten bezahlt.«

»Entspannen Sie sich einfach.« Im Nu war Barry wieder in der neunten Klasse und nahm den Handlungsfaden ein paar Stunden später wieder auf: Er wappnete sich gerade, seinem Intimfeind gegenüberzutreten, dem Obertrottel und Schuldirektor Alpo Bumblemore.

Kapitel zwei
DER FUMMELFRITZE

Als Barry zu Bumblemores Büro hinaufstapfte, kam eine Taschendiebfledermaus auf der Jagd nach einer Beute, die sie ihrem Herrchen aus dem Hause Silverfish bringen konnte, im Sturzflug aus dem Schatten herabgeschossen. Barry starrte sie wütend an, und die Fledermaus bremste so stark ab, dass sich fast ihr Innerstes nach außen kehrte.

»He, ihr fliegenden Flachpfeifen, jetzt passt mal auf.« Der kleine Zauberer zog seinen Zauberstab hervor und sagte das Zauberwort: »Galton.« Ein Ultraschallton schoss aus der Spitze des Zauberstabs und sauste im Zickzack durch den ganzen Raum – Barry spürte die Schwingungen in seiner Handfläche. Wimmernd zogen sich die Fledermäuse ins Dunkel zurück, wobei sie einander hilflos anrempelten.

Barry war wieder mal mies gelaunt. Falls er Hafwid nicht missverstanden hatte – was immerhin gut möglich war –, hatte Bumblemore ihn aufgrund »eines Beschlusses der Zaubergameten« zu sich bestellt. Das Hohe Gericht der Zauberer trat sicher nicht zusammen, um über Quaddatsch-Ergebnisse zu reden. Würde man ihn etwa der Schule verweisen?

Was hatte er denn letztes Jahr alles angestellt? Offenbar so viel, dass er Mühe hatte, sich an alles zu erinnern ... Ach ja: Er war mit Doris Jackson in einer Besenkammer erwischt worden. Doris, eine Muffelpuff-Siebtklässlerin, war etwas ganz Besonderes: Sie konnte sich nicht nur in einen Esel verwandeln, sondern gestattete einem auch, ihr für ein Entschuldigungsschreiben unter den BH zu fassen.* Angus Filz hatte sie erwischt, und Barry war gezwungen gewesen, einen Stinkefluch zu sprechen, um ihm zu entwischen. Später musste er Filz schmieren, damit er die Fotos nicht im Wichtelnet veröffentlichte, aber der Blödmann hatte es trotzdem getan.

Je mehr Einzelheiten Barry einfielen, desto schlechter fühlte er sich. Und die Fahrt von Piddlesex hierher hatte ihm auch nicht gerade gut getan. Hafwid hatte ihn in einer Geisterlimousine chauffiert – ein Gefühl, als würde man in einem sehr kalten, sehr voll geschnäuzten Taschentuch reisen.

Wenn Autos zu Schrott gefahren werden, besonders wenn dies unter tragischen Umständen geschieht, verbleibt ihr Geist in unserer Welt. Viele Zauberer und Hexen fahren diese Wagen aus dem Jenseits, weil man dafür nur sehr geringe technische Fähigkeiten braucht, und die besitzen Zauberer nicht gerade im Überfluss. Außerdem sind sie preisgünstig, denn Unfallfahrzeuge haben nun mal ihre Mängel.

Hogwash hatte mehrere Geisterlimousinen angeschafft, als alle es endlich leid waren, andauernd in unsichtbare Thestralkacke zu treten. Da das rechte Vorderrad fehlte und die Radachse einen steten Funkenregen produzierend über den Boden schrammte, bewegten sich Barry und Hafwid im Bummeltempo von zwanzig Stundenkilometern vorwärts. Als Barry endlich die Marmortreppe zu Bumble-

---

* Man brauchte nur die Worte »Dies ist eine Entschuldigung« auf einen Zettel zu schreiben und ihn ihr zu geben. Doris, die in einer Kommune bei Stonehenge aufgewachsen und an nackte Haut gewöhnt war, fand nichts dabei. Sie konnte sich darüber schlapp lachen, wie scharf die Jungs darauf waren.

mores Büro hinaufstieg, war es längst dunkel, und die Fackeln warfen wie üblich gruselige Schatten an die Wände.

Wie sooft tat Barry seine Narbe weh. Ich sollte doch das Angebot dieser Firma annehmen, dachte er. »Hallo, ich bin Barry Trotter«, übte er laut. »Immer wenn meine Narbe schmerzt und ich so dumm bin, das zu ignorieren, nehme ich Pochnichmer.«

Schließlich stand er vor der Tür des Direktors und klopfte an. Er hörte hinter sich ein Geräusch und ging instinktiv in Deckung. Sechs Wurfsterne verfehlten Barrys Birne nur um wenige Zentimeter und bohrten sich in die Tür. Es folgte eine lautstarke Obszönität, und dann hörte man einen großen, tollpatschigen Menschen davoneilen.

»Lass das, Valumart«, sagte Barry gereizt. »Ich bin gerade erst angekommen. Bring mich nach dem Abendessen um.«

Lord Valumart alias der Doofe Lord alias Der-der-stinkt verübte aus Gründen, die Barry nicht genau kannte, in einer Tour Mordanschläge auf ihn. Und jedes Mal, wenn Barry ihm nahe genug kam, um ihn danach zu fragen, versuchte Valumart leider, ihn umzubringen.

Immer, wenn Barry einem Lehrer davon erzählte, erschien ein merkwürdiges, etwas starres Lächeln auf dessen Gesicht, und er sagte so etwas wie: »Sei nicht albern, Trotter. Der-der-stinkt darf Hogwash doch gar nicht betreten – oder hast du den *Steinpilz der Weisen* nicht gelesen?« Sie hielten sich alle für sehr witzig. Barry hatte den Verdacht, sie *wollten*, dass Valumart ihn umbrachte. Gerüchten zufolge wurden im Lehrerzimmer Wetten darauf abgeschlossen. Ganz schön unverschämt, fand Barry.

Trotz diverser gescheiterter Anschläge pro Woche und Kollateralschäden in Höhe von mehreren Millionen Gallonen glaubte (offiziell) niemand dem Fünfzehnjährigen. Barry fürchtete, dass sie ihn jetzt, wo er durch ein Buch voller Lügen und Unwahrheiten berühmt geworden war, (offiziell) noch weniger ernst nehmen würden.

Bumblemore riss die Tür auf. »Ich komm ja schon! Kein Grund, so an die Tür zu hämmern, du Nervensäge.«

»Das war ich nicht, Herr Direktor. Valumart hat ein paar Wurfsterne ...«

»Unglaublich! Du lügst, sobald du den Mund aufmachst, was? Bist noch keine halbe Minute hier, und schon ... Was machst du da auf dem Fußboden?«

»Ich sag doch, Valumart ...«

Bumblemore platzte fast der Kragen. »Komm rein, hier draußen stinkt es nach Pisse.«*

Barry klopfte sich den Staub von den Klamotten und betrat das muffige, unaufgeräumte Büro. Alpo Bumblemore, der Direktor von Hogwash, stand vor einem langen Tisch voller Tintenfässer und banknotengroßer Pergamentstücke. Überall flitzten Federn hin und her, tauchten in dieses oder jenes Fass ein und schrieben etwas auf die Zettel. Die Luft war von kratzenden Geräuschen erfüllt.

»Was ist das?«, fragte Barry und zeigte auf den Tisch.

»Das, Trotter, ist die jüngste Errungenschaft der Schule«, sagte Bumblemore.

Barry nahm ein Stück Pergament vom Tisch. Es war eine grotesk plumpe Fälschung der Tausendpfundnote der Muddel. »Die Queen sieht aus, als würde sie schielen.«

---

* Bumblemore vors Büro zu pinkeln und dann wegzulaufen war die Standard-Aufnahmeprüfung des Hogwash-Gallensteinclubs. Infolgedessen waren die Steinplatten rund um die Tür von Urin zerfressen. Die Hauselfen, die ihre Gewerkschaft im Rücken hatten, weigerten sich, etwas dagegen zu unternehmen: »Für Terrorismus sind wir nicht zuständig!« Bumblemore wendete regelmäßig den *Ata*-Zauber an, aber selbst die Magie hat ihre Grenzen, besonders in der Spargelsaison.

»Habt ihr gehört, Federn? Wir müssen noch mal von vorn anfangen. Unser Michelangelo hier meint, eure Darstellung der Muddelkönigin genüge seinen hohen Ansprüchen nicht!«, spottete Bumblemore. Die Federn kicherten boshaft und kritzelten weiter.

»Machen Sie doch, was Sie wollen. Mir doch egal.« Barry steckte den Geldschein in sein Portemonnaie. Vermutlich hatte Bumblemore Recht – die Muddel würden die Fälschung wahrscheinlich gar nicht bemerken. Er zog einen Stuhl heran.

»Nein, nein, nicht hinsetzen. Es dauert nicht lange, und offen gesagt möchte ich nicht gezwungen sein, hinterher das Kissen zu vernichten.«

»Ich dusche regelmäßig!«, sagte Barry aufs höchste empört. Und dann, leiser: »... mittlerweile.«

»Wie du dich vielleicht erinnerst«, sagte Bumblemore, »ging das letzte Jahr mit einer deiner zahlreichen kleinen sexuellen Eskapaden zu Ende. Einer weiteren fantastischen Reise auf den Grund eines fremden Schlüpfers.«

»Doris und ich haben doch bloß ...«

Bumblemore schnitt ihm das Wort ab. »Ich weiß, was ihr bloß habt ... das weiß doch jeder. Eine Sonderkommission der Zaubergameten hat sich den ganzen Sommer damit abgequält, herauszufinden, *was genau* ihr bloß habt.«

»Herr Direktor, ich finde es nicht gerade fair, dass die Zaubergameten einen derartigen Aufstand machen, nur weil ich mal ein Mädchen befummele.«

»O nein!«, sagte Bumblemore mit einem süffisanten Lachen. »Es war nicht nur ein Mädchen, Trotter. Sei nicht so bescheiden. Deine Opfer sind so zahlreich wie die Schuppen auf deinem Kopf!«

Ein kniehoher Bücherstapel materialisierte sich und fiel

vor Barrys Nase zu Boden. Er senkte den Blick und las: »Bericht der Zaubergameten-Sonderkommission zu den unsittlichen Handlungen des Barry Trotter alias ›Doktor Grabbeltatsch‹«.

»Nicht schlecht, was? Zweitausend ›Intermezzi‹ in nur vier Jahren. Wie viele sind das pro Woche?«

»Weiß ich nicht, Herr Direktor.«

»Ich wollte es auch gar nicht wissen. Das war eine rhetorische Frage. Und hier kommt noch eine: ›Sag mal, Trotter, hast du von dem ganzen Gefummel eigentlich irgendwelche seltsamen neuen Schwielen bekommen?‹«

»Das ist ja lustig, dass Sie das …«

»›Rhetorisch‹ bedeutet, du darfst nicht antworten, du Schwachkopf«, sagte Bumblemore schroff. »Dank dieses verfluchten *Steinpilz*-Buchs – an dem die Schule übrigens nicht einen Penny verdient! – waren die Zaubergameten gezwungen, Nachforschungen über dich anzustellen. Weißt du, warum sämtliche Schüler, alle Mitglieder des Lehrkörpers und alle Besucher sich im letzten Mai eine ganze Woche lang auf Fingerabdrücke von dir untersuchen lassen mussten?«

Barry antwortete nicht – er war schließlich lernfähig.

»Sie wollten an dir ein Exempel statuieren«, sagte Bumblemore. »Sie wollten dich zwingen, dir einen *Job* zu suchen.«

Barry schauderte. Erwerbstätigkeit wirkte auf ihn wie Kryptonit auf Superman.

Der Direktor fuhr fort: »Aber ich habe sie dazu überredet, dir noch mal eine Chance zu geben – was ich zweifelsohne irgendwann bereuen werde.« Er begann, beim Sprechen Ballontiere zu basteln, eine nervöse Angewohnheit, die er sich in seiner Jugend zugelegt hatte – während eines desaströsen Engagements als Unterhaltungskünstler für Kinder.* »Ich habe dem Ministerium gesagt, Hogwash könnte ein bisschen Ruhm ganz gut vertragen, selbst wenn es sich um ein so widerwärtiges Bisschen handelt wie dich. Ich habe versprochen, ich würde einen Weg finden, dich im Zaum zu halten. Sie haben darauf bestanden, dass dem Rest der Schülerschaft massive Dosen Antibiotika verabreicht werden und dass die Mädchen, mit denen du am häufigsten Kontakt hattest, den ganzen Sommer über eine Aversionstherapie à la ›Uhrwerk Orange‹ über sich ergehen lassen. Erst dann haben sie zähneknirschend eingewilligt, dich nicht der Schule zu verweisen.«

»Danke«, sagte Barry.

»Ich hab's nicht dir zuliebe getan, das sage ich dir«, antwortete Bumblemore. »Hogwash ist wie ein Lebewesen – oder wie ein Lebewesen, das Geld frisst. Auf gewissen Gebieten der Geldbeschaffung mache ich zwar große Fortschritte« – Bumblemore deutete auf die kritzelnden Federn –, »aber Zauberer lassen sich nicht so leicht übers Ohr hauen. Wir brauchen Gallonen, massives Gold, und zwar in rauen Mengen. Deine Anwesenheit hier lockt mehr Schüler an. Und mehr Schüler bedeuten mehr Schulgeld – das ich bei der Gelegenheit verdreifacht habe.«

Bumblemore ging um seinen Schreibtisch herum und setzte sich lässig auf eine Ecke. Dabei klaffte peinlicherweise sein flaschengrüner Umhang auf – der zerknitterte alte

---

* Er bastelte die Tiere, und der Phoenix brachte sie zum Platzen. Überall im Zimmer flogen glimmende Fetzen herum. Dies war der Grund für Bumblemores irrationale Angst vor Luftschiffen: Er war überzeugt, sie wären die großen Geschwister der kleinen Ballons und entschlossen, ihre zerplatzten Brüder und Schwestern zu rächen. Was ein Luftschiff Bumblemore antun konnte oder würde, wenn es ihn in die Finger (?) bekäme, war unklar. Aber so ist das nun mal bei Phobien.

Kauz hatte nichts drunter.«»Trotzdem, dieser endlose Grabbelkrieg, den du da führst, muss ein Ende haben. Der berüchtigte ›Fummelfritze‹ von Hogwash muss sein Spekulum an den Nagel hängen.«

»Aber wenn es die Mädchen doch nicht stört ...«

»Aber die Zaubergameten stört es«, sagte Bumblemore mit einer Entschiedenheit, die keinen Widerspruch duldete. Er machte eine Handbewegung, und eine Schriftrolle hüpfte aus einer Schreibtischschublade und marschierte dann zu Barry hinüber. Sie entrollte ... und entrollte ... und entrollte sich.»Und die Liste ist noch unvollständig.«

»Na gut, ich geb's zu, ein paar davon stimmen«, sagte Barry. »Chi Ching, Doris, Hannah Rabbit, Hannah und Doris, Gollum* ... Das hatte ich ganz vergessen!«, gluckste Barry. »Moment mal! Angina Johnson und ihre Freundin hab ich nicht angerührt – ich hab bloß zugeguckt!«

Bumblemore machte ein so undurchdringliches Gesicht, als verkniffe er sich gerade einen Furz.

»*Drafi Malfies?*«, entfuhr es Barry. »Das hätte er wohl gern!«

»Trotter, mir scheint, dir ist nicht klar, wie ernst die Sache ist. Jemandem wie dir droht ja ständig der Rauswurf. Aber diesmal liegen die Dinge anders: Eine Petition ist im Umlauf.«

»In echt? Haben Sie sie gesehen?«, fragte Barry skeptisch. Das klang ganz so, als wäre es auf Ferds und Jorges Mist gewachsen.

»Gesehen? Verdammt, Trotter – ich hab sie unterzeichnet! In großen, schwungvollen, verschnörkelten Lettern«, sagte Bumblemore für Barrys Geschmack etwas zu wich-

---

* Austauschschüler.

tigtuerisch. »Ungefähr siebenundachtzig Prozent der Eltern aller Schüler, die derzeit auf diese Schule gehen, fordern, dass du der Schule verwiesen und sicherheitshalber auch gleich aus der Grafschaft vertrieben wirst. Bei den Ehemaligen ist der Anteil zwar etwas geringer, aber das kann auch an seniler Demenz liegen. Auf jeden Fall schlägt dir eine Welle der Entrüstung entgegen.« Der Direktor kratzte an einem Essensfleck auf seinem Umhang. »Sie haben Angst um die nächste Generation von Zauberern und Hexen.«

»Seit wann darf man sein D. N. W. nicht in Genitomantik machen?«, versuchte Barry sich herauszuwinden.*

Bumblemore ignorierte diesen albernen Winkelzug. Er seufzte nur und dachte, dass es bestimmt angenehmere Möglichkeiten gab, sein Geld zu verdienen. »Wenn du nicht Barry Trotter wärst«, sagte er mit tiefer Resignation, »würdest du längst deinen Zauberstab benutzen, um im Park Müll aufzusammeln. Und ich persönlich glaube, es würde dir sehr gut tun, ein paar Semester lang im St.-Hilary-Institut für minderbegabte Magier in einem Übungskessel aus Gummi zu rühren. Aber im Laufe des Sommers ist die Zahl der Aufnahmeanträge um 20 000 Prozent gestiegen, und zwar ohne die lächerlichen Fälschungen, die Ferd und Jorge eingesandt haben. Die beiden sind wirklich unglaublich bescheuert.«

»Wieso?«, fragte Barry.

»Was weiß ich. Vielleicht ist's angeboren, vielleicht haben

---

* Wie jeder weiß, besteht die uralte und edle Kunst der Genitomantik darin, anhand von Größe, Form, Farbe und Anordnung der Genitalien die Zukunft vorauszusagen. Sie war nie Teil des D. N. W., einer obligatorischen Prüfung, die alle Zauberer in der neunten Klasse ablegen müssen. D. N. W. steht übrigens für »Diplom in nutzlosem Wissen«.

sie zu viele Lavafeuer* entfacht?«, sagte Bumblemore.
»Ach, du meinst, wieso wir mehr Aufnahmeanträge haben? Das liegt an diesem Buch.« Er bekam wieder diesen schmerzerfüllten, starren Gesichtsausdruck. »Die Leute lieben es, etwas über jemanden zu lesen, der dümmer ist als sie selbst.«

»Nun, falls es Sie beruhigt: Lord Valumart ist zurück.«

»Oh, das möchte ich doch stark bezweifeln«, sagte Bumblemore. »Schließlich hast du ihn erst im Juni in einen Häcksler gestopft. Wir haben's alle gesehen.«

»Er lässt sich eben nicht so leicht unterkriegen«, sagte Barry gereizt. »Und er versucht, mich umzubringen.«

»Hör bloß auf«, sagte Bumblemore. »Fang nicht schon wieder an.«

»Gucken Sie doch mal!« Verärgert, dass man ihm nicht glaubte, zeigte Barry auf die Bürotür. Die Wurfsterne nagten sich immer weiter durch das Holz.

»Trotter, selbst wenn Terry Valumart einen Häcksler überleben könnte, was ich aufs Höchste bezweifle ...« In dem Augenblick sah Bumblemore in Barrys Rücken Valumart hinter einem schweren Vorhang hervortreten. Der Direktor ging ein paar Schritte auf Barry zu und legte ihm so

---

* Diese Modeerscheinung machte sich etwa zur gleichen Zeit wie der Trend zu psychedelischen Farben und Mustern in der Zauberwelt breit. Heute zieht sich zwar niemand mehr wie Jimi Hendrix an, aber Lavafeuer (und sogar Strobofeuer) sind immer noch ziemlich verbreitet. Unglücklicherweise sondern die Chemikalien, die die Zauberer dazu benutzen, beim Verbrennen ein Gas ab, das Halluzinationen hervorruft. Fachleute glauben daher, dass mindestens fünfundzwanzig Prozent der »magischen Fähigkeiten«, die Zauberer für sich in Anspruch nehmen, lediglich Ausgeburten ihrer Fantasie sind. Außerdem macht das Gas einen hochgradig beeinflussbar und damit sehr anfällig für die Gaukeleien der Magie. Wenn jemand sagt: »Ich habe dich gerade immuppetisiert!«, während man unter dem Einfluss von Lava-, Strobo- oder Schwarzlichtfeuer steht, glaubt man ihm das glatt.

fest die Hände auf die Schultern, dass er sich nicht mehr rühren konnte.

»He!«, protestierte Barry. »Hände weg, Sie Perversling!«

»Gleich, gleich ... Das ist doch bloß eine väterliche Geste«, schwindelte Bumblemore und nickte fast unmerklich. Valumart hob ein Blasrohr und zielte damit auf Barrys Rücken. »Du bist hier in Sicherheit. Darauf kannst du dich verl... VERDAMMTNOCHMAL!« Der Pfeil verfehlte sein Ziel und schlug in Bumblemores Schreibtisch ein, woraufhin dieser leise stöhnte und sich prompt in Luft auflöste.

Barry wirbelte herum, und vor ihm stand Valumart in vollem Ornat.

»Da ist er!«, rief Barry. »Da ist Valumart! Verhaften Sie ihn!«

Niemand rührte sich. Dann gab Bumblemore ein kurzes, nervöses Lachen von sich.

»Trotter, du brauchst wirklich eine neue Brille. Kannst du eine Statue nicht von einem Menschen unterscheiden?« Bumblemore ging hinüber zu Valumart und klopfte ihm auf den Kopf.

»Aufhörrren«, murmelte Valumart, ohne die Lippen zu bewegen.

»... obwohl ich zugeben muss, dass sie erstaunlich echt wirkt.«

Barry ging zu der Statue und untersuchte sie. »Seit wann riechen Statuen nach chinesischem Essen?«

»Unglaublich, was?«, sagte Bumblemore. »Sogar der Geruch wirkt echt. Ich hab sie von einem Antiquitätenstand in der Portobello Road.«

»Wer's glaubt, wird selig«, sagte Barry. Da er sich immer noch nicht sicher war, wandte er sich ab ... und drehte sich dann unvermittelt wieder um. »Da!«, beharrte er und hüpfte auf und nieder.« »Er hat sich bewegt! Er hat sich an der Nase gekratzt. Ich hab's genau gesehen.«

»Hab ich nicht«, murmelte Valumart leise.

»Siehst du, Trotter?«, sagte Bumblemore. »Hat er nicht.«

»Aaaahh!«, schrie Barry seinen Frust heraus. Er ließ sich fallen und hämmerte mit den Fäusten auf den Boden. »Dieser He-xen-sohn!«

Bumblemore wurde ungeduldig. »Schluss mit dem Unsinn, Trotter. Ich hab vor der Begrüßungsfeier im Großen Saal noch einiges zu tun. Ein paar Sechstklässler haben mal wieder Snipes Toilettenartikel verhext.« Barry unterbrach sein Gehämmer für ein kurzes Lächeln. Er war es gewesen, der ihnen im letzten Jahr den Paradontosius- und den Knurrkamm-Fluch beigebracht hatte.

Bumblemore sah ihn grinsen und sagte wütend: »Das findest du wohl komisch, was? Du bist nur ein Frosch-Schnurrhaar davon entfernt, auf die Straße gesetzt zu werden.«

»Moment mal ...«, sagte Barry. »Frösche haben keine Schnurrhaare.«

»Eben. Da siehst du mal, wie dicht du davor bist«, sagte Bumblemore.

Unser Held flehte ein letztes Mal um Gnade. »Aber Herr Direktor, ich bin fünfzehn«, sagte Barry. »Ich befinde mich in einer ganz natürlichen Phase des Forscherdrangs und der Experimentierfreude.«

»Natürlich nennst du das? Was du da machst, mein Sohn, ist nicht mehr natürlich«, sagte Bumblemore. »Du entjungferst Mädchen am Fließband. Nach all den Doktorspielchen könntest du Chirurg werden.«

Barry wollte widersprechen, doch das konnte er nicht. Er hatte im vergangenen Frühjahr so viele Mädchen befummelt, dass die Zentauren ihn zum Ehrensatyr ernannt hatten.

Jemand nieste. Barry schoss herum. Die Statue putzte sich gerade die Nase.

»Gesundheit«, sagte Bumblemore.

»Danke sehrrr«, erwiderte die Statue.

»Herr Direktor, *das ist keine Statue!*« Barry war empört.

»Sie hat geniest!«

Bumblemore dachte kurz nach, dann setzte er eine betont verächtliche Miene auf. »Natürlich hat sie geniest, Trotter. Sie ist verzaubert. Wir sind Zauberer. Dein Name ist Barry. Du lebst auf der Erde. Und jetzt hör zu«, fuhr Bumblemore mit einem Seufzer fort. »Betrachte es als offizielle Warnung: Bis zum Ende dieses Schuljahres ist es dir verboten, Schülerinnen mit unschicklichen Hintergedanken zu berühren. Falls du es doch tust, wirst du auf der Stelle, für immer und ohne das geringste Bedauern der Schule verwiesen. Es sind bereits überall Plakate aufgehängt worden. Außerdem werden Handzettel mit deinem Konterfei und deinen gebräuchlichsten Decknamen verteilt.«

Erst Hafwid im Kleid und nun das! Konnte das neunte Schuljahr noch schlimmer werden? »Aber ...«

»Ich bin noch nicht fertig: Ohne ihr Wissen habe ich alle jugendlichen Zauberer und Hexen im Umkreis von hundert Meilen mit einem Zauberspruch belegt. Sobald du in ihrer Gegenwart deine Hose oder deinen Gürtel öffnest oder sonst irgendwie daran herumfummelst, ertönt ein Alarmsignal. Eine Art virtueller Keuschheitsgürtel«, sagte Bumblemore stolz. »Hab ich mir selbst ausgedacht.«

»Das können Sie nicht tun!«, sagte Barry. »Was ist mit meinen Bürgerrechten?«

»Trotter, du hast keine Bürgerrechte«, sagte Bumblemore mit einem maliziösen Lächeln. »Du bist Schüler. Und jetzt darfst du gehen.«

Die Bürotür öffnete sich, und Barry drehte sich um. »Blöder Tattergreis!«, grummelte er halblaut. »Bloß weil der alte Schlappschwanz keinen mehr hochkriegt ...«

»Das tu ich sehr wohl, du kleine Ratte«, murmelte Bumblemore tonlos in Barrys Richtung. »Du hast wohl vergessen, dass ich in meinem Büro Gedanken lesen kann ... dank der Zaubertapete* ...«

Als er die Hand schon auf der Türklinke hatte, fiel Barrys Blick auf das Bild eines ehemaligen Schulleiters, der von einer Schar sonnengebräunter, vollbusiger Blondinen umringt war. Sie lachten ihn alle aus. Barry machte eine obszöne Geste und ging.

»Ach, Bumblemore«, sagte das winzige Bild von Dionysos Hefner. »Du solltest das Ganze nicht so ernst nehmen. Die Sexualität ist eine unserer größten Gaben. Sie macht uns erst zu Menschen. Sie ...«

Bumblemore ging zu dem Gemälde hinüber. »Tut das hier weh?«, sagte er und schnipste mit dem Finger gegen das Bild.

---

* Dieser Tapete entgeht tatsächlich fast nichts. Sie hat zwar keine telepathischen Fähigkeiten, aber jede Blume darauf ist in Wirklichkeit ein Ohr. Und wegen all dieser Ohren ist sie in der Lage, auch noch die allerkleinsten Geräusche zu vernehmen. Sogar die der chemischen Vorgänge, die in einem Gehirn ablaufen, wenn ein Gedanke sich bildet.

Kapitel drei
Das Lied
der sprechenden Mütze

Vierundzwanzig Jahre später war Barry immer noch wütend auf Bumblemore. Er lag hypnotisiert* auf der schäbigen, versifften Couch in Ritalins schäbigem, versifftem Büro und giftete: »Ein ordentlicher Nierensteinhäger-Fluch würde den elenden alten Knacker zur Vernunft bringen ...«

»Mm-hm. Sie haben also Bumblemores Büro verlassen. Und dann?« Dr. Ritalin hatte aufgehört, sich Notizen zu machen, und spielte mit irgendeinem Stehrumsel von seinem Schreibtisch. »Was tun Sie jetzt?«

»Ich schreibe ›Alpo ist ein Schwanzlutscher‹ an die Wand ... Jetzt gehe ich in den Großen Saal.«

Missgelaunt begab Barry sich zum Großen Saal, der sich bereits für die Feierlichkeiten anlässlich des Schuljahresanfangs füllte. Lon Measly und Hermeline Cringer, gerade erst zu Grauensschülern gekürt, scheuchten soeben die Schulanfänger hinein. Drafi Malfies, ebenfalls Grauensschüler, ließ derweil Silverfish-Schüler auf die Knie gehen, einen Blutschwur leisten und seinen Ring küssen.

---

* Ja, ja, ich weiß, das ist nicht gerade der originellste Ausgangspunkt für ein Prequel. Aber immer noch besser als – jetzt kommt's – ein Zauberspruch! Oder ein Traum. Oder eine Kristallkugel. Bedenken Sie, ein Klischee wird erst dann zu einem Klischee, wenn man darüber nachdenkt.

»Backsum«, murmelte Barry, und der nächste Arschkriecher, ein unglückseliger Sechstklässler, blieb für immer an seinem Idol kleben.

»Und jetzt sag ... Hmm, was könnte er denn mal sagen? ›Drafi ist der wunderbarste Mensch auf Erden, und es wäre mir eine Ehre, wenn ich einen großen Keks essen dürfte, den er aus seinem getrockneten Urin gebacken hat.‹«

»Mmpf-mmmpf! Mmmpf mmpf mmmmmpf!« Der Sechstklässler geriet langsam in Panik.

»Lass das!«, schnauzte Drafi ihn an, aber die Lippen des Jungen wollten sich einfach nicht von seinem Ring lösen. Drafis Lakaien, Flabbe und Oyle, schnappten sich jeder eins seiner Beine und zogen. Der Sechstklässler schrie, weil seine Lippen immer länger wurden, und Drafi brüllte, weil sein Finger dabei aus dem Gelenk sprang.

Schließlich rutschte ihm der Siegelring herunter. Flabbe, Oyle und der Sechstklässler flogen durch die Luft. Sie segelten mitten durch den Blutigen Laien hindurch und krachten in die riesenhafte Kantinenwirtin Fistuletta, die ohnehin schon verärgert war, weil sie die Folgen der zahllosen Missgeschicke zitternder Fünftklässler beseitigen musste. Sie begann, mit ihrem schmutzstarrenden Mopp auf Flabbe, Oyle und den Sechstklässler einzuprügeln.

Als der Tumult sich gelegt hatte und jeder auf seinem Platz saß, schaute Barry hinauf zum Hohen Tisch der Lehrer. Alle Stühle waren besetzt, nur Hafwids nicht. Apropos leere Stühle: Auch um Barry herum waren viele frei geblieben. Offenbar zeigte Bumblemores Propaganda bereits Wirkung. Lon und Hermeline waren die einzigen vom Hause Grittyfloor, die mutig genug waren, sich neben Barry zu setzen.

»Danke«, sagte er zu Hermeline.

»Ach, wir dachten uns, wenn du 'ne fiese Krankheit hast, haben wir uns bestimmt sowieso schon bei dir angesteckt«, sagte Lon.

»*Du* vielleicht«, sagte Hermeline. Sie sparte sich für die Ehe auf – in ihrer üblichen sehr plakativen, sehr perfektionistischen Art. »Ich will so jungfräulich bleiben wie frisch gefallener Schnee.« Wenn Hermeline sich etwas vorgenommen hatte, ließ sie sich durch nichts davon abbringen.

»Streberin«, sagte Barry. »Wo ist eigentlich Hafwid?«

»Als er die neuen Schüler übergesetzt hat, ist er vom Kurs abgekommen. Sie haben ungefähr eine Stunde gebraucht«, sagte Hermeline.

»Herrje«, sagte Barry. Er schüttelte den Kopf. »Man muss doch bloß den Bug des Boots auf die verdammte Schule richten und rudern!«

»Ich glaube, er war betrunken«, sagte Lon.

»Da kannst du ebensogut sagen: ›Ich glaube, er war am Leben‹«, sagte Barry.

»Seid still, es geht los«, sagte Hermeline, aber Lon redete weiter.

»Als sie schließlich hier ankamen, habe ich gehört, wie Schwester Pommefritte darauf bestand, dass er ins Röhrchen pustet«, sagte Lon.

»Psst!«, sagte Hermeline.

»Vermutlich hat das Gerät dabei den Geist aufgegeben«, sagte Barry.

Rasch sprach Hermeline über beide einen Watschenzauber. »Seid still, ihr Deppen, sonst verpasse ich das Lied!«

Die Sprechende Mütze war dieses Jahr besonders gut bei Stimme und ließ sich auf einer zweiten Tonspur von einer Rhythmusgruppe begleiten. Zwei verzauberte Plattenspieler scratchten dazu, während die Mütze sang:

»Okay, es ist witzlos, albern und diskriminierend,
Doch so sehr ihr auch spottet, euch darob mokierend –
Die Dramaturgie eines Buches verlangt Schablonisierung.
Und so werdet ihr zur besseren Orientierung
Auf vier Häuser verteilt – eins wie das andere verrufen
Und obendrein stolz auf das ›Image‹, das sie sich schufen.
Dem Gründer von Radishgnaw hat's etwa gefallen
Mit Volltrotteln zu füllen die altehrwürdigen Hallen.
In Silverfish versucht man seit je, sich besser zu stellen
Und ergötzt sich daran, die Ärmsten der Armen zu prellen.
Dieweil Sir Godawfle Grittyfloor beim Auswahlverfahren
Versessen drauf war, nur Feiglinge um sich zu scharen.
Von Pufnstuf wollen wir lieber gar nicht erst reden
denn wenn die Knete nur stimmt, nehmen die ja jeden.
Das also sind Hogwashs verlotterte Häuser,
Bereit zum Empfang weiterer Duckmäuser.
Ein jedes hat seine Bräuche und Farben zum Protzen
Nun bringen wir's hinter uns, sonst muss ich noch kotzen.«

»Ich weiß nicht«, sagte Barry, »aber ich finde, diese Hip-Hop-Masche ist definitiv eine Verbesserung.«

Lon, der Hip-Hop-Fan war, schnaubte verächtlich. »Nur wenn sie auch bei einem Bandenkrieg mitmacht.«

»Ach, sie ist doch bloß ein Kleidungsstück«, sagte Hermeline beschwichtigend. »Barry, liegt das am Kerzenlicht, oder versuchst du mal wieder, dir Koteletten wachsen zu lassen?«

»Schon möglich.«

»Vergiss es, Kumpel«, sagte Lon. »Du hast einfach nicht genug Testosteron. Selbst Hermi ist behaarter als du.«

»Hermi ist ja noch behaarter als Fistuletta«, sagte Barry trotzig. Hermeline versetzte ihm einen Schlag mit ihrem Brötchen, doch Barry verzog keine Miene – sosehr war er von der Einteilung der neuen Schüler gefesselt. Sie waren winzig, vormenschlich und lächerlich leicht zu verhauen. War er auch mal so klein und molluskenhaft gewesen? Der Tag, an dem Barry als gefährlich unterernährter und komplett ahnungsloser Fünftklässler eingeschult worden war, schien eine Ewigkeit her zu sein.

»Liebe Schüler«, begann Bumblemore. »Zu Beginn dieses Schuljahrs habe ich ein paar wichtige Dinge bekannt zu geben.«

Ein entnervtes Stöhnen entrang sich der Schülerschaft.

Bumblemore hob als freundliche Geste zwei Finger und fuhr dann fort: »Ich weiß, dass ein paar von den Neuen einige Stunden auf dem Koma-See herumgeirrt sind, und auch der Hogwash Express ist mehrmals liegen geblieben. Daher werde ich mich kurz fassen.

Zunächst einmal, und das ist nicht ganz unwichtig«, sagte Bumblemore, »hat die Furzende Fanny mich gebeten, demoder denjenigen, die gewisse nicht herunterspülbare Gegenstände in die Mädchentoilette des oberen Südflügels gezaubert haben, auszurichten (ich zitiere): ›Hört sofort auf damit, oder ihr werdet meinen Zorn zu spüren bekommen!‹

Da ich Fannys Zorn bereits kennen gelernt habe, kann ich euch nur raten, es nicht so weit kommen zu lassen. Dafür gibt es auf der ganzen Welt nicht genug Lufterfrischer. Denkt dran: Für uns ist es nur eine Toilette, aber für sie ihr Zuhause, also lasst uns versuchen, nett zu ihr zu sein, okay?

Zweitens: Auch wenn viele von euch sicher schon die Plakate gesehen haben, möchte ich die Warnung hier noch einmal wiederholen. Allen Schülern von Hogwash sind jegliche amourösen, libidinösen oder auch nur allzu freundschaftlichen Kontakte zu Barry Trotter, einem Grittyfloor-Schüler der neunten Klasse, ab sofort strengstens untersagt. Barry«,

sagte Bumblemore, »steh auf, damit man dich sehen kann.«
Barry erhob sich widerstrebend und ließ sich tapfer lächelnd auspfeifen.

»Lüfte mal deinen Pony! Sonst noch irgendwelche unverwechselbaren Kennzeichen? Nein? Danke, Mr. Trotter, Sie können sich wieder setzen«, sagte Bumblemore, der Barrys Demütigung sichtlich genoss. »Falls Mr. Trotter einem von euch zu nahe treten sollte, informiert bitte unverzüglich einen Grauensschüler oder euren Hausvorstand. Wir werden dann zur magischen Kastration schreiten.«

Das Publikum gab ein lautes, über zwei Tonhöhen ansteigendes »Uuuuuh!« von sich.

»Ruhe, Ruhe«, sagte Bumblemore. »Ich weiß, dass wir dem alle mit Freude entgegensehen, aber nun lasst uns mit den Bekanntmachungen fortfahren. Also, drittens: Einigen von euch ist vielleicht schon aufgefallen, dass es ein neues Gesicht im Kollegium gibt. Ich möchte euch Miss Dolorous Underage vorstellen.«

Ein lächelndes Mädchen von höchstens acht Jahren stellte sich auf seinen Stuhl und winkte. Ihre Haare waren zu zwei Rattenschwänzen frisiert, die mit gerüschten, rosafarbenen Schlangen zusammengebunden waren. Anerkennende Pfiffe erschollen, und jemand warf eine Traube. Durch einen absurden Zufall landete sie in ihrem offenen Mund und blieb in ihrer Kehle stecken.

Bumblemore verzog das Gesicht – bislang war alles so ungewöhnlich reibungslos gelaufen. Snipe zauberte rasch eine Saugglocke herbei, setzte sie dem Mädchen aufs Gesicht und holte die Traube wieder heraus.

»Schluss damit! Kinder, können wir nicht einmal ungestört essen?«, fragte Bumblemore. Die Antwort darauf war ein Hagel von Häppchen. Dadurch fühlten sich wiederum andere ermutigt, alle möglichen Speisen von Töpfen voller Bratensoße bis hin zu Rinderhaxen und ganzen Braten herbeizuzaubern und als Wurfgeschoss zu benutzen.

»Und in China verhungern die Leute«, sagte Lon verärgert, als seine Brüder die Gelegenheit ergriffen, ihm massenhaft Zeugs an den Kopf zu schmeißen.

»Ich glaube, das ist nicht mehr aktuell, Lon«, sagte Barry, während eine Backkartoffel neben ihm auf den Boden fiel, explodierte und geschmolzenen Käse und Schinkenstückchen versprühte. »Früher war es China. Heute ist es glaube ich Afrika.«

»Na gut, wenn Afrika kommunistisch wird, sage ich Afrika«, erwiderte Lon und duckte sich.

»Was für ein Schweinkram«, sagte Hermeline. »Die Hauselfen werden die ganze Nacht putzen müssen.«

»Du kannst ihnen ja helfen«, sagte Barry spitz.

»Oh, nein«, antwortete Hermeline und nahm einen feindlichen Muffelpuffer ins Visier. »Ich muss an meine Pflichten als Grauensschüler denken.«

»Und wie steht's mit unserem Mao Tse-tung hier?« Er meinte Lon, der vor kurzem so etwas wie ein politisches Bewusstsein entwickelt hatte.

»Nein«, sagte Lon, wobei er geschickt einem Stuhl auswich, den Jorge in seine Richtung geschleudert hatte. »Ich muss dringend damit anfangen, die Fünftklässler zu indoktrinieren. Darf nicht zulassen, dass sie auf den falschen Weg geraten.«

So viel zum Thema Erwachsenwerden, dachte Barry mit Befriedigung. Die Sommerferien hatten nichts verändert. Primitiv, chaotisch und durch und durch verantwortungslos – Hogwash würde sich immer treu bleiben. Während das Kollegium unter dem Hohen Tisch kauerte und um ihn herum eine Lebensmittelschlacht tobte, dachte Barry: Wie schön, wieder zu Hause zu sein.

»Drei ... zwei ... eins«, sagte Dr. Ritalin. »Wenn ich mit den Fingern schnippe, sind Sie hellwach und ausgeruht.«
»Okay«, sagte Barry und setzte sich auf.
»Nein! Warten Sie, bis ich mit den Fingern schnippe!«
»Okay«, sagte Barry gehorsam.
»So ist's besser«, sagte Ritalin. »Man muss beim Hypnotisieren sehr sorgfältig vorgehen, sonst riskiert man Gehirnschäden.«
»Immerhin bin ich diesmal nicht von der Couch gefallen«, sagte Barry.
»Psst!« Ritalin schnippte mit den Fingern. »Jetzt sind Sie hellwach. Wie fühlen Sie sich?«
»Gut, glaube ich ... Moment, irgendwas stimmt hier n...« Plötzlich schoss Barry kerzengerade in die Höhe. »Wo ist mein Portemonnaie?«
»Ähm. Ich hab es nur an einem sicheren Ort für Sie aufbewahrt«, sagte Ritalin und fischte Barrys Geldbörse aus seiner eigenen Tasche. »Ich hatte ... äh ... Angst, sie könnte rausfallen.« Ritalin hustete nervös.
»Ganz bestimmt«, sagte Barry. »Wo ist das Geld?«
»Das hab ich hier in meine Tasche gesteckt – damit es nicht überall im Zimmer herumfliegt.«
»Aha«, sagte Barry. Er fand diese Figur nicht sehr vertrauenswürdig. Bis zum Ende des Buchs würde er sich vorsehen müssen. »Also, was hab ich gesagt?«
»›Wo ist das Geld?‹«, erwiderte Dr. Ritalin. »Also wirklich, Mr. Trotter, der Zustand Ihres Kurzzeitgedächtnisses ist ziemlich Besorgnis erregend. Ich hätte da ein Medikament, mit dem ...«

»Das glaube ich Ihnen gern. Ich meinte, was habe ich unter Hypnose gesagt? In welcher Zeit sind wir angelangt?«

»Sie mussten vor der ganzen Schule aufstehen«, sagte Ritalin. »Kurz vorher hat Bumblemore Sie für unrein erklärt oder, wie ich es gern ausdrücke, als *Nosferatu* gegeißelt.«

»O Gott, die neunte Klasse«, sagte Barry. »Das war die *schlimmste*. Eine einzige, nicht enden wollende Katastrophe hoch drei.«

»Inwiefern?«, fragte Ritalin sanft.

»Das war das Jahr, in dem Lon seinen Unfall hatte. Und in dem ich dieses Mädchen ... Das erste Mädchen, auf das ich echt scharf war ...« Barry suchte nach Worten. »Natürlich war ich damals ohnehin eine wandelnde Erektion, wenn man so will.«

Dr. Ritalin fragte: »War das Hermeline?«

»O Gott, nein!«, sagte Barry. »Nein, ihr Name war Bea. Sie ... ist nicht mehr da.«

»Nicht mehr da?«, fragte Dr. Ritalin. »Glauben Sie, sie hat einfach beschlossen, sich einen neuen Freund zu suchen, und sich nicht getraut, es Ihnen zu sagen?«

»Nein, sie ist nicht mehr unter uns«, sagte Barry. »Sie ist gewissermaßen in eine andere Dimension übergetreten.«

»Verstehe. Sind viele Mädchen, mit denen Sie zusammen waren, in eine andere Dimension übergetreten? Das klingt traumatisch.« Ritalin kritzelte etwas auf einen gelben Block. »Glauben Sie, ihr Dahingehen hat etwas mit Ihrer bewussten Entscheidung zu tun, nicht erwachsen zu werden?«

Barry explodierte wie eine Tube Zahnpasta, die von einem Lastwagen überfahren wird. »Was meinen Sie mit ›Entscheidung‹? Ich bilde mir diesen Infantilismus doch nicht ein! Es ist kein Hirngespinst, dass ich mich seit sechs Monaten nicht rasiert habe!«, sagte Barry wutschnaubend.

»Ich will älter werden. Aber Bumblemore hat mich leider verzaubert, und jetzt ...« Mit einer letzten Zorneswallung fügte er hinzu: »Diese ganze Psychotherapie ist doch der letzte Quatsch. Ich hätte mich nie von Hermeline dazu überreden lassen sollen.«

»Oh, ja, das ist alles Quatsch«, sagte Ritalin, nahm eines seiner Monokel (er trug zwei) heraus und polierte es. »Ganz im Gegensatz zur Zauberei.«

Barry schwang seine Beine auf den Boden. »Also, hören Sie ...«

»Mr. Trotter, ich habe Ihnen das schon oft gesagt. Die Grenze zwischen Zauberei und Fantasie ist fließend. Wenn Sie Ihren Zauberstab auf etwas richten, dann macht es ›Puff‹, und es passiert etwas ...«

»Puff macht es nur höchst selten«, murrte Barry.

Ritalin fuhr fort: »Und was ist die Ursache dafür, dass etwas passiert? Eine äußere Kraft – ›Magie‹? Oder etwas in Ihnen – Ihre Fantasie oder Ihr Wille? Oder beides?«

Endlich hörte Barry lange genug auf, beleidigt zu sein, um Dr. Ritalin in diesem Punkt Recht zu geben. »Sie glauben also wirklich, es liegt an *mir*, dass ich nicht älter werde? Sie glauben, ich habe gewissermaßen *beschlossen*, Kind zu bleiben?«

»Ich weiß es nicht. Wissen Sie es?«, sagte Ritalin.

»Ich weiß es nicht. Wissen Sie es?«, plapperte Barry nach.

»Ich weiß es nicht. Wissen Sie es?«

»Ich weiß es nicht. Wissen Sie es?«

... Sieben Minuten später, als immer noch kein Ausweg aus dieser Gesprächssackgasse in Sicht war, hob Dr. Ritalin die Hand und sagte: »Wir müssen hier aufhören. Ich glaube, das ist genau der Punkt, an dem wir nächstes Mal ansetzen sollten.«

Kapitel vier
DIE MACHT DES GEISTES

In den Jahren seit Barrys Schulzeit hatte Hogwash sich kaum verändert. Schon, es hatte ein paar Neuerungen gegeben (der Zaubertrank-Unterricht wurde seit einiger Zeit von Coca-Cola gesponsert), aber die waren eher kosmetischer Natur. Wahre Innovationen waren irgendwie nie von Dauer.

Manche Gebäude werden von Mäusen befallen, andere von Termiten. Die Hogwash-Schule für Hexerei und Hokuspokus war mit *Traditionen* verseucht. In dieser von Flechten überwucherten, bröckelnden Ruine gab es für alles und jedes Konventionen. Nur waren die Urahnen, von denen sie überliefert wurden, offenbar derart einfältig, besoffen und/oder geisteskrank, dass sie nicht kapierten, wie ineffizient, unsinnig und oft gefährlich diese Konventionen waren.

»Erbsen werden mit dem Messer gegessen. Wer einen Löffel benutzt, bekommt fünf Peitschenhiebe. Wer eine Gabel benutzt, zehn.« – »Fünftklässler müssen einem Grauensschüler gehorchen, auch wenn er ihnen befiehlt, Lampenfassungen auszulecken.« – »Jeder Schüler, der dabei erwischt wird, dass er ein Lied aus der Operette *Der Mikado* pfeift, wird standrechtlich erschossen.« Sollte das ein Witz sein? Ursprünglich vielleicht schon, aber mittlerweile waren diese Sitten und Bräuche zum Leidwesen aller tief in der unrühmlichen Geschichte der Schule verwurzelt wie eine Vielzahl kleiner Splitter, die eitrige Entzündungen verursachen. Doch Traditionen wollen gewahrt werden. Folglich wurde nur wenig zu ihrer Abschaffung unternommen und wenn, dann nur sehr halbherzig.

Das war nicht an jeder Zauberakademie so. In Fradenscheude zum Beispiel war man schonungslos modern. Das Schulgebäude war gerade von BMW umgestaltet worden (mit dem Ergebnis, dass die gesamte Schule in weniger als zwanzig Sekunden von null auf hundert beschleunigen konnte). Beaubeaux war unerschütterlich gallisch – gelegentlich herrschte dort vielleicht ein gewisser Schlendrian, aber die Einrichtung war exquisit, das Essen vorzüglich und die Uniformen waren todschick. In Amerika gab es keinerlei Traditionen, denn sechs von zehn Zauberdiplomen wurden online verliehen. Doch in Hogwash waren alle wichtigen Institutionen und Vorschriften im 14. Jahrhundert stehen geblieben. Nur hier gab es einen Flagellantenclub. Nur hier versäumten die Schüler den Unterricht, weil sie am Schwarzen Tod erkrankt waren.

»Das härtet ab«, pflegte Bumblemore zu sagen, und mit einem maliziösen Zwinkern fügte er hinzu: »Das Schulgeld kann nicht zurückerstattet werden.«

Doch langsam begann auch in Hogwash ein frischer Wind zu wehen, und ausnahmsweise roch er einmal nicht nach Hafwids schmutzigen Unterhosen. Alpo Bumblemore lebte nicht mehr (?) und war durch Hermeline Cringer ersetzt worden.* In ihrer typischen pragmatisch-prosaischen Art beschloss Hermeline, diesen vermoosten Schutthaufen wenn schon nicht bis in die Gegenwart, so doch wenigstens

---

* Wie das kam, können Sie in *Barry Trotter und die überflüssige Fortsetzung* nachlesen, falls Sie sich trauen.

in die Zeit der industriellen Revolution zu befördern. Das war kein leichtes Unterfangen, schließlich hatte sie es mit einem Haufen von Irren zu tun. Ihre erste Maßnahme bestand daher darin, einen Schulpsychiater einzustellen.

Seit Jahrhunderten weiß man, dass jede Art von Zauberei – in Form von Zaubertränken, Zaubersprüchen oder verzauberten Gegenständen – gewisse Schwingungen erzeugt. Obwohl Muddelärzte (mit ihren absurden »wissenschaftlichen« Methoden) längst nachgewiesen haben, dass das menschliche Gehirn, wenn es längere Zeit diesen Schwingungen ausgesetzt wird, sich in eine suppige Pampe auflöst*, hatte sich die Schule jahrhundertelang geweigert, einen ausgewiesenen Spezialisten für Geisteskrankheiten an Bord zu holen.

Warum? Ganz einfach – man befürchtete, dass jeder vernünftige Psychiater als Erstes Direktor Bumblemore einweisen würde. Das war nur logisch und vermutlich notwendig, aber es warf gewisse unangenehme Fragen auf. Zum Beispiel: Wie verhielt es sich mit dem Rest des Kollegiums? Dem Kuratorium? Der Schülerschaft? Wenn man einmal anfing, Geisteskranke wegzusperren, wo sollte man aufhören? Derartige Probleme konnte wirklich niemand gebrauchen. War es nicht gerade der Sinn des höheren Schulwesens, die größten Querulanten und Knallköppe zu sammeln und sie vom Rest der Gesellschaft zu isolieren? Dann gab es eben Lehrer, die irre waren. Na und? Irrsinn erweitert den Horizont. »Außerdem«, argumentierte das Kuratorium, »sind Bekloppte billige Arbeitskräfte.« Professor Bunns zum Beispiel wurde seit über zwanzig Jahren in Kieselsteinen bezahlt.

---

* Sie nannten es das »Trotter-Syndrom«, was Barry gar nicht recht war. Tja, das ist der Preis des Ruhms.

Doch Hermeline blieb standhaft. Jede noch so murkelige Muddelschule hatte einen Seelenklempner, der sich der Presse stellte, wenn mal wieder einer ihrer Schüler durchgedreht war. Hogwash dagegen musste den Blutigen Laien auffahren. Warum? Und dann war da noch die Versicherungsfrage ... Nachdem Hafwid in einem Anfall von Raserei versucht hatte, splitternackt einen Grittyfloor-Siebtklässler dem Biergott zu opfern, gab das Kuratorium Hermelines Forderungen schließlich statt. Allerdings unter einer Bedingung: Der Psychiater musste selbst irre sein.

Die Suche war nicht einfach – die Gilde der Nervenärzte schien etwas gegen Spinner zu haben. Doch Dr. Ernst Ritalin erfüllte alle Anforderungen: Während der letzten zwanzig Jahre war er seines Amtes enthoben worden, hatte seine Zulassung verloren und war aus jedem erdenklichen Berufsverband geworfen worden (und zwar buchstäblich), darunter ein paar, die er sich selbst ausgedacht hatte. Mit seinen schütteren, angegrauten Haaren und seiner feingliedrigen Gestalt sah Ritalin aus wie ein Storch, der sich in mehreren Metern teebespritztem Tweed verheddert hatte. Irgendwann war er auf die Idee gekommen, ein Monokel zu tragen, um distinguierter zu wirken. Seit einiger Zeit trug er zwei.

Doch diese ganz normale Überspanntheit war nicht das Einzige, was Ritalin für den Job mitbrachte. Vor vielen Jahren war er als trotteliger Student mit voller Wucht von unten gegen die offene Schublade eines Aktenschranks gestoßen und durch den harten Schlag auf den Kopf für sechsunddreißig Stunden ins Koma gefallen. Seine Familie glaubte schon, er würde den Löffel abgeben. Rückblickend wäre ihnen das beinahe lieber gewesen.

Ernst Ritalin, einst ein (wenn auch nicht allzu) hoffnungsvoller Neurologe, erwachte als anderer Mensch – anders und verrückt. Der abstruse Gedanke, der ihm im Moment des Aufpralls durch den Kopf gegangen war, hatte sich irgendwie zu einer fixen Idee verfestigt, und zwar, dass das menschliche Gehirn am besten funktioniert, wenn es höchstens einen Meter vom Boden entfernt ist.

Und daraus machte er nun einen wahren Kreuzzug. Er nervte jeden, der nicht bei drei auf dem Baum war, mit seiner Entdeckung. (Als Hermeline ihn das erste Mal sah, verteilte er auf einem Spielplatz in Hogsbleede Flugblätter an Siebenjährige.) In Hogwash streifte er gnadenlos durch die Gänge und überprüfte mit geübtem Auge die Höhe eines jeden Kopfes, der ihm begegnete. Alle, die zu hoch getragen wurden, stauchte er – oft brutal und nach kurzer Verfolgungsjagd – auf das richtige Maß herunter. Zu Ritalins Verteidigung muss allerdings gesagt werden, dass er das, was er predigte, selbst praktizierte, indem er gebückt und krebsähnlich durch die Gegend krauchte.

Die Schüler von Hogwash lernten rasch, dem Doktor aus dem Weg zu gehen, wenn sie mit glasigem Blick von einem Kurs zum nächsten torkelten. Man konnte nie wissen, wann die geduckte, nach Tabak stinkende Gestalt sich mit leuchtenden Augen in die Menge drängte, willkürlich diesen oder jenen Missetäter als den Schlimmsten identifizierte und seinen Kopf mit einem groben Hieb abwärts beförderte.

Trotz dieser seltsamen Angewohnheiten – man könnte sogar so weit gehen, sie als »Symptome« zu bezeichnen – war Hermeline nach und nach zu der Erkenntnis gelangt, dass eine Therapie bei Dr. Ritalin die Lösung für Barrys Infantilismus sein könnte. »Es kann doch nicht schaden«, war ihre Meinung, und die tat sie bei jeder Gelegenheit kund.

Barry war skeptisch. In seinen Augen hatte das Unterbewusstsein etwas von einem zu voll gestopften Schrank: Ein jeder, der so dumm war, die Tür zu öffnen, wurde von einer Lawine von nutzlosem Kleinkram erschlagen. Barry hoffte, durch passiven ehelichen Widerstand – erst gelangweilt zustimmen, dann das Thema wechseln – zu erreichen, dass Hermeline das Interesse verlor, aber eines Morgens beim Frühstück wollte sie Nägel mit Köpfen machen.

»Ich möchte, dass du dir einen Termin bei Dr. Ritalin geben lässt«, sagte sie.

»Warum?«, stellte Barry sich dumm.

»Warum? Weil du aussiehst wie ein Neunjähriger – darum«, sagte Hermeline ungeduldig. »Ich bin's leid, dass jeder, der uns kennen lernt, mich für eine Kinderschänderin halten muss. Ich verstehe auch nicht, wovor du solche Angst hast. Ernst ist bald ein Jahr hier, und noch ist keiner in seinem Unterricht ums Leben gekommen. Wie viele von unseren Lehrern können das schon von sich behaupten?«

»Ich weiß nicht«, sagte Barry, wobei er sich hinter dem *Schmirror* versteckte. »Man gewöhnt sich an alles. Eigentlich stört es mich schon gar nicht mehr, dass ich nicht älter werde.«

Hermeline brannte mit ihrem Zauberstab ein Loch in seine Zeitung. »Aber mich«, sagte sie und bedachte Barry mit ihrem »Ich mein's ernst«-Blick. Und damit hatte es sich. Barry meldete sich noch für denselben Nachmittag an.

Für Ritalin war es überhaupt kein Problem, Barry sofort einen Termin zu geben. Nur wenige Schüler besuchten seinen Kurs »Die Macht des Geistes« und schon gar keiner freiwillig, denn es war allgemein bekannt, dass die Teilnahme zu zusätzlichen Sitzungen in Ritalins Büro verpflichtete. So eine war gerade im Gange, als Barry hereinkam.

»Treten Sie ein«, sagte Ritalin mit seiner näselnden Stimme.

Barry gehorchte und blieb dann stehen. Vor dem Schreibtisch des Lehrers standen mit verdrossener Miene drei Schüler. Sie waren wie Orgelpfeifen der Größe nach aufgestellt, nur dass die langen Haare der kleinsten, einer Sechstklässlerin namens Edith Phlegma, mit viel Schaumfestiger zu einem imposanten braunen Irokesen frisiert und die des Größten mit Frisiercreme an den Kopf geklatscht worden waren. Die Mittlere war nicht gestylt.

»Entschuldigung«, sagte Barry. »Ich komm später noch mal wieder.«

»Nein, nein, jetzt passt es gut«, sagte Ritalin und dann zu den Schülern: »Keine weiteren Fragen für heute. Wir machen morgen weiter.«

»Darf ich ...?«, fragte Edith schüchtern.

Ritalin schnitt ihr das Wort ab. »Nein, Portia ...«

»Ich bin Portia«, sagte die mittlere.

»Verzeihung, Edith, bitte lass es so. Schlaf im Sitzen, wenn's sein muss.« Edith verzog das Gesicht. »Tu es für die Wissenschaft«, forderte Ritalin. Dann wandte er sich Barry zu und sagte: »Ich habe gerade eine Hypothese überprüft. Könnte es sein, dass die Höhe der Haare und nicht die des Kopfes der Schlüssel ist?«

»Verstehe«, sagte Barry voller Staunen über die unglaubliche Mannigfaltigkeit menschlichen Irrsinns.

Ritalin räumte seine Lernkarten weg. Mit einer Handbewegung brachte er die Leuchtziffern der magischen Stoppuhr zum Verlöschen. Der größte Schüler hustete – er hatte eine leichte Allergie gegen Zauberei.

»Stanley«, sagte Ritalin und öffnete seine Schreibtischschublade, »möchtest du einen Hustenbonbon?«

»Meine Eltern haben mir verboten, Süßigkeiten von Verrückten anzunehmen.«

»Ein kluger Rat«, sagte Ritalin. Wie die meisten Irren verstand er es meisterhaft, sich anzupassen. »Und du, Portia? Edith?«

»Ich möchte nur noch vergessen«, murmelte Edith.

»... und ich brauche einen Schnaps«, fügte Portia hinzu. Barry musste sich das Lachen verbeißen.

»Was?«, fragte Ritalin.

»Nichts«, sagte Portia mit einem flehentlichen Lächeln. Die Schüler eilten hinaus. Ritalin drehte sich zu Barry um, versetzte der Tür einen kleinen Tritt mit der Hacke, und sie fiel zu. Er mag ja verrückt sein, dachte Barry, aber er hat Schmiss.

Nun, da die Kinder fort waren, ließ sich der Psychiater in einen Stuhl fallen, der ein leises Stöhnen von sich gab und mit unsichtbaren Ketten klirrte. (Sämtliche Büromöbel der Schule waren uralt, und daher spukte es in ihnen. So etwas passiert eben mit der Zeit.) »Setzen Sie sich.« Das tat Barry. »Und, was kann ich für Sie tun?«, fragte Ritalin.

Barry holte tief Luft und begann. »Ich habe eine Krankheit, die mich jünger aussehen lässt, als ich bin.«

»Sie Glückspilz«, gluckste Ritalin. »Und ich dachte, Sie würden bloß viel Sport machen.«

Das war das zehnmillionste Mal, dass jemand diesen Witz riss. Barry legte eine feierliche Schweigesekunde ein und fuhr dann fort: »Aha. Nun ja, ich möchte etwas dagegen tun. Ich möchte wieder so alt aussehen, wie ich bin.«

»Ich hab das Gefühl, da sind Sie bei mir an der falschen Adresse«, sagte Ritalin. »Sehen Sie all diese Zeugnisse und Diplome?« Mit einer ausladenden Armbewegung deutete er auf eine mit gerahmten Schriftstücken voll gehängte Wand.

»Die sind nicht echt, das weiß doch jeder«, sagte Barry.

»Schon richtig, aber wenn sie echt wären, könnten Sie daran sehen, dass ich nur psychische und keine physischen Erkrankungen heilen kann.«

»Die Direktorin und ich sind schon bei allen möglichen Ärzten gewesen. Sie konnten den Verjüngungsprozess zwar aufhalten – deshalb musste Bumblemore sterben –, aber niemand scheint imstande zu sein, mich wieder altern zu lassen … Ich wende mich nur deswegen an sie, weil Hermi langsam die Geduld verliert.«

»Stört es Sie, wenn ich rauche?«, fragte der Psychiater.

»Nein.«

»Danke.« Ritalin setzte mit einem Streichholz ein paar seiner Haare in Brand und klopfte sie rasch wieder aus. »Schlechte Angewohnheit, ich weiß, aber ich kann's einfach nicht lassen«, sagte er. »Nun, Barry, wenn ich während meiner langen Laufbahn eins gelernt habe, dann Folgendes: Der menschliche Geist hat eine ungeheure Macht … Vor allem, wenn er sich ungefähr einen Meter über dem Boden befindet. Kann ich Sie vielleicht für ein rückgratverkrümmendes Ritalin-Korsett interessieren? Das wirkt Wunder.«

»Nein danke«, sagte Barrry. »Da halte ich mich lieber an meinen Infantilismus, wenn's Ihnen nichts ausmacht.«

»Infantilismus … Sind Sie sicher, dass das nicht irgendein Sommerkurs im Ausland ist?«

»Nein«, sagte Barry. Langsam reichte es ihm. »Hören Sie, wenn meine Frau anruft, und das wird sie bestimmt tun, dann sagen Sie ihr einfach, dass ich hier war und Sie mir nicht helfen konnten.

»Tss-tss«, machte Ritalin. »Diese Ungeduld, dieses aufbrausende Temperament. Klassische Anzeichen für einen zu hoch getragenen Schädel. Ich habe noch nie etwas von Ihrem Leiden gehört, aber das könnte daran liegen, dass ich nicht lesen kann.« Plötzlich begriff Barry, wieso Dr. Ritalin sich in seinem Beruf so schwer tat. »Ich werde mich jedoch an einen magischen Leseaffen aus der Schulbibliothek wenden, mich ein wenig schlau machen und mich dann wieder bei Ihnen melden.«

»Ich dachte, die hätte Madame Ponce verboten.« Die Leseaffen waren zwar ganz unterhaltsam, aber sie machten auch viel Lärm und neigten dazu, mit Fäkalien zu werfen.*

»Nicht für den Lehrkörper. Mit ihrer Hilfe kann ich die entsprechende Literatur zu Rate ziehen. Lassen Sie mir ein paar Tage Zeit.« Er erhob sich und streckte die Hand aus. »Ich rufe Sie an, sobald ich etwas weiß.«

»Sie meinen generell?«, fragte Barry.

Ungefähr eine Woche später, als Barry gerade mit Hafwid am Ufer des Sees stand und Golfbälle nach dem Kraken schlug, bekam er einen Anruf von Dr. Ritalin.

»Hallo?«, sagte Barry und hielt sich seinen Zauberstab ans Ohr.

»Ich habe etwas herausgefunden!«, brüllte Dr. Ritalin. »Kommen Sie her!«

Als Barry bei ihm eintraf, fand er das Büro komplett verwüstet vor. Der Inhalt sämtlicher Schubfächer war auf dem Boden verteilt. Dr. Ritalins Andenken und Kuriositäten, die

---

* Mal mit ihren eigenen, mal mit denen der Schüler – da waren sie nicht wählerisch. Außerdem hatte entweder Ferd oder Jorge die gesamte Herde mit einem Tourette-Fluch verzaubert. Das lenkte zwar vom Lernstoff ab, aber es machte extrem öde Schulbücher um einiges interessanter. Sogar legendär langweilige Werke wie »Eine unzureichende Theorie der Magie« vergingen wie im Flug, wenn jedes dritte Wort eine völlig zusammenhanglose Obszönität war.

er sich im Lauf der Jahre bei den Berühmten und Verrückten zusammengeklaut hatte, waren ausnahmslos ramponiert oder zertrümmert. Selbst die gefälschten Zeugnisse an der Wand hingen schief. Einige waren auf eine Weise »geschändet« worden, die Barry selbst vom anderen Ende des Zimmers aus riechen konnte.

Auf Ritalins Kopf hockte ein Rhesusäffchen, das einen kleinen Fes mit der Aufschrift »Englisch« aufhatte.

»Entlausung von Fünftklässlern ... Ferrero-Stösschen ... der neunzehnte September ... Anhörung vor dem Disziplinarausschuss ...« Der Affe, der offensichtlich kurz davor war, komplett durchzudrehen, ratterte wahllos und ohne jeden Zusammenhang sämtliche Worte herunter, die ihm ins Auge fielen. Barry musste husten. Ein strenger Tiergeruch hing in der Luft.

»Nur herein, nur herein«, sagte Dr. Ritalin. Er pustete den Schwanz des Affen von seinem Mund weg. »Setzen Sie sich. Hier, nehmen Sie.« Ritalin reichte Barry eine Wäscheklammer. Er selbst hatte sich die Nase bereits zugeklemmt. »Ich finde das ganz hilfreich, besonders wenn man gerade aus der frischen Luft hereinkommt.«

»Danke.« Die Klammer war schmerzhaft, aber wirkungsvoll. Barry schnalzte mit den Lippen. »Erstaunlich. Die Luft schmeckt trotzdem noch nach Affe.«

»Wissen Sie, was eine ›hysterische Schwangerschaft‹ ist?«, fragte Ritalin.

»Sie meinen, wenn die Frau einen Rappel kriegt und andauernd so was sagt wie: ›Mein Leben ist ruiniert‹, ›Und dabei kann ich dich noch nicht mal *leiden*‹ oder ›Du wirst ein ganz schlechter Vater‹?«, fragte Barry. »Das hat Hermeline nämlich getan, als wir erfuhren, dass sie mit Nigel schwanger war.«

»Äh, nicht ganz«, sagte Ritalin. Barry hatte das Gefühl, dass den Doktor irgendetwas irritierte, aber er wusste nicht, was. Vielleicht war es die kreischende, sabbernde Kreatur auf seinem Kopf.

»Herr Doktor, ich möchte Ihnen nicht zu nahe treten, aber Ihr Affe geht mir echt auf den Geist.«

»Verzeihung!«, sagte Ritalin. Er ging hinüber zur Tür, öffnete sie und bückte sich dann so weit, dass der Affe den Halt verlor. »Zurück zur Buchausgabe mit dir.«

Barry hörte, wie der Affe unter den Schreien der Schüler den Flur entlanglief. Er wollte nicht, dass sich das Tier aus dem Staub machte und auf die schiefe Bahn geriet. Hermeline hatte etwas von einem superintelligenten Mäusevolk erwähnt, und eine Kreuzung aus Maus und Affe war eine Furcht erregende Vorstellung. »Sollten wir nicht dafür sorgen, dass er auch wirklich in die Bibliothek zurückläuft?«, fragte Barry.

»Mir doch egal«, winkte Ritalin ab. »Mein Interesse gilt allein der menschlichen Psyche, Barry, nicht den Extratouren eines Affen. Er trug den Kopf ohnehin viel zu niedrig. ›Hysterische Schwangerschaft‹«, fuhr er fort, »ist ein veralteter Ausdruck dafür, dass eine Frau sich sosehr ein Kind wünscht, dass ihr Körper anfängt, die Symptome einer Schwangerschaft zu zeigen.«

»Ist ja irre«, sagte Barry. »Die Psyche der Frau bringt ihren Körper dazu, sich zu verändern?«

»Ja.«

»Dann glauben Sie also«, sagte Barry, der versuchte, eins und eins zusammenzuzählen, »ich wäre schwanger.«

»Nein«, sagte Ritalin. »Ich glaube, Ihre Psyche hindert Sie daran, älter zu werden.«

»Echt?«, fragte Barry. »Und wie macht sie das?«

»Weiß ich noch nicht. Darüber können wir nur etwas erfahren, indem ich Sie in Hypnose versetze.«

»Sie wollen mich hypnotisieren?« Barry fand den Gedanken ganz reizvoll. Das klang nach einem guten Vorwand, um verrückte Sachen anzustellen. »Kriegt man davon wirklich konzentrische Kreise in den Augen wie im Comic? Tut das weh?«

»Nein«, sagte Ritalin, »aber ich kann Sie währenddessen gelegentlich mal schlagen, wenn Sie meinen, dass Schmerz dazugehört.« Wie üblich wusste Barry nicht, ob Ritalin scherzte oder nicht.

Der irre Arzt fuhr fort: »Wir müssen in Ihre Vergangenheit zurückkehren, um das Trauma, das dort möglicherweise verschüttet ist, ans Licht zu bringen und aus der Welt zu schaffen. Vielleicht ist es das, was Sie am Älterwerden hindert.«

»Klingt ziemlich weit hergeholt.«

»Was kann ich dafür?«, sagte Ritalin. »Ich bin nur eine Figur. Wenn Sie sich über die Handlung beschweren wollen, wenden Sie sich an den Autor.«

»Wovon reden Sie?« Barry verstand nur Bahnhof.

»Vergessen Sie's«, sagte Ritalin leicht entnervt. »Ich bin überzeugt, dass wir alle Figuren in einem Buch sind, aber niemand glaubt mir ... Also, wollen Sie's wagen? Ich kann aber nichts versprechen. Vielleicht gelingt es mit der Hypnose-Therapie, Sie zu heilen, vielleicht auch nicht ... Vielleicht verwandele ich Sie aber auch in einen Killerroboter, der ein Staatsoberhaupt nach dem anderen umbringt, bis die restlichen Regierungschefs meinem Plan einer allgemein vorgeschriebenen Kopfhöhe zustimmen. Denken Sie in Ruhe darüber nach.«

Barry überlegte hin und her. Einerseits brachte die

Krankheit ihn nicht um. Eher war das Gegenteil der Fall. Andererseits waren die Pickel und der ewige Stimmbruch außerordentlich lästig, und er wäre gern in Kneipen gegangen, ohne Scherereien zu bekommen. Allerdings war Ritalin ein gefährlicher Irrer, den man nicht gern in seinem Kopf herumpfuschen lassen wollte. Dafür sprach wiederum, dass Hermeline wahrscheinlich irgendwann die Nase voll haben und ihn verlassen würde, wenn er nicht bald mal ein bisschen Bartwuchs bekam. Wenn es schief geht, dachte Barry, kann ich immer noch ihr die Schuld geben. Außerdem klang das mit dem Killerroboter ziemlich cool.

»Okay, warum nicht?«, sagte Barry.

Diese drei kleinen Worte waren der Beginn einer Reise, einer unglaublichen, absurden, total konstruierten Reise zurück in Barrys Vergangenheit. Von der ersten Sitzung an war klar, dass der Schlüssel zur Lösung seines Altersproblems in seinem neunten Schuljahr lag, dem Jahr, als seine Freundin dahingegangen war und Lon seinen Unfall gehabt hatte.

Sie fingen ganz vorn an. Barry durchlebte die Ereignisse des Jahres noch einmal, und Ritalin schrieb mit. Das war keine leichte Aufgabe – selbst Faulpelzen passieren eine Menge Dinge. Aber es schien dem Psychiater Spaß zu machen, das Durcheinander, das Barry zutage förderte, zu sortieren. »So eine Chance bekommt man nie wieder«, rief Ritalin sich in Erinnerung, wenn er einen Krampf in der Schreibhand bekam. »Es gibt nur sehr wenige echte Soziopathen.«

»Hören Sie mal!«, murmelte Barry auf der Couch. »Was ist mit Ferd und Jorge?«

»Psst! Sie stehen unter Hypnose! Schon vergessen?«,

sagte Ritalin barsch. »Wenn wir nicht mitspielen, dauert das Ganze nur noch länger.«

Doch das war Barry egal. Er hatte ohnehin nichts Besseres zu tun. Seit Hermeline ihm das Unterrichten verboten hatte, war er zum Müßiggänger geworden. Und je mehr er sich vorstellte, wie es sein würde, wieder wie ein Erwachsener auszusehen, desto mehr freute er sich darauf. Dieselben Klamotten zu tragen wie Nigel war doch zu peinlich.

Dennoch war es ein zermürbender Prozess. Nach wochenlangen Anstrengungen waren sie erst bis Oktober gekommen. Ein Glück, dass ich ihn mit Kieselsteinen bezahle, dachte Barry.

Kapitel fünf
QUADDATSCH, DER DEPPENSPORT

Eines Oktobernachmittags in der neunten Klasse starrte Barry aus dem Fenster des Grittyfloor-Gemeinschaftsraums, pulte an einem Pickel herum und dachte über ein paar merkwürdige Träume nach, die er in letzter Zeit gehabt hatte. In allen war er eine Schlange gewesen. Seit Beginn des Schuljahrs war er unter anderem von einem Auto überfahren, von einem Hund gefressen und von einem Rasenmäher zerstückelt worden.

Barry sah gerade zu, wie Drafi Malfies die Jacke eines Muffelpuff-Fünftklässlers in einen Baum schleuderte, als plötzlich Lon neben ihm stand.

»Genosse ...« Lon versuchte seit einigen Tagen, einen kommunistischen Umsturz herbeizuführen. Barry erklärte sich das mit den ärmlichen Verhältnissen, in denen er aufgewachsen war. Andererseits waren Ferd und Jorge in geradezu anarchischer Weise fanatische Kapitalisten, also war Lon vielleicht einfach bloß schräg drauf. Da er aufgrund der »faschistischen Kleiderordnung« der Schule seine Mao-Jacke nicht tragen durfte (genau genommen war es eine Steppjacke, die nur ein bisschen so aussah), musste Lon sich mit nervigen Sprüchen und einem Pisspott-Haarschnitt begnügen. »Ich möchte, dass du der Revolution ein Opfer bringst.«

»Leck mich, Trotzki«, sagte Barry. »Ich hab all mein Geld Serious gegeben.«

»Ich will kein Geld. Ich muss dich um einen Gefallen bitten«, flüsterte Lon.

»Warum flüsterst du denn?«, fragte Barry. »Und hör auf, dich immer so anzuschleichen!«

»Könntest du …« Lon schaute sich nervös um, dann zog er Barry in eine staubige Ecke. Es gab noch einen anderen Kommunisten im Hause Grittyfloor, einen versponnenen Zehntklässler namens Sloane. Aufgrund einiger marginaler dogmatischer Unterschiede betrachtete jeder den anderen als gefährlichen Konterrevolutionär.

»Ich pass schon auf, dass Sloane dich nicht kriegt. Versprochen«, sagte Barry.

»Er hat nämlich eine Geheimpolizei.«

»Von wegen! Sloane hat noch nicht mal Freunde«, sagte Barry unwirsch. »Jetzt spuck's schon aus.«

»Könntest du mit mir Quaddatsch trainieren?«, fragte Lon. »Jetzt, wo Woode nicht mehr da ist, möchte ich mich als Torpfosten bewerben.«

»Torhüter, meinst du.«

»Nein, Torpfosten«, sagte Lon bestimmt. »Ich kenne meine Grenzen.«

Barry merkte, wie ihn eine große Müdigkeit überkam. »Lon, wenn du schon weißt, dass du es nicht bringst, warum tust du dir das an? Außerdem habe ich hundert Gallonen darauf gesetzt, dass Grittyfloor den Hauspokal gewinnt.«

Lon zog seine von Eselsohren verunzierte Ausgabe der Mao-Bibel hervor. »Der Große Vorsitzende sagt, es gibt für einen jungen Menschen nur einen Weg, sich als Revolutionär zu beweisen.«

»Indem er seinen Kumpels auf die Nerven geht?«

»Indem er bereit ist, sich in die breite Masse einzufügen«, sagte Lon. »In Hogwash spielt die breite Masse Quaddatsch. Daher ist es meine Pflicht als Revolutionär, das ebenfalls zu tun. Aber wir beide wissen, dass ich mich dabei saudumm anstellen werde. Daher habe ich beschlossen, als lebloser Gegenstand daran teilzunehmen. Damit wäre ich zwar sportlich nutzlos, aber politisch korrekt. Und die größere Präsenz in der Öffentlichkeit wird es mir erleichtern, Anhänger für meinen Fünfjahresplan zu gewinnen.« Lon war der Ansicht, dass alle Schüler in Gruppen aufgeteilt werden sollten, die neben den Schularbeiten und dem Quaddatsch-Training ihr eigenes Eisen schmolzen, ihren eigenen Acker bestellten und so weiter.

Barry merkte, wie sich seine Augen verdrehten, bis er schließlich überhaupt nichts mehr sah. Politik hatte stets diese Wirkung auf ihn. Er gab ein Geräusch von sich, als würde er seine Zunge verschlucken. »Gahhh...«

Lon kannte das bereits. »Komm schon, Barry«, sagte er. »Ferd und Jorge kann ich nicht fragen. Die sind sauer auf mich, weil ich ihnen Munition geklaut habe.«

»Hey, du bist Grauensschüler«, sagte Barry. »Findest du es richtig, Sprengstoff zu horten? Meinst du nicht, dass du damit ein schlechtes Vorbild für die Fünftklässler abgibst? Was würde deine Mutter sagen, wenn sie wüsste, dass du Bumblemores gewaltsamen Sturz vorbereitest?«

»Darauf wartest du doch schon lange, gib's doch zu«, sagte Lon. »Auf jeden Fall sind Ferd und Jorge Kettenhunde des Imperialismus und müssen liquidiert werden.«

»Das ist aber ganz schön brutal.«

»Sie haben mir immer die Ohren lang gezogen, als ich

noch klein war«, schniefte Lon. Solche persönlichen Dramen schüren das Feuer der Revolution.

»Dicky Dimsley hat mir immer die Schuhe hinter dem Kopf zusammengebunden, aber deswegen gehe ich noch lange nicht auf die Barrikaden«, sagte Barry.

»Hör mal, ich will doch nur, dass du ein paar Waffeln auf mich schlägst.«

Barry überlegte. Es war ein schöner Tag. Ein wenig herumzufliegen würde sicher Spaß machen. Und falls nötig, konnte er Lon das Leben so schwer machen, dass er schnell den Mut verlor.

»Na gut, Lon.«

»Danke, Barry!« Lon strahlte. »Du wirst der letzte Mistkerl sein, der an die Wand gestellt wird, das verspreche ich dir!« Als sie den Gemeinschaftsraum verließen, um ihre Mops zu holen, sagte Lon: »Bitte sag Ferd und Jorge nichts davon, ja?«

»Klar«, sagte Barry und beschloss insgeheim, Ferd und Jorge bei der nächsten Gelegenheit brühwarm davon zu erzählen.

Auf dem Weg zum Quaddatschplatz vergnügte Lon sich damit, Barry in allen Einzelheiten zu erklären, inwiefern der Konflikt zwischen ihm und Lord Valumart ein Beispiel für den immerwährenden Kampf zwischen der besitzenden Klasse und dem Proletariat war.

»... und das ist der Grund, warum du noch am Leben bist, Genosse. Auch wenn die Ausbeuter das Gegenteil behaupten, in Wahrheit sind sie auf die Proletarier angewiesen – als Arbeiter in ihren Fabriken, als Käufer ihrer Waren und so weiter.«

»Ich kann's nicht leiden, wenn du mich so nennst.«

»Wie?«, fragte Lon. »Proletarier? Das ist nichts, wofür man sich schämen müsste.«

»Nein, ›Genosse‹«, sagte Barry. »Ich komm mir dabei nur vor wie der letzte Asoziale. Und vielleicht hast du's ja noch nicht bemerkt«, Barry lüpfte seinen Pony, »aber das ist ein Fragerufzeichen und nicht Hammer und Sichel.«

»Von mir aus, Gen… Barry«, sagte Lon. »Auch wenn du es nicht weißt, du bist ein Symbol der Unterdrückung des Volkes.«

»Wir sind da«, sagte Barry, froh, das Thema wechseln zu können. »Willst du dich erst aufwärmen?«

»Oh, nein«, sagte Lon. »Das geht hier nicht. Ferd und Jorge könnten mich sehen. Außerdem glaube ich, Sloane steht hinter dem Pfeiler da.«

Barry schlug die Hände über dem Kopf zusammen. »Wo in Gottes Namen sollen wir es denn dann machen? In meinem Zimmer?«

»Danach wollte ich dich schon lange fragen«, sagte Lon. »Wie hast du es geschafft, so ein Liebesnest ganz für dich allein zu bekommen?«

»Es ist alles andere als ein trautes Liebesnest«, erklärte Barry. »Bumblemore wollte mich von den anderen isolieren.«

»Ich bin trotzdem neidisch. Lass uns da rübergehen.« Lon deutete auf den Vergessenen Wald.

»Na gut«, sagte Barry. »Aber du weißt, wie sauer die Zentauren werden, wenn sie eine Waffel abkriegen.«

Bald schwebten Barry und Lon in der Luft. Der Vergessene Wald dräute grün unter ihnen.

»Ich bin bereit«, log Lon.

Das Gemetzel begann. Barry schlug eine Waffel nach der anderen auf den bedauernswerten Bürgerschreck. Doch selbst als er die Schlagzahl erhöhte, blieb Lon regungslos auf seinem Mopp sitzen. Tapfer ist er ja, das muss man ihm lassen, dachte Barry.

»Okay«, sagte Barry, als ein weiterer Ball von Lons schmerzverzerrter Miene abprallte. »Versuch mal, sie nicht mit dem Gesicht zu fangen.«

»Tschuldigung«, sagte Lon. »Ferd und Jon haben mir das so beigebracht.«

»Bei mir brauchst du dich nicht zu entschuldigen, es ist *dein* Gesicht«, sagte Barry. »Los, wir peppen die Sache mal ein bisschen auf.« Mit einer Bewegung seines Zauberstabs schuf Barry eine ganze Mannschaft von Trotters und ein entsprechendes Team von Measlys. »Denk dran, du bist ein Torpfosten«, sagte Barry. »Was auch passiert, du darfst dich nicht bewegen.«

Temporeich und mit großem Geschick spielten die Trotters aufs Tor. Die verteidigenden Measlys versuchten, ihre Gegner in politische Debatten zu verwickeln. In rascher Folge fiel ein Tor nach dem anderen, und immer traf die Waffel Barrys wehrlosen Kumpel.

Als er wieder zu Atem gekommen war, lächelte Lon schwach und sagte: »Ich glaub, jetzt hab ich's langsam kapiert ... Uah!« Wieder sauste eine Waffel auf ihn zu und verfehlte diesmal nur knapp seinen Kopf.

»Meinst du?«, grinste Barry boshaft in sich hinein. »Wart's ab.« Der kleine Zauberer versetzte dem Ball einen mächtigen Schlag. Mit einem schrillen Geräusch raste die Waffel so schnell durch die Luft, dass sie einen schmalen Kondensstreifen hinterließ.

Gleichzeitig schlug auf Lons ungedeckter Seite ein Drescher von Barrys Team einen Matscher aufs Tor. Ein Drescher von Lons Mannschaft versuchte vergeblich, den Torpfosten zu schützen. Gerade als die Waffel aufs Tor zuflog, traf der perfekt getimte Matscher Lon mit voller Wucht seitlich am Kopf.

Als der Matscher Lon den Schädel brach, schlug dieser unwillkürlich mit dem Bein aus und lenkte Barrys Schuss lässig ab. Dann fiel er von seinem Mopp. Barrys Ärger darüber, dass sein tollpatschiger Freund seinen Schachzug durchkreuzt hatte, verwandelte sich in Entsetzen, als er Lon abstürzen sah.

»Lon!« Eine Flut von Gedanken schoss Barry durch den Kopf. Was für eine dumme Idee! Was für eine furchtbare Scheißidee! Manchmal dachte er einfach nicht nach. Was, wenn Lon starb? Wie würde er es Mrs. Measly sagen? Wo sollte er den Leichnam verstecken? Konnte er so tun, als wäre für einen Moment Lord Valumart in ihn gefahren? Vielleicht ...

Er schaltete einen Gang hoch und war gerade rechtzeitig zur Stelle, um mitanzusehen, wie Lon direkt in einen großen Whirlpool klatschte. Mitten im Wald.

»Gott sei Dank!«, sagte Barry laut. »Was für ein total absurder, bescheuerter Zufall!« Er setzte zur Landung an. »Wenn ich das in einem Buch lesen würde, würde ich es nie und nimmer glauben ...«*

Viele Meter unter ihm saßen der Waffenmeister Zed Grimfood und Murrkopp Moody, zwei ehemalige Terroren von üblem Ruf, in besagtem Whirlpool und diskutierten die Themen des Tages.

»Was ich mich frage«, sagte Zed, »also, was ich gern wissen würde ... Was meinst du: Ist die McGoogle nu' lesbisch oder nich'?«

---

* Passt bloß auf, ihr Myrrhe-Hirne. Versucht *ihr* mal, eins zu schreiben.

»Klar ist sie das, Zed«, sagte Murrkopp und nahm einen Schluck von seinem Bier. Hafwid hing völlig weggetreten ein paar Meter weiter im Pool.
»Wie meinst du das, ›klar ist sie das‹?«
»Ich hab Beweise, du Hirni«, sagte Murrkopp. Er war, wie sein Name schon sagte, ein extrem übellauniger Typ. »Knallharte, unwiderlegbare Beweise. Letztes Jahr nämlich ... Erinnerst du dich noch ans letzte Jahr?«
»Vage«, sagte Zed.
»Vage? Wie meinst du das?«
»Ich war abgelenkt.«
»Abgelenkt? Wovon?«, fragte Murrkopp.
Zed überlegte kurz. »Herzensangelegenheiten«, sagte er.
»Tja, genau das meine ich, Zed. Letztes Jahr lag Liebe in der Luft.«
»Stimmt. Jetzt, wo du's sagst ... Ich glaub, das hab ich in der ›Bauernzeitung‹ gelesen!«
»Das würd mich nicht wundern. Bauern sind große Stecher.«
»Besonders Geflügelzüchter.«
»Ja. Aber nicht nur die, Zed. Das trifft auf viele Männer zu, die sich der Agrarwirtschaft verschrieben haben. Weißt du, was ihr Geheimnis ist?«
»Nein.«
»Mist. Frauen lieben den Geruch von Stallmist. Sie würden es natürlich niemals zugeben ...«, sagte Murrkopp.
»Das kann man wohl sagen! ›Mach das weg da! Ich kann das nicht mehr sehen!‹«
»... aber es stimmt. Das letzte Jahr roch nach Mist. Ja, es stank geradezu danach. Da war es keine Überraschung, dass man auf Schritt und Tritt der Liebe begegnete. Man konnte keine drei Meter weit gehen, ohne in einen großen

Haufen hineinzulaufen«, sagte Murrkopf. »Menschen kamen zu Schaden. Kinder gingen verloren. Verschwanden für immer in einem Haufen dampfender, von Millionen Fliegen umschwirrter Liebe.«

»Was für ein schrecklicher Tod.«

»Natürlich war ich unter diesen Umständen scharf darauf, den Hahn krähen zu lassen.«

»Klar«, sagte Zed. »Wie hab ich mir das vorzustellen?«

»Mann, das ist eine Redewendung. Ich hab doch keinen Gockel. Schon wegen der Papageienkrankheit.« Murrkopf trank einen Schluck Bier. »Hat dir schon mal jemand gesagt, dass du rhetorisch keine große Leuchte bist?«

»Nein«, sagte Zed. »Ich meinte die Liebe. Wie war die so?«

»Kennst du das nicht, wenn sie durch den Äther schwebt?«

»Nein.«

»Das liegt daran, dass du immer in der Schule hockst. Wie oft hab ich dir schon gesagt: ›Geh endlich mal raus.‹«

»Stimmt, das hast du«, sagte Zed. »Egal wo ich bin, ständig sagst du: ›Raus mit dir! Raus mit dir! Raus mit dir, du Weichei …‹«

»Das mach ich doch gern, Zed. Dafür sind Freunde schließlich da.«

»Das *ist* Freundschaft. Auf die Freundschaft.« Sie stießen mit ihren Bieren an.

»Die Liebe, die durch den Äther schwebt, ist jedenfalls eine Art bräunlicher Nebel, der in der Luft hängt und einem in die Kleidung und die Haare dringt. Mein Hund stank so furchtbar, dass ich ihn einschläfern lassen musste.«

»Hat er sich gut mit dem Hahn vertragen?« fragte Zed.

»Oh, ja, prächtig. Sie waren ein Herz und eine Seele – dank dieser Liebe. Das fiel schon richtig auf«, sagte Murrkopp. »Hat zu ein paar peinlichen Fragen geführt.«

Zed entdeckte Barry und Lon, die hoch über ihnen trainierten. »Was ist denn da los?«

»Versuch nicht abzulenken«, sagte Murrkopp gereizt.

»Das klingt, als wäre diese Liebe eine Art Smog«, sagte Zed. »Ist bestimmt nicht gut für die Lunge.«

»Allerdings, Zed, allerdings! Die Ärzte sagen, es sei schlimmer, als im Kohlebergwerk zu arbeiten. Deshalb habe ich eine Gefährtin gesucht, die in Zeiten, in denen ich es besonders nötig habe, für mich da ist.«

»Warum hast du dich nicht an Schwester Pommefritte rangemacht?«

»Weil es heißt, sie sucht den Mann fürs Leben. Aber ich, Zed, bin kein Mann zum Heiraten. Ich bin ein Mann des One-Night-Stands.«

»Sehr vernünftig«, sagte Zed. »Wenn mehr Männer so gut über sich selbst Bescheid wüssten, gäb's weniger Scheidungen.«

»Und weniger Hochzeiten«, sagte Murrkopp. »Ich sag's ja: Die Scheidungsrate lässt sich nur senken, indem man keine Eheschließungen mehr zulässt. Die Menschen müssen anfangen, in Sünde zu leben. Das entspricht viel eher der sittlichen Verfassung der Nation!«

»Hört, hört!«, sagte Zed und nahm einen Schluck.

Hafwids schlaffer Körper rutschte tiefer ins Wasser. Murrkopps blutunterlaufenes magisches Auge schwenkte zur Seite, um ihn zu erfassen. »Sollen wir ihn rausziehen?«, fragte Zed.

»Diesen großen, haarigen Trottel fass ich nicht an«, sagte Murrkopp bestimmt. »Also, um aufs letzte Jahr zurückzukommen: Ich hab mir erst mal ein bisschen Mut angetrunken – zehn oder zwölf Bierchen, damit ich alles ein bisschen verschwommener sehe –, und dann hab ich Minolta McGoogle ins Kino eingeladen.«

»Das wird auch nie einfacher«, sagte Zed. »Als Mann hofft man immer, es fällt einem irgendwann leichter, aber ...«

»Ach, das war nicht schwer, Zed. Ich hab einfach die Mittlere gefragt.«

»Und was hat sie geantwortet?«

Murrkopp schloss die Augen und betete die Antwort Wort für Wort nach: »›Lieber lasse ich mich von Rüsselkäfern auffressen.‹«

»Du meine Güte!«, sagte Zed. »Was, glaubst du, hat die McGoogle damit gemeint?«

»Ich glaube, sie wollte mir einen Wink geben«, sagte Murrkopp.

»Und was sollte dieser Wink bedeuten?«

»Ich bin lesbisch«, sagte Murrkopp.

»Du bist lesbisch?«, fragte Zed schockiert.

»Nicht ich, McGoogle. Was kaum jemand weiß, ist, dass das kinematographische Projektionsverfahren für Lesben nicht geeignet ist. Sie ins Kino auszuführen wäre also zwecklos.«

»Das ist mir neu«, sagte Zed. »Man lernt nie aus.«

»Doch, wenn man sich vorsieht, schon ... Thomas Edison hat sein ganzes Leben lang versucht, dieses Problem zu lösen«, sagte Murrkopp. »Aber zum Leidwesen sapphischer Filmfans in aller Welt gibt es nun mal Dinge, die nicht in des Menschen Hand liegen. Deswegen können Italiener auch kein Radio hören. Das sind physikalische Grundgesetze.«

»Physik hab ich in der Schule nie gehabt«, sagte Zed.
»Schade drum. Die kann man immer gebrauchen.«
»War das alles, was sie gesagt hat?«
»Sie hat mich noch gefragt, was das für ein furchtbarer Gestank sei.«
»Nein!«
»Doch«, sagte Murrkopp bekümmert. »Da stand ich nun, mit Dreck hinter beiden Ohren, vor diesem Wunder der Natur – einer Frau, die immun gegen Mist ist. Zum Glück behielt ich die Nerven. Ich schob es auf die Furzende Fanny, die man in der Nähe hatte herumschweben sehen.«
»Gut geschaltet.« Zed runzelte die Stirn. »Ich finde, sie sollte einen Hut oder ein Schild tragen, auf dem steht: ›Geht weiter, Jungs. Ich bin immun gegen Mist, und ich steh nicht auf Filme, falls ihr versteht, was ich meine.‹«
»Leider«, sagte Murrkopp wehmütig, »leben wir nicht in derart aufgeklärten Zeiten.«
»Ach, sei nicht so streng mit dir«, sagte Zed. »Ich meine, in so einem verdammt dicken Nebel kann man leicht mal vom rechten Weg abkommen. Wie Jesus schon sagte: ›Vergib ihnen, denn sie wissen nicht, was sie tun.‹«
»Wie wahr, wie wahr, Zed. Deshalb habe ich ihr auch noch eine Chance gegeben. Noch zehn Chancen, um genau zu sein. ›Willst du mit mir ausgehen?‹ – ›Nein.‹ – ›Willst du mit mir ausgehen?‹ – ›Nein.‹ Zehnmal hintereinander, bis sie mir schließlich einen Besen über den Kopf zog.«
»Die will sich doch bloß interessant machen«, meinte Zed.
»Schließlich hat sie mich damit abgespeist, sie hätte was mit Bumblemore.« Murrkopp rülpste geräuschvoll. »Manche Leute lassen den Hahn einfach zu oft krähen«, sagte er verbittert.

»Darauf trinke ich«, sagte Zed.

»Du trinkst doch auf alles, Zed«, sagte Murrkopp. »Das ist eine deiner ...« Sein magisches Auge schwenkte himmelwärts, und bevor er Zed warnen oder vielleicht auch darunter schieben konnte, fiel etwas Großes vom Himmel.

Es gab einen gewaltigen Platsch. Wie eine gigantische, rothaarige Kokosnuss war Lon mitten in den Whirlpool gestürzt. Wasser schwappte bis zu den bekifften Zentauren, die sich nuschelnd darüber beschwerten. Doch ansonsten bot der Whirlpool ein unverändertes Bild. Hafwid war nach wie vor bewusstlos, und Zed und Murrkopp, vom Bier benebelt, rührten sich nicht vom Fleck.

Barry kam auf seinem Mopp herbeigeflitzt. »Hat jemand von euch meinen ...« Da entdeckte er Lon, der zusammengesackt in der Mitte des fast leeren Pools lag, und er lief zu ihm, um ihn herauszuziehen.

Mit einiger Verzögerung registrierten Zed und Murrkopp, dass sich etwas an ihrer Umgebung verändert hatte.

»He«, schnaubte Zed, »dein Kumpel hat unseren Whirlpool kaputtgemacht!«

»Schnauze«, sagte Barry mit gepresster, brechender Stimme, während er Lon heraushievte und ihn auf den Boden legte.

»Ist er ...?«, fragte Zed.

»Nein, er atmet noch«, sagte Barry.

»Tretet beiseite, meine Herren. Ich weiß, was zu tun ist«, sagte Murrkopp. »Das gehörte zu meiner Ausbildung zum Terror.«

»Ey!«, sagte Zed ein bisschen beleidigt. »Ich bin schließlich auch Terror!«

»Schon, aber nur einige wenige von uns wurden für die

Allianz der Abgebrühten auserwählt«, sagte Murrkopp. »Wir haben deine Aufnahme gründlich erwogen. Und uns dann gegen dich entschieden. Du warst leider nicht groß genug.«

Barry trat beiseite, und Murrkopp kniete sich vorsichtig über den leblosen Körper.

Ohne Vorwarnung begann er, mit voller Kraft auf Lon einzuprügeln.

Barry warf sich dazwischen. »Was zum Teufel tust du da?«

»Das ist Akudreschur«, sagte Murrkopp, vor Anstrengung etwas außer Atem. »Die Chinesen schwören darauf!«

»Aber ich scheiß drauf! Hör sofort auf mit dem Quatsch!«

»Also, Barry, wenn du nicht willst, dass dein Freund wieder zu sich kommt ...«, mischte Zed sich ein. »Murrkopp weiß, was er tut. Er ist ein sehr kluger Mann. Wusstest du, dass die Italiener kein ...«

Terroren waren auf ganz besondere Art verrückt, und Barrys Geduldsfaden war gerade sehr dünn. »Helft mir einfach, ihn auf meinen Mop zu laden, okay?«

Lon war zu groß, als dass Barry ihn auf die Schulter hätte nehmen können. Aber Murrkopp hatte eine Idee. »Wir klauen dem großen Zottel die Klamotten«, sagte er. Sie bastelten aus den Sachen, die Hafwid säuberlich neben dem Whirlpool aufgestapelt hatte, eine improvisierte Hängematte.

»Was ist denn mit dem los?«, fragte Barry und deutete mit dem Daumen auf den Wildhüter.

»Er hat alle Brownies von den Zentauren gegessen«, sagte Zed.

»Aha.« Barry fand, dass der Bekloppheitspegel langsam

beängstigende Höhen erreichte. Mit Lon im Schlepptau hob er ab Richtung Hogwash und zur Krankenstation.

»Was machen wir jetzt?«, fragte Zed. »Das Bier ist alle.«

»Ich habe eine Idee«, sagte Murrkopp. »Das hab ich auch bei der Allianz der Abgebrühten gelernt ...«

Kichernd zauberten Murrkopp und Zed einen wasserfesten Filzstift herbei und kritzelten ihren komatösen Freund mit obszönen Wörtern und Sprüchen voll. Dann sammelten sie den Rest von Hafwids Klamotten ein und machten sich auf den Heimweg. Nicht nur, dass der Riese sich auf dem Rückweg einen Ast vor den schlaffen Leib würde halten müssen, obendrein war er auch noch mit Sprüchen wie »Hey, Zentauren, wollt ihr mir EINEN BLASEN?« vollgeschmiert.

»Hey, Jungs. Seht euch mal diese vorwitzigen Tattoos an«, sagte eine Stimme, als Hafwid sechs Stunden später auf eine Lichtung stolperte.

Plötzlich war er von Zentauren umringt. Sie wirkten ziemlich angesäuert. Ein paar von ihnen kannte er, aber nicht genug. »He, Trane, he, Fluenze«, lallte Hafwid. »Irgendwelche Arschlöcher haben mich mit diesem Mist voll geschmiert. Ich hab nichts gegen euch, das wisst ihr doch ...«

»Halt die Luft an, Jim«, sagte Trane und ließ seine Hufknöchel knacken.

Hafwid wurde von den stolzen Hipstern und Hütern des Waldes nach allen Regeln der Kunst vermöbelt. Am nächsten Morgen traf er im Lehrerzimmer Zed und Murrkopp. Die beiden hörten gerade lange genug auf, ein Motivationsplakat zu verunstalten, um ihn anzustarren.

»Was gibt's denn da zu glotzen, Rotschopf«, grollte der Riese, der sich ein Beefsteak aufs Auge drückte.

»Nichts«, presste Zed zwischen den Lippen hervor. Kaum hatte die Tür sich geschlossen, bekamen er und Murrkopp einen derartigen Lachkrampf, dass sie sich fast in die Hose kackten.*

---

* Die meisten von Zeds und Murrkopps Streichen nahmen ein böses Ende, aber davon ließen sie sich nicht beirren. Zum Beispiel hatten sie einmal die Teekanne so verzaubert, dass während Barrys gesamtem neuntem Schuljahr immer dann, wenn Professor Snipe Tee kochte, nur Kaffee herauskam. Für ihn als Lehrer für Zaubertränke war das sehr peinlich, zumal Bumblemore ihn daraufhin zum Lehrer für Zauber*schwänke* degradierte. Was soll man an einer humorigen Erzählung schon verzaubern? Als Snipe dahinterkam, wer ihm das eingebrockt hatte, hexte er Zed eine Wichtelplage an den Hals. Murrkopp behauptete, er hätte nichts damit zu tun, und Snipe glaubte ihm, der Depp.

Kapitel sechs
EIN MÄDCHEN UND SEIN SCHWEIN

»Entschuldigen Sie die Verspätung«, sagte Barry, während er auf die Couch in Ritalins Büro rutschte. »Meine Tochter hat meinen Nachttopf in einen Teleporttopf verwandelt. Beim morgendlichen Pinkeln merkte ich plötzlich, dass ich gerade die Haarpflegeabteilung bei Boots an der Corleone Street unter Wasser setzte!«

»Sehr bedenklich«, sagte Ritalin. »Ist das der Nachttopf des Schreckens? Der ist für Sie bestimmt mit vielen Erinnerungen verbunden. Werden Sie sie bestrafen?«

»Nein. Ich schätze, das hat sie von uns geerbt«, sagte Barry resigniert. »Ich war schon immer ein Arschloch, und Hermeline kann gut hexen. Es ist nur natürlich, dass bei Fiona beides zusammenkommt. Wussten Sie, dass zwei Monate lang ein kleiner Planet meinen Kopf umkreist hat?«

»Na, so was ... Lassen Sie uns anfangen.« Dr. Ritalin stellte eine Münze auf den Rand und versetzte sie mit einem Fingerschnipsen ins Trudeln. Sogleich hob sie ab und blieb vor der Nase des auf Ritalins Ledersofa liegenden Patienten in der Luft stehen. »Barry, schauen Sie auf die Münze«, sagte der Doktor. »*Luminoso*«, murmelte er dann, und das Licht im Büro wurde schummriger. »Ich werde jetzt von zwanzig rückwärts zählen. Wenn ich bei eins ankomme, sind Sie tot.«

Erschrocken setzte Barry sich auf.

»Ha, ha«, lachte Ritalin. »Nur ein kleiner Hypnotiseurswitz. Legen Sie sich wieder hin. Wenn ich bei eins ankomme, werden Sie sich in die Zeit zurückversetzen, als Sie zum ersten Mal den Wunsch verspürten, nicht älter zu werden ... als Sie damit begannen, sich selbst am Erwachsenwerden zu hindern ...«

Bei zehn fühlte Barry sich, als bestünde er aus verkochten Linguini. Ritalins Stimme war wie ein Magnet, der ihn immer weiter hinabzog. Oder hinauf. Oder was auch immer.

»... eins«, sagte Ritalin. »Nun, Barry, wo sind Sie?«

»Sie haben ›sieben‹ vergessen«, murmelte Barry.

»Das spielt keine Rolle. Wie alt sind Sie?«

»Ich bin fünfzehn.«

»Und wo sind Sie?«

»In der Schule ... Ich hänge gerade mit den Jungs vom Orden des Penis herum.«

»Vom was?«, sagte Dr. Ritalin und machte sich eine Notiz.

»Dem Orden des Penis. Wir treffen uns, trinken Bier und gucken in einem Geheimzimmer Pornofilme. Aber sagen Sie's nicht Bumblemore.«

»Werd ich nicht.«

»Wir haben sie nämlich aus seinem Büro geklaut.«

»Oh.« Ritalin rieb sich müde die Wange. Die bodenlose Verkommenheit Hogwashs konnte einen fertig machen.

»Ich versuche ständig, Ms. Rollins dazu zu überreden, dass sie den Orden im nächsten Buch unterbringt, aber sie sagt immer: ›Ich glaube, dafür ist die Welt noch nicht reif‹«, sagte Barry. Dann veränderte sich seine Stimme: Er war nun ganz und gar in der Vergangenheit und redete mit den Leuten von damals.

Es war Freitagnachmittag, und das Treffen des Ordens des Penis war in vollem Gange. Barry stand von einem der Sitzsäcke auf, die sie in diesen geheimen Raum, das so genannte »Entspannungszimmer«, geschmuggelt hatten. »Jungs, ich werd mal mit Lon Gassi gehen ... Hört auf, mich mit Popcorn zu bewerfen!«

»Halt den Mund, und nimm's wie ein Mann«, sagte Ferd und nahm ihn weiter unter Beschuss. »Tanz, Püppchen, tanz!«

»Dieses Bier ist widerlich«, sagte Jorge und schaute dabei eine Flasche an, als hätte sie ihn gerade gebissen.

»Das ist doch der Sinn der Sache«, sagte Barry, Popcorn ausweichend. Jede Woche hatte ein anderes Ordensmitglied die Aufgabe, ein Bier herbeizuzaubern, das Chancen auf den Titel »Schlechtestes Bier der Welt« hatte.

Eine dralle Blondine in einem hauchdünnen roten Negligé, die gerade lebensgroß an die nackte Wand projiziert wurde, machte eine Tür auf. »Ho, ho, ho,«, sagte ein Mann mit nacktem Oberkörper, Weihnachtsmannmütze und Jeans. »Ich wollte mal nach den Leitungen sehen.« Er hatte eine überdimensionale Rohrzange in der Hand.

»Ja, ja, alles klar!«, sagte Ferd zur allgemeinen Erheiterung.

»Auf der Hülle steht, der Typ heißt Peter Pecker«, sagte Lee Jardin. »Dann muss der mit den braunen Haaren Erik Giert sein.«

»Meinst du die Kopfbehaarung?«, fragte Jorge.

»Ich wette, Mrs. Giert ist sehr stolz auf ihren Mann«, sagte Hermeline lachend.

»Startet die Stoppuhr«, sagte Schamlos O'Stereotype. Ferd richtete seinen Zauberstab auf die Wand, an der daraufhin große Zahlen aus weißem Licht die Sekunden zu zählen begannen. Es war ein alter Brauch des Ordens, jede Woche Wetten darauf abzuschließen, wie viel Zeit von der fadenscheinigen, albernen Exposition bis zur eigentlichen Penetration vergingen. Wer am nächsten dran war, brauchte kein Bier mehr zu trinken, und derjenige, der sich am ärgsten verschätzt hatte, musste alle Reste mit nach Hause nehmen.

Offensichtlich brauchte man keinen Penis, um Mitglied des Ordens zu werden, sondern vielmehr eine funktionstüchtige Leber. Hermeline war Gründungsmitglied, und jedes Mal, wenn sie – wie diese Woche – einen Film mitbrachte, entpuppte der sich als weitaus zotiger als das äußerst konventionelle Zeug, das die Jungs anschleppten.

»Damit unterminiere ich überkommene Rollenbilder«, sagte Hermeline stolz.

»Damit unterminierst du meinen Verdauungsapparat«, gab Barry zurück. Auf der Leinwand stellte eine Elfe gerade etwas äußerst Unhygienisches mit einer überdimensionalen Zuckerstange an. Irgendein schwachsinniger Dialog, der Wörter wie »unartig« und »brav« enthielt, plätscherte im Hintergrund dahin, aber niemand hörte zu.

»Da! Die Zuckerstange! Ich hab gewonnen!«, sagte Schamlos.

»Nee«, sagte Ferd. »Süßigkeiten zählen nicht.«

»Was denn, glaubst du etwa, sie hebt sich die Stange bloß für später auf?«, fragte Schamlos. Er suchte ständig Streit.

»Reg dich ab, Schamlos ... Na, das ist mal ein guter Platz für einen Mistelzweig!«, feixte Jorge und zeigte auf den Klempner.

»Autsch«, sagte Lee. »Die Blätter sehen aber piksig aus.«

»Hermi«, fragte Barry, »was würde Victor sagen, wenn er wüsste, dass du dir so was anguckst?«

»Gar nichts, wenn er schlau ist. Er ist meine Fernbeziehung und nicht mein Vater. Und was ist schon dabei?«, sagte Hermeline schulterzuckend. »Er ist nicht hier, und als Alternative steht nur ihr zur Auswahl.«

»Und was ist an uns auszusetzen?«, fragte Ferd herausfordernd.

»Guck mal in den Spiegel«, sagte Hermeline. »Ich bin sicher, Vic macht mit seinen Freunden auch solche Sachen. Jeder denkt doch an Sex.«

»Ich wette, Underage nicht«, warf Lee ein.

»Die hat die Pubertät eben noch vor sich«, sagte Hermeline. »Früher oder später werden ihre Hormone genauso verrückt spielen wie unsere.«

Barry wurde ganz anders. Einerseits war es natürlich reizvoll, eine leibhaftige Frau bei diesem schweinischen Spektakel dabeizuhaben, andererseits machte die Erkenntnis, dass Hermeline mit solchen Dingen viel selbstverständlicher umging als er (von seinen Doktorspielchen mal abgesehen), alles wieder zunichte. Wenn Mädchen eine ebenso versaute Fantasie hatten wie Jungs ... Bei dem Gedanken konnte einem angst und bange werden. »Äh, ich muss mit Lon Gassi gehen«, sagte er.

»Du bist ja immer noch da!« Jorge starrte wie hypnotisiert auf ein Sexspielzeug mit Klingelglöckchen daran.

»Entschuldige, dass ich dich nicht zur Tür bringe«, sagte Ferd. Zwei neue Darstellerinnen waren erschienen, die nur mit einem Rentiergeweih bekleidet waren.

»Ihr müsst dringend zum Psychiater«, sagte Barry. »Komm, Lon. Ich hol schnell noch meinen Regenmantel.«

Lon, der erst vor ein paar Wochen aus der Krankenstation entlassen worden war, lag zusammengerollt auf dem Boden und bekam von der lustgeschwängerten Atmosphäre nichts mit. Als er aufstand und sich streckte, sagte Barry: »Sagt mir Bescheid, ob ich die Wette gewonnen hab.«

»Die hab ich doch schon gewonnen«, grölte Schamlos.

»Nein, hast du nicht«, ertönte es im Chor, aber da waren Barry und Lon schon draußen.

Nachdem die beiden sich geschlagene zehn Minuten mit den sich ständig neu arrangierenden Treppen herumgeplagt hatten, erreichten sie Barrys Privatgemach. In diesem Zimmer waren früher die Grittyfloor-Schüler eingesperrt worden, die während des Schuljahrs den Verstand verloren hatten. (Es gab eine Zeit, in der jedes Haus so ein Zimmer hatte. Heutzutage verhexte man die Schüler einfach mit einem *Sedatio*-Zauber und schob sie ins Hallo-Netzwerk. Barry fand, dass die Gitter vor den Fenstern dem Raum eine besondere Note verliehen, aber die weichen Gummiwände erschwerten das Aufhängen von Postern.)

Nach dem Unfall hatte Lon hier auf einer Palette am Fußende von Barrys Bett geschlafen. Doch irgendwann hatte Barry die Kläfferei nachts um zwei satt, und nun schlief Lon meistens bei Hermeline und ihren Freundinnen. Sie kümmerten sich aufopfernd um ihn und schmuggelten Essen für ihn aus den Speisesälen hinaus. Während Lon fraß, übten sie Frisurenzauber an ihm.

Barry streichelte geistesabwesend Lons Leine und starrte aus dem Schlafzimmerfenster. Er sah zu, wie der Krake sich aus einem Fenster unter ihm einen kreischenden Fünftklässler schnappte.[*] Zu seiner Linken sah er den Rasen, der

---

[*] Dieses Spielchen hatte in Hogwash Tradition: Die Schüler lungerten an einem offenen Fenster herum und provozierten den Kraken dazu, einen Tentakel nach ihnen auszustrecken, dann huschten sie in letzter Sekunde außer Reichweite. Manchmal waren sie zu langsam, und Hafwid musste ihre Hab-

sich bis zum Horizont erstreckte. Er hatte ihn nie anders als saftig grün gesehen, denn es goss dauernd in Strömen.

Die Schüler nannten das die »Wasserfolter«: Selbst wenn der Himmel strahlend blau war, fiel Regen auf Hogwash. Die Konkurrenzschule Beaubeaux hatte Hogwash ständige Feuchtigkeit an den Hals gehext, und bislang hatte noch niemand so richtig herausgefunden, wie sich das Problem lösen ließ. Durch den Dunst sah Barry zwei schemenhafte Gestalten, die sich über den Rasen bewegten, die eine klein und gelb, die andere noch kleiner und rosa.

Lon, der ungeduldig auf seinen Spaziergang wartete, fing an zu bellen. In den ersten Wochen nach seiner Gehirntransplantation musste man extrem oft mit ihm Gassi gehen. »Wir wollen ja nicht, dass er verwildert«, sagte Schwester Pommefritte. »Wir müssen ihn an Menschen gewöhnen.« Angesichts all des Unheils und der Zerstörung, die Ferd und Jorge Measly anrichteten, obwohl sie voll und ganz in die Gesellschaft integriert waren, war die Vorstellung eines ungezähmten, von der Menschheit isolierten Lon Furcht erregend.

»Nein! Die scheuert!«, sagte Lon, als Barry die Leine zückte. Der Hundejunge ließ sich auf alle viere fallen und begann, kläffend im Schlafzimmer umherzurennen.

Barry holte seinen Regenmantel raus, einen bunten Hippie-Poncho, den sein Vater früher getragen hatte. Er klebte vor uraltem Dreck, denn er war zuletzt vor Mr. Trotters Tod gereinigt worden. Fertig zum Gehen, stellte Barry sich vor die Tür. Lon lag mit dem Kopf unter Barrys Bett und ver-

seligkeiten in einen Karton packen und an ihre Eltern schicken. Professor McGoogle, die gegen alles war, was den Schülern Spaß machte, versuchte sie von dem Spiel abzubringen, aber Direktor Bumblemore sprach sich dafür aus. So blieb die Warteliste der Schule überschaubar.

suchte, einen Kauknochen darunter hervorzuziehen, den er dort versteckt hatte.

»Komm schon, Lon«, sagte Barry. »Ich will zum Abendessen wieder zurück sein. Heute gibt's Steak-and-Kidney-Pie.«

»Haben! Haben!« Lon schaute sich fragend zu Barry um und winselte. »In den ersten Monaten«, hatte Schwester Pommefritte gesagt, »wird Mr. Measlys Sprache lückenhaft, primitiv und nervtötend sein.«

»Herrje!«, sagte Barry verdrossen. Nachdem er den Knochen hervorgeangelt hatte, zog er den hinter ihm hertollenden Lon vorsichtig aus dem Zimmer – leider nicht vorsichtig genug, um zu verhindern, dass er Barrys recht beachtliche Bierdosenpyramide umstieß.*

»Verdammt!«, sagte Barry. »Du bist echt genauso tollpatschig wie vorher.« Er machte die Tür zu. »Apport!«, rief er und warf den Kauknochen die Treppe hinunter in die Eingangshalle. Lon raste die sich verschiebenden Stiegen hinab.

»Passt auf!«, brüllte Barry einer Gruppe von Siebtklässlern zu, die gerade die Stufen herauftrotteten. Zu spät. Schon hatte Lon ein paar von ihnen umgeschubst, und sie lagen in einem wahren Wirbelsturm von Hausaufgaben-Pergamenten auf der Nase.

Barry hatte kaum begonnen, Lon hinterherzulaufen, als dieser bereits mit dem Knochen im Mund die Treppen wieder hinaufspurtete. »Bleib stehen, Lon!«, schrie Barry, als der rothaarige Halbmensch direkt an ihm vorbeiflitzte.

---

* Bis zum Erscheinen von Rollins' Buch hatte Barry es nur einmal zu kurzer Berühmtheit gebracht, und zwar als Colin Creepy im *Hogwash-Telepath* einen Artikel über besagte Pyramide schrieb: »Achtklässler gibt sich dem Suff hin.«

Kriegenspielen war was für Deppen. »Na schön«, sagte Barry. »Ich gehe jetzt spazieren. Wenn jemand mitkommen will ...«

Kurz darauf stand Lon oben auf dem Treppenabsatz und blickte auf Barry hinunter, der inzwischen unten angekommen war. Jedesmal, wenn Barry sich anschickte, wieder hinaufzusteigen, wich Lon ein Stück weiter zurück.

»Komm her, Lon«, sagte Barry. Er versuchte, mit der freundlichen, aber bestimmten Stimme zu sprechen, die Schwester Pommefritte empfohlen hatte. »Na hopp!«

Lon schaute Barry einfach bloß an und legte dabei hin und wieder fragend den Kopf zur Seite, als wolle er sagen: »Redest du mit mir? Ich habe nämlich neuerdings einen Geheimnamen, den nur ich kenne.« Das machte einen rasend. Schließlich behalf sich Barry mit einem Zauberspruch.

»*Kitzelario!*« Eine magische Hand schoss aus Barrys Zauberstab und begann, Lon an einer ganz bestimmten Stelle direkt unter dem Brustkorb zu kratzen. Prompt ließ dieser sich auf den Boden fallen, rollte sich auf den Rücken und begann mit dem linken Bein zu zucken.

Ermattet stieg Barry die Treppen hinauf. Einen Hund zu besitzen war kein Honigschlecken. Manchmal wünschte er sich sogar den alten maoistischen Revoluzzer zurück. Aber es hatte keinen Sinn, darüber nachzugrübeln. Barry schob ihm das Halfter über Gesicht und Kopf. Wie üblich musste Lon dabei niesen. Hermeline meinte, das läge daran, dass das Halfter gegen seine Nasenspitze drückte, aber nach Barrys Überzeugung tat er es mit Absicht.

»Irx«, sagte Barry und wischte sich mit der Hand das Gesicht ab. »Los jetzt.« Auf einen Ruck an der Leine erhob sich Lon und trottete zur Treppe. Da ein paar Silverfish-Schüler auf ihn zeigten und lachten, machte Barry einen Umweg durch den Silverfish-Gemeinschaftsraum, wo er Lon beibrachte, auf das Ledersofa zu pinkeln.

»Braver Junge«, sagte Barry und gab Lon ein Kaugummi mit Steak-Geschmack.

Als sie schließlich draußen waren, konnte Barry die beiden Gestalten, die er aus dem Fenster gesehen hatte, etwas besser erkennen. Die eine sah aus wie ein Mensch, und die andere schien ein Hund oder so etwas zu sein. Aber rosa?

Um was es sich auch handeln mochte, Lons Interesse war jedenfalls geweckt. Er riss derart an Barrys fünfzehn Meter langer Rollleine, dass sie im Handumdrehen abgespult war. Barry versuchte, mit ihm Schritt zu halten, doch seine Kondition war zu schwach. Wenn man jede Kleinigkeit durch Zauberei erledigen kann, fehlt es einem einfach an Bewegung. Ehe er sich's versah, schlitterte Barry an der straff gespannten Leine durch den regendurchweichten Matsch hinter Lon her wie ein Wasserskifahrer, der von einem Motorboot gezogen wird.

»Achtung!«, schrie Barry der mit einem Friesennerz bekleideten Gestalt zu, die in rasendem Tempo näher kam.

»Was?«, erwiderte eine hohe, etwas kratzige Stimme. »Oh!«

Das Schwein, das vor ihr lief, hörte auf, den Boden zu beschnüffeln, quiekte erschrocken und gab Fersengeld.

»Desmond! Komm zurück!«, rief das Mädchen im Friesennerz.

Hmm, dachte Barry. Ein Mädchen. Sie hat ein Schwein, also mag sie Rosa und hat gerne was zum Knuddeln. Sie ist ungefähr so alt wie ich und bei vollem Verstand. Wenn da nur dieser verflixte Keuschheitsgürtel nicht wäre. »Keine Angst! Der beißt nicht!«, rief Barry.

Während er das Mädchen gründlich unter die Lupe nahm (zwei Arme, zwei Beine, ein Kopf, also: ran an den Speck!), bemerkte er den kleinen Felsblock nicht, der vor ihm aus dem Boden ragte. Er blieb mit dem rechten Zeh daran hängen und fiel der Länge nach hin.

Inzwischen hatte Lon das Schwein eingeholt und es auf den Arm genommen. »Hab ich dich, hab ich dich, hab ich dich«, trällerte er. Das Schwein quiekte, strampelte und kackte. »Iiih«, rief Lon und ließ es los. Er drohte mit dem Finger. »Wer so was macht, muss Windeln tragen!«, rügte er das Tier. Diese Weisheit hatte Schwester Pommefritte ihm eingebläut. Das Schwein trippelte davon und versuchte in sicherer Entfernung, seine Würde zurückzuerlangen.

Barry war auch nicht viel sauberer als Lon. Allerdings roch er nicht so unangenehm – er war bloß voller Schlamm. Das Mädchen im Friesennerz kam auf ihn zu und half ihm auf die Füße.

»Hoch mit dir«, sagte sie aufgeräumt. Sie hatte kleine Hände und trug Nagellack in drei verschiedenen Farben.

»Danke«, sagte Barry. Er rieb sich den Hintern. »Ich glaube, ich bin auf meinem Zauberstab gelandet.« Das Mädchen lachte.

»Deinem was?«, fragte sie.

»Meinem Zauberstab.« Barry holte ihn heraus. »Ich bin ein Zauberer.«

Sie kapierte nicht. Als sie ihren Südwester abnahm, kam darunter ein kastanienbrauner Bubikopf zum Vorschein. Sie schüttelte das Wasser vom Hut, und ein paar Tröpfchen trafen Barry.

»Entschuldige«, sagte sie. »Wieso trägst du einen Stock mit dir rum? Ist das ein Andenken oder so was? Mein Großvater hatte immer ein Stück Metall bei sich«, sagte sie. »Er hat allen erzählt, es sei ein Schrapnell, das man ihm aus dem Kopf operiert hätte, aber meine Oma sagt, es war bloß ein Stück Alteisen«, vertraute sie ihm an. »Opa hat auch behauptet, er hätte mit Rommel Armdrücken gemacht, aber das war ebenfalls gelogen. Er war bei der Truppenbetreuung. Das Einzige, wovor er Angst haben musste, waren verfaulte Tomaten.«

Lon kam zurück. Er hatte sich irgendwie mit dem Schwein angefreundet und trug es wieder auf dem Arm, wobei er es ein wenig zu vertraulich beschnüffelte und ableckte. Plötzlich schämte Barry sich für seinen Freund.

»Nicht, Lon!«, sagte er. »Das ist schließlich nicht *dein* Schwein.«

Lon blickte auf. »Ich werde es Schnitzel nennen!«, sagte er strahlend.

»Nein, Lon, das geht nicht«, sagte Barry. »Es gehört nicht dir, sondern diesem Mädchen hier.« Dann sprach er mit einer Stimme weiter, von der er hoffte, dass sie fest und männlich klang. »*Lon! Aus!*«

Lon blieb stehen und legte den Kopf um ungefähr fünfzehn Grad zur Seite, rührte sich aber ansonsten nicht. Wieder dieses Spielchen mit dem Geheimnamen.

Das Mädchen legte die Hände an den Mund und brüllte mit noch tieferer Stimme (schließlich pubertieren Mädchen früher als Jungs): »Aus!« Lon ließ das Schwein fallen, und es trottete davon.

»Nicht schlecht!«, sagte Barry leicht gekränkt.

»Danke«, sagte das Mädchen und strich sich ein paar Haare aus der Stirn. »Man muss ihnen nur zeigen, wer der Boss ist.« Sie streckte die Hand aus. »Ich heiße Bea«, sagte sie. »Und du?«

Barry blieb die Spucke weg. Es war schon sehr lange her,

dass jemand in dieser Gegend nicht gewusst hatte, wer er war. Er stand da wie vom Blitz getroffen.

»Da, wo ich herkomme, ist der Handschlag eine Form der Begrüßung«, fuhr Bea fort. »Die ausgestreckte Hand bedeutet: ›Ich bin dir freundlich gesonnen‹, oder in einer kritischeren Situation: ›Ich bin unbewaffnet.‹« Sie stockte. »Du bist doch unbewaffnet, oder?«

»Ja«, sagte Barry, nachdem er wieder zu sich gekommen war, und lächelte verlegen. »Barry Trotter.«

»Freut mich, dich kennen zu lernen, Barry. Du hast aber ein schönes Haus«, sagte sie und deutete auf Hogwash.

»Wie? Oh, nein, da gehe ich zur Schule.«

»Dann hast du eine schöne Schule«, sagte Bea. »Ich gehe nicht zur Schule. Meine Oma möchte, dass ich eine humanistische Bildung bekomme. Deshalb bleibe ich zu Hause und unterrichte mich selbst.«

»Klingt ja toll. Kann ich auch bei deiner Oma wohnen?« Alles war besser als das Leben unter dem Bumblewichser.

Bea lachte, was ein bisschen nach einem Quietsche-Entchen klang. »Kommt drauf an«, sagte sie. »Bist du parthischer oder gotischer Herkunft?«

»Du meinst, ob ich schwarze Klamotten trage und …

»Nein, ich meine, bist du ein ›Angehöriger eines von mehreren barbarischen Volksstämmen, die sich nach ihrer Vertreibung aus der Steppe durch die Mongolen nördlich des Schwarzen Meeres niederließen und vom dritten Jahrhundert an durch immer neue Raubzüge zum Fall des Weströmischen Reiches beitrugen‹?«

»Was?« Alles, was nach Lernen klang, lähmte Barrys Gehirn. »Ich komme aus Piddlesex«, sagte er und hoffte, dass sie sich damit zufrieden gab.

Das tat sie. »Aha.« Barrys Schweigen ermunterte Bea, hinzuzufügen: »Oma und ich sind Römer.«

»Dann seid ihr Italiener? Ich hatte mal einen Nachbarn, der aus Italien kam«, sagte Barry. »Seine Mutter hat sich die Achseln nicht rasiert.«

»Nein«, sagte Bea. »Römer, wie in ›Römisches Reich‹. Mein Nachname war ursprünglich Thrasyll, aber als Opa Soldat wurde, hat er ihn in Thompson geändert.«

An diesem Punkt der Unterhaltung fragte Barry das Mädchen normalerweise, ob sie unter Umständen bereit sei, ihre Bluse auszuziehen. Diesmal erschien ihm das irgendwie unpassend, doch in seinem Kopf herrschte immer noch eine bedenkliche Leere. Da er keine Ahnung hatte, was er sagen sollte, war Barry dankbar, als er Desmond auf eine einsame Baumgruppe am Rande des Vergessenen Waldes zuschlendern sah.

»Du solltest dein Schwein lieber nicht zu nah an diese Leichenbäume ranlassen*«, warnte er Bea.

»Genau die soll er doch ausfindig machen: Eichenbäume«, sagte Bea. »Ich bilde ihn zum Trüffelschwein aus.«

»Hä?«

»Von Trüffeln hast du doch bestimmt schon mal was gehört, wo du doch auf so eine große, imposante Schule gehst?«, neckte ihn Bea. »›Ein aromatischer Speisepilz, der auf den Wurzeln von Eichen wächst.‹«

Barry starrte sie verständnislos an.

---

* Die blutrünstige Pflanzenwelt auf dem Gelände von Hogwash – die Päderastenpappel, die Leichenbäume und so weiter – war das Werk eines geisteskranken Wanderbotanikers, der sich »Johnny Demonseed« nannte. Lediglich mit einem ausrangierten Antimonsack bekleidet und einen zerbeulten Kessel auf dem Kopf reiste J. D. im 18. Jahrhundert durch die Zauberwelt und pflanzte Killerbäume. Niemand wusste genau, wieso er das tat, aber alle waren sich einig, dass er ein blöder Sack war.

Wie kann man nur dermaßen ahnungslos sein?, fragte sich Bea. »Was lernt ihr überhaupt in der Schule?«

»Zaubern«, sagte Barry.

Bea lachte.

»Nein, im Ernst. Das ist kein Witz«, sagte er. Während er das sagte, reckte ein Leichenbaum einen mörderischen Ast zu dem Schwein hinunter. »Pass mal auf. Hierher!«, sagte Barry und richtete seinen Zauberstab auf das Schwein. Desmond verschwand und tauchte dann zu Beas Füßen wieder auf. Der Baum ballte seine Zweige zu winzigen Fäusten und schüttelte sie wütend.

»Oh! Wie hast …?« Sie nahm ihre vom Regen beschlagene Brille ab und polierte sie. »Liegt wohl an der Brille«, sagte sie halb zu sich selbst. »Muss mir dringend eine neue verschreiben lassen …«

Muddel, dachte Barry. Wie kann man nur dermaßen ahnungslos sein? »Was machst du überhaupt hier?«, fragte Barry.

»Wie ich schon sagte, ich dressiere mein Schwein«, sagte sie, als sei es die natürlichste Sache der Welt, das auf dem Gelände von Hogwash zu tun. »Oma sagt, Des ist von der falschen Rasse, aber ich fand ihn immer sehr begabt, und ich gehöre zu den Menschen, für die ein Nein, nun ja, die dann einfach …«

»Wo ist mein Hund?«, fragte Barry, der plötzlich Angst bekam, Lon könnte an die Päderastenpappel pinkeln oder einen ähnlich brillanten Einfall haben.

»Meinst du deinen Freund?«, sagte Bea. »Du solltest wirklich netter zu ihm sein.«

»Du verstehst das nicht. Er ist quasi halb Mensch, halb Hund«, sagte Barry. »Das ist eine lange, unappetitliche Geschichte.«

»Da ist er doch, da drüben ...«, sagte Bea. Lon hockte unter der Quaddatsch-Zuschauertribüne und leckte sich. »Oh. Jetzt weiß ich, was du meinst. Er ist ziemlich gelenkig, was?«

»Hör zu«, sagte Barry, »er ist ein guter Kerl. Er kann nichts dafür, er hat das Gehirn eines Golden Retrievers.«

»Puh, das klingt ja verrückt«, sagte Bea. »Aber ich schätze mal, als ›Zauberer‹ hat man verrückte Freunde.« Sie machte sich über ihn lustig. Nach all der Speichelleckerei, die er erlebt hatte, war das eigentlich ganz amüsant.

»Bea, du solltest dich lieber nicht hier herumtreiben. Das ist gefährlich.«

»Gefährlich? Inwiefern?«, fragte Bea vergnügt. »Man sieht es ihm vielleicht nicht an, aber Desmond kann ganz schön ungemütlich werden.« Er schnüffelte zu ihren Füßen herum, und sie bückte sich und kraulte ihn zwischen den Ohren. »Ich hab ihm Karate beigebracht. In etwas abgewandelter From, versteht sich. Ich hab da ein Buch, das heißt *Karate für extrem Kleinwüchsige*, und ...«

»Verstehe«, schnitt Barry ihr das Wort ab. »Aber es ist wirklich gefährlich hier, besonders wenn es dunkel ist. Außer den Leichenbäumen und der Päderastenpappel ist da noch der Krake ...«

»Der was?«

»Ein riesiger Oktopus, der in dem See da drüben lebt.«

»Alles klar, ›Barry Trotter‹«, sagte Bea lächelnd. Offensichtlich glaubte sie ihm kein Wort. »Wusstest du, dass Oktopoden genauso intelligent sind wie Hauskatzen?«

»Herrgott noch mal«, sagte Barry entnervt. »Du musst hier weg! Siehst du nicht, wie er in die Fenster greift? Guck mal, da!«

»Wo?«

»Da drüben!« Barry zeigte mit vollem Körpereinsatz auf ihn. »Immer den Schreien nach. Siehst du ihn?«

»Ich weiß nicht«, sagte Bea. »Bist du sicher, dass das keine optische Täuschung ist?«

»Die *Schreie?*«

»Das kann auch an der Dämmerung liegen. Gestern erst habe ich gelesen, dass irgendwelche Piloten behauptet haben, sie hätten einen Drachen gesehen.« Bea lachte. »Kaum zu fassen, oder?«

Barry wurde plötzlich klar, wie spät es war und dass er zum Abendessen zu Hause sein sollte. Aber er hatte das seltsame Bedürfnis, dieses Muddelmädchen zu beschützen.

»Wie bist du hergekommen?«

»Immer die Hogsbleede Road entlang«. »Wir wohnen in Hogsbleede. Oma lebt da schon ihr ganzes Leben.«

»Die Ärmste.«

Bea zuckte mit den Schultern. »Die Lebenshaltungskosten sind niedrig.«

»Ich bin froh, dass du nicht in den Wald geraten bist. Das ist nämlich ein vergessener Wald«, sagte Barry, der die seltene Gelegenheit auskostete, einmal nicht der Dummkopf zu sein, sondern jemandem etwas beibringen zu können. »Das heißt, er ist voll von Beatniks, Jazzmusikern und allem möglichen anderen Zeugs.«

»Uuh, da lebt die Boheme!«

Beas Wortschatz war ein echtes Problem. »Äh ... ja. Und wenn du das Glück hast, den Zentauren zu entkommen, sind da noch die Riesenspinnen. Die sind grauenhaft. Die Riesen sind zwar noch größer als die Spinnen, aber nur halb so schlimm.«

»Interessant. Ich muss irgendwann mal wiederkommen und mir das genauer ansehen.«

»Nein!«, sagte Barry. »Nein, tu das lieber nicht, Bea. Die werden dich umbringen und zu Bongofellen oder so was verarbeiten.«

Bea lächelte verschmitzt und sagte: »Ich könnte also möglicherweise einen Führer brauchen?«

Barry wurde rot. Wieder überkam ihn ein ungewohntes, wenn auch nicht unangenehmes Gefühl – diesmal das Gefühl, der Gejagte zu sein und nicht der Jäger. »Nun ... ja, wenn du es so ausdrücken willst. Wenn ich es mir recht überlege«, sagte Barry, »sollte ich dich lieber zur Straße begleiten.«

»Na, dann komm«, sagte Bea und setzte sich in Bewegung. »Es wird schon dunkel. Womöglich treiben sich hier Drachen herum.«

»Keine Angst«, sagte Barry feierlich. »Mit denen werde ich fertig.«

»Großartig«, sagte Bea. »Du kümmerst dich um die Drachen, und ich beschütze uns vor dem Yeti, Nessie und ihren Freunden, den Außerirdischen.«

Barry fand das gar nicht lustig. Der Yeti war ein wirklich unangenehmer, zynischer Säufer, und Nessie war sogar noch schlimmer. Er stieß einen Pfiff aus, und Lon kam herbeigetrottet. Desmond, der begonnen hatte, seine Zuneigung ernsthaft zu erwidern, folgte ihm. Lon konnte gut mit Tieren, schließlich war er selbst eins.

Als sie an der Straße ankamen, hatte Barry keine große Lust, umzukehren. »Ich bring dich noch in die Stadt«, sagte er. »Wenn's dir recht ist.«

»Klar«, sagte Bea. »An Zauberschulen sieht man es wohl nicht so eng, wenn Schüler sich heimlich davonmachen?«

»Oh, doch. Normalerweise sind die da ziemlich streng, aber ...«, Barry hielt inne, um seinen Worten mehr Gewicht zu verleihen, »ich genieße hier quasi Narrenfreiheit.«

»Aha«, sagte Bea mit ungläubigem Grinsen. »Und warum kriegst du so eine Sonderbehandlung?«

»Ich bin berühmt.«

»Lass mich raten: Du bist ein berühmter Drachenjäger«, sagte Bea.

»Im Laufe der Jahre habe ich schon einige Scharmützel mit ihnen ausgefochten«, sagte Barry schwülstig. »Ihr wunder Punkt sind die Oberschenkel, denn Drachen achten sehr auf ihre Figur. Wenn man auf die Oberschenkel eines Drachen zeigt und sagt: ›Man sieht jeden Muffin, den du je gegessen hast‹, fängt er an zu flennen. Und da beim Weinen die Nebenhöhlen feucht werden, kann er dann kein Feuer mehr spucken.«

»Woher nimmst du das bloß alles?«, fragte Bea lachend. »Bist du Komiker oder aus der Klapsmühle ausgebrochen? Kaum zu glauben, dass ich noch nie von dir gehört habe.«

»Du solltest mehr unter Leute gehen«, sagte Barry gekränkt. »Ich bin der einzige Mensch, der je einen Anschlag von Lord Valumart überlebt hat.«

»Den Namen hab ich noch nie gehört«, sagte Bea. »Wohnt er hier in der Gegend?«

»Das ist der mächtigste Doofe Zauberer aller Zeiten«, sagte Barry. »Er versucht ständig, mich umzubringen.«

»Verstehe«, sagte Bea, um ihn bei Laune zu halten. »Aber du entkommst jedes Mal, was?«

»Wie man sieht.«

»Okay, man sieht's«, räumte Bea ein. »Das stelle ich mir ziemlich langweilig vor. Versuchst du denn nie, *ihn* zu ermorden, um mal ein bisschen Abwechslung reinzubringen?«

Barry überlegte kurz. »Seltsamerweise nicht«, sagte er. Aber er fand die Idee so gut, dass er einen Stift herausholte und auf seinen rechten Handteller schrieb: »Versuchen, Valumart zu ermorden.« Dieses Mädchen war ganz schön schlau, vielleicht sogar ebenso schlau wie Hermeline, aber (wie er mit Befriedigung feststellte) längst nicht so behaart.

Schließlich erreichten sie Hogsbleede. Lon und Desmond fielen zurück und durchwühlten die Unmengen von Straßenmüll.

»Ich will dir ja nicht zu nahe treten, aber man muss sich doch fragen, wie mächtig ein Zauberer ist, wenn er nicht mal mit einem Schuljungen fertig wird«, sagte Bea. »Und nicht genug damit, dass Volde... Wie heißt er noch mal?«

»Valumart. Lord Valumart.«

»Ach, ein *Lord* ist er auch noch? Einfach nur ›Jeremy Valumart‹ oder so reicht wohl nicht.«

»Er heißt Terry.«

»Und, was ist dagegen einzuwenden? Mein Opa hieß auch Terry, aber er hatte es nicht nötig, den Lord zu spielen. Heutzutage wird alles so aufgeblasen. Man kann nichts mehr glauben. Daran ist bloß die Werbung schuld.« Sie zeigte nach oben. »Guck dir zum Beispiel das Flugzeug da an.«

Nicht weit über ihnen zog ein Drache mit einem Banner im Schlepptau seine Kreise, auf dem auf der einen Seite »Esst mehr Myrrhe!« und auf der anderen »Mehr Muskeln dank Mortys Myrrhe« stand.

»Falls du das wirklich glaubst, tust du mir Leid. Das ist doch alles Schwindel.« Bea war ganz aufgebracht, und Barry hörte ihr nur allzu gern zu. »Ich hasse Flugzeuge!«, sagte sie wütend. »Sie machen einen schrecklichen Lärm! Außerdem wecken sie in einem den Wunsch, sonst wo zu sein, nur nicht da, wo man sich gerade befindet. Überleg doch mal. Wärst du in diesem Moment nicht auch gern irgendwo, wo es warm ist?«

»Klar«, sagte Barry.

»Aber sobald du dort bist, wärst du lieber ... keine Ahnung ... irgendwo, wo es weniger schwül ist oder wo man eine schönere Aussicht hat oder so ... Alle fliegen andauernd irgendwohin und bleiben nie an einem Ort«, sagte Bea. »Das ist nicht normal. Ich hätte keine Lust zum Fliegen. Du?«

»Oh, ja«, sagte Barry. »Ich fliege wahnsinnig gern. Das mache ich dauernd.«

»Wirklich? Und woher nimmst du das Geld dazu?«

»Das kostet nichts«, sagte Barry.

Bea schmunzelte. »Weil du etwas Besonderes bist, was?«

»Nein«, sagte Barry trotzig, »weil ich meinen Mopp habe.«

»DEINEN MOPP?« Bea bekam einen derartigen Lachanfall, dass sie stehen bleiben und sich an einen Laternenpfahl lehnen musste.

»Ja«, pampte Barry zurück. »An meiner Schule können alle fliegen. Sogar der.« Er zeigte auf Lon, der hinter ihnen lief. Er und Desmond sahen aus, als würden sie zusammen etwas gegen die Menschheit aushecken, aber in Wirklichkeit war es nur eine gemeinsame Vorliebe für die vielfältigen Gerüche des Mülls.

Als Bea sich wieder gefangen hatte, sagte sie: »Ich bin noch nie geflogen. Ehrlich gesagt, habe ich ein bisschen Angst davor. Meine Eltern sind gestorben ...«

Das war Barrys Stichwort. »Meine Eltern sind auch tot!«

Sein Überschwang verblüffte Bea.

»... äh, leider«, fügte er hinzu.

»Das tut mir Leid. Meine Eltern sind gestorben, als ich noch klein war. Deshalb wohne ich bei meiner Oma.«

Verzweifelt versuchte Barry, das Thema zu wechseln. »Ach, die Art zu fliegen, die ich meine, würde dir gefallen. Es ist ganz leicht, man braucht nur ...«

»Lass mich raten: etwas Klebstoff oder Benzin in eine Tüte zu geben und daran zu schnüffeln. Auf die Art zu fliegen steh ich aber auch nicht.«

»Nein, du verstehst mich falsch. Das ist Magie ...«

»Ja, die ›Magie‹ absterbender Gehirnzellen. Yippie!« Sie hatten eine besonders heruntergekommene Ecke erreicht. »So, hier muss ich rein«, sagte Bea.

»Hier wohnst du?«, fragte Barry. Sie standen vor einer ausgesprochen schmierigen Stripbar, der »Ritze der Lamia«. Ferd und Jorge quatschten in einer Tour von diesem Laden, denn sie hofften, wenn sie oft genug davon erzählten, würden die Leute endlich glauben, dass der Troll an der Tür sie reingelassen hatte.

»Nein, du Dummkopf, ein Stück die Straße runter«, sagte Bea.

»Ich geh mit«, sagte Barry reflexartig.

»Du kommst viel zu spät zum Abendessen.« Bea lächelte.

»Aber das kannst du dir bestimmt leisten, was?«

»Bumblemore, ich meine, der Direktor, hätte nichts dagegen, wenn ich überhaupt nicht zurückkäme, aber ich werde vermutlich mit einem Zauberspruch die Zeit zurückdrehen«, sagte Barry. »Heute gibt's Steak-and-Kidney-Pie. Das möchte ich nicht verpassen!« In der Hoffnung, sie würde es niedlich finden, massierte Barry sich den Bauch.

Bea lachte. »Nein, das sollst du auch nicht«, sagte sie. »Ich werd das letzte Stück lieber allein gehen.«

»Bist du sicher?«, fragte Barry. »Ich dachte, ich hätte gerade ein paar finstere Typen gesehen ... Den Yeti ...«

»Netter Versuch, du Schwindler.« Sie streckte noch mal die Hand aus. »Danke fürs Nachhausebringen, Barry Trotter.« Bea dachte kurz nach. »Weißt du, vielleicht habe ich den Namen schon mal im Fernsehen gehört oder so.«

Barry verdrehte die Augen. »Sag ich doch ... Es gibt auch ein Buch über mich.«

»Aha«, sagte Bea. »Oma will keinen Fernseher. Deshalb muss ich mich mit dem begnügen, was ich durch das Fenster der ›Ritze‹ zu sehen kriege. Apropos, ich sollte jetzt wirklich gehen, sie fragt sich bestimmt schon, wo ich bleibe ... Und dann komm ich auch noch ohne Trüffel nach Hause! Das muss sie erst mal schlucken.«

»Warte, Bea«, sagte Barry. »Ich kann dir welche herbeizaubern.«

»Wenn du mit ›herbeizaubern‹ meinst, in den Supermarkt gehen und welche kaufen ...«

»Nein, nein«, sagte Barry ungeduldig. »Moment.« Barry drehte Bea den Rücken zu, sprach rasch einen Dalli-dalli-Zauber und drehte sich mit einer großen schwarzen Trüffel in der Hand wieder zu ihr um.

Bea war verwirrt, aber beeindruckt. »Wie ...?« Plötzlich begriff sie. »Dachte ich mir doch, dass du mich bloß verkohlen willst: Natürlich weißt du, was Trüffeln sind. Du wolltest mir nur die Stelle nicht verraten, wo du sie immer sammelst, drüben bei den Eichen!«

»Gar nicht wahr. Ich wollte bloß ...«

»Ach, hör auf zu flunkern. Nächstes Mal musst du sie mir zeigen.« Bea packte ihn am Ohr und zog daran. »Versprich's mir!«

Dieser Überfall – und dazu Beas Berührung – lähmte Barry, als würde Strom durch ihn hindurchfließen. Seine Zunge lag schlaff und nutzlos in seinem Mund.

»Ich deute das mal als Ja. Wann? Nächsten Samstag? Oder haben ›Zauberer‹ auch samstags Schule?«

Seine Zunge hatte sich noch nicht wieder erholt.

»Das deute ich auch als Ja«, sagte Bea. Dann stellte sie

sich plötzlich auf die Zehenspitzen und gab Barry einen freundschaftlichen Kuss auf die Wange. Er fiel fast in Ohnmacht.

»Danke. Du bist ein sonderbarer Mensch, Barry. Aber ich mag dich. Es war sehr galant von dir, mich nach Hause zu bringen, zumal du dadurch dein Abendessen verpasst. Dann bis Samstag«, sagte Bea. »Wir treffen uns hier. Komm, Desmond.« Das Mädchen drehte sich entschlossen um und pfiff nach seinem Schwein, das zu seinem Frauchen hinübertrottete. Dann gingen sie die Straße hinunter.

Galant, dachte Barry. Ich? Der junge Zauberer hatte das Gefühl, als flösse Rhablubb durch seine Adern. Er wusste nicht, was das bedeutete. Er wünschte nur, es wäre schon Samstag.

Barry lehnte sich an die Mauer eines baufälligen Schuppens voller Zaubermüll. Vielleicht waren die giftigen Ausdünstungen ja an seinem Zustand schuld, oder vielleicht ... Mitten in Barrys Grübelei hüpfte Lon von hinten heran und stieß ihm seine Nase ins Hinterteil.

»Auaaa!«, brüllte Barry. »Bewahrst du das Ding etwa im Kühlschrank auf?«, sagte er und verpasste Lon eine Kopfnuss. Lon jaulte, und fünfzehn Meter weiter blickte Bea sich um.

»Alles in Ordnung! Hier ist alles bestens!«, rief Barry und winkte. »Bis auf diesen Vollidioten ...«, murmelte er.

Bea drehte sich wieder um und ging weiter. Barry stand da und schaute ihr nach, bis sie, nur mehr ein gelber Fleck in der Dämmerung, auf ein Haus zuging und eintrat. Da wohnt sie also ... Er schaute auf seine Uhr.

»Verdammt, das Essen ist schon fast vorbei. Komm her«, sagte Barry und schnappte sich Lon. »Der Rückspulzauber ... Ich glaube, ich weiß noch, wie der geht. Zwei Stunden müssten reichen.« Ein paar Wörter und einen kleinen Veitstanz später stellten Barry und Lon fest, dass sie zwei *Tage* in die Vergangenheit gereist waren.

Barry stand in der Schule und musterte das Zeug, das Fistuletta auf seinen Teller klatschte. »So ein *Mist!*« Der Zauberspruch war so einfach, und dennoch kriegte Barry ihn nie richtig hin. Nicht nur, dass er jetzt zwei Tage länger auf ein Wiedersehen mit Bea warten musste, es gab auch noch Tofu. Barry hasste Tofu.

Kapitel sieben
BARRY ALS DICHTER

»Wie fühlen Sie sich?«, fragte Ritalin, nachdem er Barry aus seinen Träumen geholt hatte.

»Ganz gut«, sagte Barry. Er schnalzte mit den Lippen. »Ich hab so einen Kleistergeschmack im Mund.«

»Das sagen viele Leute nach der Hypnose. Deshalb ist sie auch so gut für die Figur«, sagte Ritalin. Es war erstaunlich, wie viel Kompetenz jemand ausstrahlen konnte, wenn keine echten Tatsachen im Spiel waren. »Das war also Bea. Interessantes Mädchen.«

»Fand ich auch«, sagte Barry ziemlich emotionslos.

»Hatte sie wirklich gar keine Ahnung von Zauberern, Magie und all diesen Dingen?«

»Doch«, sagte Barry. »Sie hat bloß so getan. Wie ich später herausfand, hatte ihre Großmutter ihr verboten, mit Fremden über Zauberei zu reden.«

»Verstehe«, sagte Ritalin. »Aber warum war das für Sie so traumatisch? Haben Sie sich dafür geschämt, auf ein Muddelmädchen zu fliegen?«

»Nun stellen Sie sich doch nicht dümmer, als Sie sind«, sagte Barry. »Meine Mutter war ein Muddel. Es ist doch ganz logisch, dass ...«

»Dann war es Ihnen vielleicht peinlich, dass sie im Ghetto wohnte?«, sagte Ritalin.

»Im was?«

»Im Muddel-Ghetto.« Ritalin lächelte. »Jetzt kommen Sie, Sie wollen mir doch nicht erzählen, dass Ihnen in Hogsbleede nie das Muddel-Ghetto aufgefallen ist? Gleich hinter dem Zoo, der sich allerdings nicht Zoo nennen darf. Nachdem dort diverse Besucher ums Leben gekommen sind, wurde es den Betreibern verboten«, sagte Ritalin. »Soweit ich mich erinnere, heißt er nun ›Städtische Menagerie für grässliche Viecher‹.* Ich weiß noch, wie ich mich das erste Mal durch die Halle der Stechinsekten gequält habe ... Gerade habe ich gelesen, dass dort eine ›Großkatzen‹-Ausstellung mit dem Titel ›Das Tal des Gestanks‹ angelaufen ist. Eine wirklich erstaunliche Einrichtung«, sagte Ritalin. »Terry Valumart hat sie vor einigen Jahren übernommen, und die Investition hat sich für ihn ausgezahlt. Es ist ein vergnüglicher Ort für die ganze Familie, besonders wenn deren Mitglieder sich nicht ausstehen können.«

Da Barry bloß mit offenem Mund dasaß, fuhr Ritalin fort: »Noch nie vom Ghetto gehört? Tja, selektive Wahrnehmung, davon können wir alle ein Lied singen. Ich für meinen Teil bin schwarzweißblind ...«

---

* In der Städtischen Menagerie für grässliche Viecher von Hogsbleede lebten einige der unangenehmsten Kreaturen, die fünfhundert Millionen Jahre Evolution hervorgebracht haben. Ursprünglich hatte der Zoo nicht vorgehabt, eine solche Sammlung anzulegen, aber da er durch chronischen Geldmangel ohnehin dazu gezwungen war, Lücken im Bestand mit Tieren zu schließen, die von anderen Zoos wegen ihrer Bösartigkeit abgegeben wurden, beschloss man, aus der Not eine Tugend zu machen. Seit zwanzig Jahren suchte man gezielt nach besonders gefährlichen Exemplaren. »Die Natur in all ihrer Blutrünstigkeit!«, lautete der Slogan (wobei das Blut von der Bevölkerung stammte). Man sollte annehmen, dass die Besucherzahlen dadurch sanken, doch das Gegenteil war der Fall: Heil und unversehrt durch die SMGV gelangt zu sein war ein Zeichen von Stärke und Gerissenheit, das bei Rabauken beider Geschlechter hoch im Kurs stand.

Endlich schaltete Barry. »Moment mal. In Hogsbleede wohnen *Muddel?*«

»Aber ja«, sagte Ritalin. »Seit Jahrhunderten. Da gibt es einmal das Zaubererviertel – dort ist es am schönsten –, dann die SMGV, die als eine Art Sperrgürtel dient. Und dann das Muddelviertel. Man erkennt es an den Friseursalons.«*

»Boah«, sagte Barry.

»Allerdings. Wenn man's recht bedenkt, ist das aber nicht allzu überraschend. Die meisten Zauberer und Hexen haben ... Wie sag ich's am freundlichsten? ... ein Problem mit der Realität. Sie brauchen Hilfe. Jemanden, der die Teufelsbrut windelt und den Hexenkessel putzt. Den Hokuspokus kriegen sie noch hin, aber wo sie den Eisenhut verwahrt haben, daran können sie sich nicht mehr erinnern«, sagte Ritalin. »Auf jeden Zauberer und jede Hexe in Hogsbleede kommen drei oder vier Muddel, die die Drecksarbeit machen.«

»Boah«, wiederholte Barry. »Haben die denn keine Hauselfen?«, fragte er, um sein Gewissen zu beruhigen.

Ritalin lachte. »Hauselfen taugen vielleicht für überraschende Wendungen einer Geschichte, aber welches Volk wäre so dumm, *Sklaven mit Zauberkräften* zu halten? Das ist doch widersinnig. Hier bedienen wir uns ihrer nur, weil die Lehrerschaft sie halbwegs unter Kontrolle hat. Gehirnwäsche. Die ganze Geschichte mit den geschenkten Kleidungsstücken ... So etwas nennt man einen ›Trigger‹. Bewusstseinssteuerung.« Ritalin pflegte seine beiden Monokel in seine Handflächen fallen zu lassen und sie beim Sprechen wieder einzusetzen.

---

* Zauberer und Hexen brauchen niemanden, der ihnen die Haare schneidet. Sie lassen sie einfach ein paar Zentimeter schrumpfen, wenn nötig.

»Würden Sie bitte damit aufhören? Das nervt.«

»Tschuldigung«, sagte Ritalin. »Dumme Angewohnheit. Ich merke das noch nicht einmal. Das Gehirn weiß nicht, was die Hände tun. Das Muddel-Ghetto ist jedenfalls eine äußerst finstere Gegend, aber es gibt dort ein paar wirklich gute Restaurants, die man allerdings in Begleitung eines Einheimischen besuchen sollte.«

»Das ist ja hochinteressant. Ich verstehe nur nicht, was das alles miteinander zu tun hat«, maulte Barry.

»Ich auch nicht«, sagte Ritalin. »Aber wir werden es herausfinden. Sollen wir weitermachen?«

Barry fand sich vor Beas Tür wieder. Er hatte beschlossen, den ganzen Nachmittag blauzumachen. Die Zahl seiner Fehlstunden hatte erschreckende Ausmaße angenommen, seit er herausgefunden hatte, dass Bea immer zu Hause war und dort ihren Unterricht erhielt – oder sich vielmehr selbst unterrichtete, da ihre Großmutter einen Full-Time-Job als Assistentin eines Alchemisten hatte.

In Sachen Zauberei hatte es ein paar Fortschritte gegeben. »Was du ›Zauberer‹ nennst, dazu sagt Oma Hippies«, stellte sie fest.

Nach langwieriger Überzeugungsarbeit hatte Bea schließlich eingeräumt, dass es so etwas wie Magie gab. Aber sie glaubte immer noch nicht, dass Barry etwas damit zu tun hatte. Das brachte den jungen Zauberer zur Weißglut und trieb ihn zu immer spektakuläreren Demonstrationen.

»Ich glaube, du willst mich mit deiner Sturheit bloß provozieren«, sagte er, während er mürrisch ein Klavier zum Schweben brachte.

»Wozu denn? Komische Sachen zu sagen und mit deinem Stock zu wedeln?«, gab Bea zurück. »Ich finde das echt beknackt. Aber da es dir Spaß zu machen scheint, will ich dich nicht davon abhalten. Das steht mir nicht zu.«

»Aber ich hab dein Klavier zum Schweben gebracht! Und deine Katze!«, sagte Barry. »Sieh nur – sie hängt einfach in der Luft!«

»Vielleicht hat *sie* ja Zauberkräfte«, sagte Bea. »Ich wüsste jedenfalls nicht, was du damit zu tun haben solltest.«

»Aber ich zeige mit meinem Zauberstab auf sie.«

»Ich glaube, du willst dich bloß davor drücken, das Kaiserlied auswendig zu lernen«, sagte Bea. »Das verletzt mich zutiefst. Ich habe es selbst geschrieben.«

Mit einem unterdrückten Schrei der Frustration ließ Barry Katze und Klavier wieder herunter. »Na gut«, sagte er matt.

»Fein«, sagte Bea. »Es hilft einem wirklich, sich die Kaiser zu merken.«* Nachdem sie es siebenmal hintereinander gesungen hatten, blieb Barry nichts anderes übrig, als ihr zuzustimmen.

Auch Bea sah langsam Land: Barry war alles andere als ein wandelndes Lexikon, aber ihre freundlichen Bemühungen bescherten ihm das eine oder andere Aha-Erlebnis. Das Ausmaß seiner Unwissenheit verblüffte Bea immer wieder aufs Neue. Als sie eines Tages auf einer Parkbank sa-

---

* Beas Lied war eine Auflistung der römischen Kaiser zur Melodie des »Colonel Bogey March« aus »Die Brücke am Kwai«. Und das ging so:

> Zuerst Augustus und Ti-be-ri-us,
> und auf Gaius folgt der Claudius.
> Dann kommen der schwule Nero,
> wie auch der Galba und der Otho,
> die beide starben früh.
> Vitellius und Vespa-si-an ...

... und so weiter. Barry fand es extrem behämmert, sang aber trotzdem mit. Wenn man auf jemanden steht, macht man solche Sachen.

ßen, versuchte sie, seine Ahnungslosigkeit für ihre Zwecke auszunutzen.

»Würdest du dir mal ein Gedicht für mich anschauen?«, fragte Bea.

Barry schreckte zurück. »Tut das weh?«

»Ich habe es den ganzen Morgen lang analysiert, mich darfst du also nicht fragen«, sagte sie und massierte sich die Schläfen. Ihr Haar, normalerweise ein wohl frisierter Bubikopf, war etwas zerzaust – ein eindeutiges Zeichen dafür, dass sie angestrengt nachgedacht hatte. Sie reichte ihm ein Blatt Papier. »Ich möchte einen Putzfrauentest mit dir machen.«

»Hä?«, sagte Barry. Was will die mit mir machen?, fragte er sich stumpfsinnig. Beas Wortschatz erwies sich ein ums andere Mal als Stolperstein.

»Lies es einfach.«

»Ich hätte eher Lust, dem Briefkasten da Leben einzuhauchen«, sagte Barry verzweifelt. »Glaub mir, wenn dann ein Vogel darauf landet, wird es total lustig.«

»Das kannst du hinterher machen«, sagte Bea.

»›Der MÖCHTEGERN-POET‹, von Ben Jonson«, sagte Barry laut.

»Lies leise, bitte«, sagte Bea. »Wenn ich das noch einmal höre, muss ich spucken.«

»Tschuldigung«, sagte Barry. Dann, leise:

Ach, jämmerlicher MÖCHTEGERN-POET,
Der sich mit fremden Federn schmückt aus Neid,
Sein »Werk« spricht Hohn der Originalität,
Doch uns Bestohl'nen tut er nur noch Leid.
Zuerst begnügt' er sich mit Krumen nur,
Nahm hier ein Wort und da; doch kaum dass er

Zu Geld gelangt, Respekt von uns erfuhr,
Rafft' alles er, hatt' keine Skrupel mehr
Und spielt's herab, wirft man's ihm vor. Ja, pfui!
Solch Schund verschlingt das tumbe Publikum,
Das eh nicht merkt, bei wem's geklaut. Im Hui
Dein Einfall gilt als SEIN Ingenium.
Der Tor! Als wär dem Blinden nicht gewahr
Was Teil, was ganz, was Fell ist und was Haar!

Als er fertig war, saß Barry da und wusste nicht, was er sagen sollte. Er verstand kein Wort. »Das ist ein Gedicht, stimmt's?«, fragte Barry vorsichtig.

»Ein Sonett«, sagte Bea.

»Ein was?«, dachte Barry. Da er sich ohnehin schon unglaublich dumm vorkam, versuchte er es mit einem Trick. »Ich finde, es ist ziemlich offensichtlich, was er ... Es ist doch ein er, oder? ... was er damit sagen will. Was glaubst *du* denn, was er meint?«

»Der Dichter ist sauer auf jemanden, der viel Geld damit verdient, bei anderen, talentierteren Autoren abzukupfern.«

»Was, durch Abschreiben?« Barry war stolz darauf, in seiner gesamten Hogwash-Laufbahn kein einziges eigenes Wort geschrieben zu haben.

»Ja«, sagte Bea. »Durch Plagiieren.«

Barry zuckte mit den Schultern. »Was soll's, bei uns in der Schule haben viele Leute Plaque.«

»Nein! Nein! Das ist was völlig anderes!«, sagte Bea, der langsam der Geduldsfaden riss. »Abschreiben ist das Schlimmste, was ein Schriftsteller tun kann.«

»Soll das heißen, jedes Mal, wenn ich einen Zauberspruch aufsage«, erwiderte Barry trotzig, »›plagiiere‹ ich denjenigen, der ihn erfunden hat? Jedes Mal, wenn ich Marmelade auf ein Brötchen schmiere, ›plagiiere‹ ich den ersten Menschen, der ...«

»Das ist nicht dasselbe«, sagte Bea. »Schriftsteller ...«

Barry ließ sich nicht den Wind aus den Segeln nehmen. »Ich glaube, derjenige, der das geschrieben hat, war high«, sagte er.

Vor lauter Frust quiekte Bea wie ein Dinosaurier. »Wer einen Idioten fragt, kriegt eine idiotische Antwort«, sagte sie und riss ihm den Zettel aus der Hand.

Barry stichelte weiter: »Ich sag dir, Alter, lass die Finger vom Bong. Lass *bloß* die Finger davon!«

Bea riss sich zusammen. »Du denkst an Coleridge«, sagte sie, nachdem sie einmal tief Luft geholt hatte. »Jonson war ein Zeitgenosse Shakespeares.« Als sie sah, dass dieser Name keinerlei Reaktion auslöste, fügte sie hinzu: »*William* Shakespeare.«

»Stammt der hier aus der Gegend?«

»Oh, mein Gott«, sagte Bea. »Du weißt nicht, wer William Shakespeare war? Der größte Dichter aller Zeiten?«

»Hör mal«, motzte Barry, »ich hab's dir schon mal gesagt: Das Einzige, was wir in der Schule lernen, ist Zaubern. Wenn dieser Shakesfear ...«

»Shakes*p*eare! Mit P!«

»Wie auch immer ... Wenn er ein Zauberer wäre, wüsste ich alles über ihn. Man bringt uns Zaubersprüche bei, Wahrsagerei und solche Sachen«, sagte Barry. »Hat er Quaddatsch gespielt?«

Diese Frage würdigte Bea keiner Antwort. »Ich kann nicht fassen, dass ihr keinen Englischunterricht habt.«

Barry lachte. »Wozu denn auch? Ich sprech doch schon Englisch.«

»Mathe?«

»Nein. Aber ich erinnere noch ein paar Sachen aus der Muddelschule«, sagte Barry, womit er die dunkle Ahnung meinte, dass (zum Beispiel) sieben mehr ist als drei. Zauberer konnten solche Lappalien Hauselfen oder Muddeln überlassen. »Wie heißt das noch mal?« Barry suchte nach dem Wort. »Radieren?«

»O Gott. Du kannst noch nicht mal addieren?«, sagte Bea. »Was ist drei plus ...« Sie hielt inne. »Vergiss es, ich will's gar nicht wissen. Irgendwelche Naturwissenschaften?«

»Ähm ... ein bisschen ... wie heißt es noch ... Alchemie.«

Bea schnaubte. »Tu mir einen Gefallen: Falls du je meine Großmutter kennen lernen solltest, fang bloß nicht von Alchemie an. Ihrer Meinung nach ist das die pure Bleiverschwendung. Canadian Bacon, ihr Chef, ist wahrlich kein Einstein.«

Barry glotzte Bea völlig verständnislos an.

»Einstein war ein sehr kluger Muddel«, fügte sie hinzu.

»Wenn er so klug war, warum ist er dann tot?«, fragte Barry. »Jedenfalls braucht man all das gar nicht zu wissen, um ein großer Zauberer zu werden.«

»Da wäre ich mir an deiner Stelle nicht so sicher«, sagte Bea.

Den Rest des Nachmittags verbrachte sie damit, Barry das Addieren beizubringen. Als er wieder auf seinem Zimmer war, stellte er fest, dass die Wichser bei G'ingots Monat für Monat Hunderte von Gallonen von seinem Konto unterschlugen.

»Liebe Bea«, schrieb Barry. »Nun kann ich also rechnen, und schon hab ich neuen Ärger am Hals. Wie sagt man noch so schön? Die dümmsten Bauern haben ... Den Rest hab ich vergessen.«

Zwischen Bea und Barry entwickelte sich ein reger Briefwechsel. Sie benutzten lieber die Muddel- als die Eulenpost, denn erstens hatte Barry kein Interesse daran, die anderen am Frühstückstisch an Beas Briefen teilhaben zu lassen, und zweitens fand Bea Eulen »gruselig, weil sie einen immer so anstarren«. Barry hatte dafür durchaus Verständnis, zumal Hertha kürzlich angefangen hatte, Zigarren zu rauchen.* Er fand die Muddelpost jedoch furchtbar langsam und obendrein teuer. Für Eulen brauchte man keine Briefmarken, und wenn man versuchte, ihnen eine aufzukleben, zwickten sie einen. Aber es war besser als nichts – zumindest so lange, bis der arme Postbote vom Kraken geschnappt, erwürgt und in ein nasses Grab gezerrt wurde.

Hermeline bestand darauf, Beas Briefe vorgelegt zu bekommen – und Barrys zu redigieren.

»Aber wieso ...?«, protestierte Barry, als sie ihm mal wieder einen unter der Feder wegschnappte.

»Abgesehen davon, dass du krakelst wie ein Cromagnon-Mensch, hast du auch noch die emotionale Intelligenz eines Zweijährigen«, sagte sie. »Glaub mir: Du brauchst meine Hilfe. Guck mal hier«, sagte Hermeline, »dieser Satz ist ein Paradebeispiel. Du darfst einem Mädchen niemals, also wirklich unter keinen Umständen, unterstellen, dass es sich auf eine bestimmte Weise verhält, ›bloß weil du deine Tage hast‹.«

»Wieso nicht?«, fragte Barry. »Vielleicht stimmt es ja.«

»Weil das extrem unhöflich ist! Das ist, als würde man zu

---

* Woran natürlich Hafwid schuld war. Zwar beruhte der Großteil seines Fachwissens als Wildhüter auf Einbildung, doch niemand konnte Tieren schneller schlechte Angewohnheiten vermitteln als er. Er brauchte nicht mehr als einen Nachmittag, um einer Schlange beizubringen, sich in der Nase zu pulen.

einem Gespenst sagen: ›Dir ist doch bloß kalt, weil du tot bist.‹ Das mag zwar zutreffen, aber es ist taktlos, es zu erwähnen. Möglicherweise genügt es schon, wenn der Geist sich einen Pulli überzieht. Die Periode einer Frau geht nur sie selbst etwas an. Da.« Hermeline gab Barry den Brief zurück. Nach all ihren Korrekturen war er nur noch vier Zeilen lang.

»He!«, sagte Barry. »Jetzt muss ich noch mal von vorn anfangen.«

»Du Ärmster. Wenn du sie wirklich magst, sollte dir das leicht fallen«, sagte Hermeline. »Victors Briefe sind meistens an die zwei Meter lang.« Sie führte selbst eine leidenschaftliche Korrespondenz. Während Barry einen neuen Brief verfasste, las Hermeline einen von Beas alten.

»Ist sie das?«, fragte Hermeline und hielt das kleine Foto hoch, das Bea beigelegt hatte. »Sie sieht nett aus. Was macht sie …?«

»Gib her«, sagte Barry und stopfte das Bild in sein Portemonnaie.

Hermeline las Beas Beschreibung der Muddelschulen in Hogsbleede. »Ich stell mir das Leben als Muddel wirklich menschenunwürdig vor«, sagte Hermeline mitfühlend. »Dass sie die Welt ohne Zauberei ertragen müssen, ist schon schlimm genug. Aber dafür könnte man ihnen wenigstens eine ordentliche Schulbildung gönnen.«

»Sie geht nicht mehr auf eine Muddelschule, sie unterrichtet sich selbst«, sagte Barry.

Hermeline hörte nicht zu. Sie kam richtig in Fahrt. »Das arme Mädchen kennt vermutlich noch nicht mal Pastamantik!*« Sie wedelte mit dem Notizblatt. »Wir halten sie ab-

---

* Eine sehr rudimentäre Form des Wahrsagens unter Zuhilfenahme von Nudeln. Zaubererkinder praktizieren bereits mit sieben Jahren Pastamantik.

sichtlich dumm, damit sie unsere Drecksarbeit machen können! Da schäme ich mich ja meiner Zauberkräfte. Schämst du dich nicht?«

»Ganz allgemein irgendwie schon«, sagte Barry. »Vielleicht aber auch nur wegen dieses Strips von Victor Crumb.« Er deutete auf ein Comic-Heft, das aufgeschlagen vor Hermeline lag. Es zeigte einen Mann, der lächelnd aus dem Hinterteil einer Frau auftauchte, in dem er offenbar wohnte.

»Victor lässt bloß seinem Unterbewusstsein freien Lauf. Er ist vermutlich weniger gestört als du! Wobei mir einfällt: Ich sollte diesem Mädchen einen Brief schreiben«, sagte Hermeline. »Aus weiblicher Solidarität muss ich sie vor dir warnen ... oder ihr zumindest Tipps geben, wogegen sie sich schon mal impfen lassen sollte.«

Barry riss Beas Brief wieder an sich. »Wag es ja nicht«, sagte er.

In einem Punkt musste er Hermeline allerdings Recht geben: Die Hogsbleeder Muddel-Schulen waren das Letzte. Nach Beas Erzählungen waren sie unglaublich heruntergekommen und die meisten Lehrer bodenlos faul, unfähig oder beides. Aber selbst wenn die Zustände weniger schlimm gewesen wären, blieb eins doch unverrückbar: Man hielt es für unangebracht (und womöglich gefährlich), den Muddeln irgendetwas beizubringen, das sie ermutigen könnte, nach Höherem zu streben.

»In diesen Schulen ging es nur darum, uns dumm zu halten und uns irgendwelchen Quatsch über ›Magie‹ einzutrichtern«, schrieb Bea, »was jemandem, der nicht zaubern kann, nun mal nichts nützt. Nichts für ungut, aber ich wünschte, die Zauberei wäre nie erfunden worden. Solange es Magie auf der Welt gibt, werde ich immer ein Mensch zweiter Klasse sein – wenn überhaupt. Für euch ist sie eine nette Spielerei, aber für mich ist sie ein Gefängnis, aus dem ich nie werde ausbrechen können.«

So hatte Barry das noch nie gesehen.

Manchen Menschen fällt es leicht, tiefe Gefühle zu empfinden, aber Barry gehörte nicht dazu. Seine emotionalen Höhe- und Tiefpunkte erreichte der junge Zauberer gewöhnlich beim Spielen von Videospielen. Ansonsten blieben seine Gemütsbewegungen angenehm oberflächlich.

Die Folge war, dass Beas wohlmeinende Versuche, ihm die Literatur näher zu bringen, keinerlei Wirkung zeigten. Barry mit den Klassikern vertraut zu machen war, als würde man einem Elefanten Ballettunterricht geben: Der Optimismus, der dahinter steckt, ist bewundernswert, aber früher oder später kommt es unweigerlich zur Katastrophe. In Barrys Fall war das sein Entschluss, Gedichte zu schreiben. Etwas Besseres als bei diesem bekloppten Jonson würde allemal dabei herauskommen.

Instinktiv wusste Barry, dass der richtige Look schon die halbe Miete war. Also ging er zu Stutzer und Lackaff. Dieser beengte kleine Laden, der von sich behauptete, er sei »seit 684 n. Chr. die erste Adresse für die blasierten Teenager von Hogsbleede«, war bei den Hogwash-Schülern äußerst beliebt, denn die Magie verlieh ihnen einen Hang zu Narzissmus und Theatralik. Für die Hogwash Players, die Theatergruppe der Schule (ein Sammelbecken für jene Art von Jugendlichen, die urplötzlich anfangen, mit einem seltsamen Akzent zu sprechen), war »S&L« eine zweite Heimat. Barry hatte kurz erwogen, der Gruppe beizutreten, denn angeblich begrapschten sich die Players in einer Tour, aber dann erschien ihm die Schauspielerei doch allzu arbeitsaufwendig. Seine Faulheit übertraf jede Emotion, sogar die Begierde.

Die Players waren stets im Rudel unterwegs und erfüllten die Gänge von Hogwash mit ebenso viel Zigarettenrauch wie Verachtung für den Rest der Schüler, die sie als »Schafe« betrachteten. Am Wochenende platzte S&L vor lauter sich herausputzenden, posierenden Mimen aus allen Nähten. Barry war daher gezwungen, während der Woche hinzugehen, weil es dann nicht ganz so voll war (und ihm nicht irgendeine blöde Kuh mit ihrer neuen Zigarettenspitze ins Auge pieken konnte).

Zwischen den Spazierstöcken, Operngläsern und Gamaschen – lauter gebrauchten Stücken, die von den Besitzern aussortiert worden waren, als sie sich mal wieder eine neue, aufregende Identität zugelegt hatten – suchte Barry nach Schreibsachen, die sein neues, tragisch wortgewandtes Ich widerspiegelten. Er fand, ein Notizbuch mit schwarzem Papier würde den richtigen Ton treffen, aber nachdem der Verkäufer ihm gewisse praktische Probleme erläutert hatte, entschied sich Barry für ein anderes, das in einem angemessen melancholischen Mauve-Ton gebunden war. Auf dem Deckel stand in geschmackvoll verschnörkelter Schrift nichts weiter als »Mein Jammertal«. Barry spürte, wie ihm einer abging, aber das ignorierte er wie sonst seine pochende Narbe.

Überzeugt, dass Lyrik ihm das Tor zu Beas Herz öffnen würde (oder zumindest ihren BH), hüpfte Barry vergnügt zurück zur Schule. Ungefähr auf halbem Weg fiel ihm ein, dass Dichter schwermütig sind. Daraufhin legte er sich einen Kieselstein in den Schuh und watete auf dem Rest des Wegs durch alle Pfützen. Ich hätte nie gedacht, dass es so viel Mühe bedeutet, eine gepeinigte Seele zu sein, dachte Barry.

In der Eingangshalle traf er auf Ferd.

»Wie ist es draußen?«, fragte dieser. Lon stand angeleint vor ihm.

»Toll«, sagte Barry, doch dann fing er sich. »Ich meine, furchtbar. Irgendwo weint jemand.«

»Was zum Teu… Wieso humpelst du denn?«

Barry antwortete nur mit einem leisen Stöhnen. Er hoffte, es würde Mitleid erregend klingen, aber es hörte sich bloß nach einer Kuh an.

»Selber muh!«, sagte Ferd und stapfte davon.

Das ist ja offenbar nicht so mein Ding, dachte Barry. Vielleicht fällt mir das Schreiben leichter.

Weit gefehlt. Zunächst brauchte Barry ewig, um sich ein Thema zu überlegen. Valid Tumour Alarm boten nicht gerade den geeigneten Stoff für Liebesgedichte, und wenn er etwas von Led Zeppelin klaute, bestand das Risiko, dass Bea es erkannte. Das würde ihr ähnlich sehen. Es schien ihr Spaß zu machen, Sachen zu kennen, von denen Mädchen wie sie normalerweise keine Ahnung hatten. Und dann war da noch ihre geradezu krankhafte Vorliebe für »Originalität«.

Gerade als Barry sein Notizbuch aus dem Fenster pfeffern wollte, fiel ihm eine Zeile ein. »Mein Herz ist wie ein kaputter Kessel«, schrieb er. Dann hatte er zu seinem Erstaunen eine weitere Eingebung.

»Den mir dieser Wichser …«

Hmm. »Wichser« war vermutlich ein zu derbes Wort, besonders wenn man einem Mädchen schrieb. Er aktivierte die Synomymwörterbuch-Funktion seines Zauberstabs und tippte auf das Wort. »Unhold« schlug der Zauberstab als Alternative vor. Barry wusste nicht, was das bedeutete, aber er vertraute der Software.

»Den mir dieser Unhold Serious angedreht hat. Praktisch nicht zu gebrauchen, produziert in ...«

Was ist ein richtig grauenhafter Ort?, fragte sich Barry, dann schrieb er:

»... einem ausbeuterischen Ausbeuterbetrieb,
So billig, dass er schwarze Farbe
An den Fingern hinterlässt.«

»Okay, das reicht als Einleitung«, sagte Barry laut. »Und jetzt kommen wir zum gefühligen Teil.«

»Meine Tränen rinnen wie ...«

Ihm fehlten die Worte. Was ist nass und rinnt? Rotze war das erste, was ihm einfiel. Jorge hatte diesen extrem ekligen Trick drauf, senkrecht in die Luft zu rotzen und den Batzen mit dem Mund wieder aufzufangen. Unglücklicherweise setzte sich dieses Bild in Barrys Kopf fest, und er musste aufhören zu schreiben, wenn er sich nicht übergeben wollte.

Am nächsten Tag erging es ihm genauso. Barry erkannte, dass er Hilfe brauchte.

Hermeline verschluckte sich fast an ihrem Sandwich. »Gedichte?«, lachte sie. »Mann, dich muss es ja schwer erwischt haben. Wenn ich dich mal schreiben sehe, übst du deine Unterschrift. Wie auch immer, ich bin nicht gut in so was. Weißt du, wen du fragen solltest?«

Barry stach gerade auf einen Haggis ein, der noch nicht ganz tot zu sein schien. »Sag bloß nicht: Tuna Lovecraft«, flehte er.

»Tuna Lovecraft«, sagte Hermeline.

Hogwash war ein Tummelplatz für Spinner, aber der schrägste Vogel von allen war Tuna Lovecraft aus der achten Klasse. Sie war so blass, dass man beinahe durch sie hindurchsehen konnte, redete wirres Zeug und roch dank eines Parfüms, auf das sie (aber niemand sonst) stand, obendrein schwach nach Fisch. Wenn man hinzunahm, dass ihr Vater eine Zeitschrift namens *Das Unnennbare* leitete, war klar, dass man es mit einem Freak ersten Ranges zu tun hatte.

Wenn Tuna etwas wirklich beherrschte, dann war es das Schreiben: Die Literaturzeitschrift der Schule, »Abrakadabra«, war voll mit ihren Artikeln. Es war also nur natürlich, dass Barry sie um Hilfe bei seinem Gedicht bat, und ebenso natürlich war es, dass er es sogleich bereute.

Trotz ihrer unerschütterlichen Überspanntheit wurde Tuna nie von anderen Schülern geneckt. Das hatte sie ihrem Hausgeist zu verdanken, einem 75 Meter großen geflügelten Dämon-Gott mit dem Kopf eines Oktopus. Er hieß Cthulhu.

»Hast du ihn auch kastrieren lassen?«, fragte Barry. Das Zauberallerleiministerium bestand darauf, dass alle Hausgeister sterilisiert wurden, Erkennungsmarken bekamen und so weiter.

»Er ist kein richtiger Hausgeist«, sagte Tuna. »Er ist eher ein Freund von meinem Dad.«

Sie warf einen Blick auf Barrys Gedicht. »Das taugt nichts. Ich muss ganz von vorn anfangen, und das wird nicht billig.« Barry nickte. Viele Meter über ihnen feilte sich Cthulhu maliziös die Nägel. »Du hast offenbar eine Art latente Bedrohung im Sinn, sehe ich das richtig?«

»Nein, ich ...«

»Echt nicht?« Tuna war überrascht. »Was dann? Unsagbaren Irrsinn? Galaktisches Grauen?«

»Nein«, sagte Barry. »Pass auf, Luna, ich will nur etwas schreiben, womit ich erreiche, dass dieses Mädchen mich mag und mich für einen sensiblen Typen hält.«

»Hui, das ist aber viel verlangt«, sagte Tuna. »Und wenn es sich reimen soll, kostet das extra.«

»Das ist nicht nötig«, sagte Barry. »Mach es einfach nett und romantisch.«

»Na gut«, sagte Tuna. »Ich sag allerdings immer: ›Das beste Mittel, um das Herz eines Mädchens zu gewinnen, ist pures galaktisches Grauen.‹«

Barry wollte protestieren, aber Tuna fiel ihm ins Wort. »Ich tu, was ich kann. Bis wann brauchst du es?«

»Bis zum Schmuklapp?«, sagte Barry mit flehentlicher Stimme.

»Bis dahin habe ich noch eine Menge gottloser Aktivitäten vor mir«, sagte Tuna, »aber da du mein Freund bist, mach ich's.«

Kapitel acht
Alle Wege führen nach Rom

Für ihr zartes Alter von acht Jahren war die neue Lehrerin für Doofes Kunsthandwerk*, Dolorous Underage, erstaunlich boshaft. In ihr vereinte sich die intellektuelle Aufgeschlossenheit eines Talgklumpens mit der Umgänglichkeit und Toleranz Adolf Hitlers. Bumblemore fand jedoch, das sei kein zu hoher Preis dafür, dass er seinen Job behielt.

Der Minister für Zauberallerlei wollte Direktor Bumblemore schon lange absetzen, seit die Zahl der Skandale in Hogwash in die Hunderte ging. Da es sich als nutzlos erwie-

---

* Jeden Sommer setzte Alpo Bumblemore die gleiche Stellenanzeige in den *Tagessalbader:* »SIND SIE EIN HOCHSTAPLER? Ein Psychopath? Oder einfach nur unfähig? Wenn Sie eine (oder alle) dieser Fragen mit ›ja‹ beantworten können, sind Sie genau der Mann/die Frau, den/die wir suchen! Uralte Zauberakademie mit gravierenden Sicherheitsmängeln, einer Schülerschaft ohne Zucht und Ordnung und einem noch zwielichtigeren Kollegium sucht übel beleumdetes Individuum als Bereicherung für unser Team und zum Vorantreiben der Handlung. Die Vollzeitstelle des Lehrers für Doofes Kunsthandwerk MUSS BESETZT WERDEN, bevor der neue Jahrgang grässlichen Ungeziefers eintrifft, daher ist jede noch so abwegige Bewerbung dringend erbeten. Vorstrafenregister erwünscht, aber nicht Bedingung. Verschwiegenheit unerlässlich. Sind Sie imstande, zu manipulieren und indoktrinieren? Dann senden Sie eine Eule mit Lebenslauf, Gehaltsvorstellungen und Bewerbungsgebühr (nicht rückzahlbar) an A. Bumblemore, Hogwash-Schule für Hexerei und Hokuspokus.« In manchen Jahren, wenn das Angebot an Bewerbern besonders dünn war, setzte der Direktor sogar besonders leicht verständliche Piktogramme in den *Schmirror.*

sen hatte, die Schlösser der Schule auszuwechseln, und es zu teuer geworden war, ihn in entlegene, gefährliche Gegenden in den Urlaub zu schicken, setzte man nun auf Zwangspensionierung. Bumblemores genaues Alter war nicht bekannt, aber die Schätzungen reichten von hundertfünfzig bis rund sechs Millionen Jahre.

Ebenso wenig wie Barry Trotter war Alpo Bumblemore daran interessiert, sein Geld durch ehrliche Arbeit zu verdienen. Blut und Wasser schwitzend, kramte er die Gründungsstatuten von Hogwash hervor und fand darin einen Passus, der besagte, dass die Zwangspensionierung sich nicht nach dem Alter des betroffenen Lehrers, sondern nach dem Durchschnittsalter des gesamten Kollegiums richtete. (Die Schulordnung war voll von solchem Unsinn. Fast sämtliche Paragraphen waren so formuliert, dass man sie wahlweise als Erlaubnis oder als Verbot für alles Mögliche interpretieren konnte.) Daraufhin startete er eine geheime, landesweite Suche und stieß buchstäblich in letzter Sekunde auf Dolorous Underage: Ein paar wütende Dorfbewohner wollten sie gerade auf dem Scheiterhaufen verbrennen.

»Warum wollt ihr dieses arme Mädchen verbrennen?«, fragte Minolta McGoogle. »Wisst ihr denn nicht, dass Feuer einer Hexe nichts anhaben kann? Habt ihr etwa nicht *Barry Trotter und der Steinpilz der Weisen* gelesen?«

»Sie ist eine Hexe?«, fragte einer der Dorfältesten überrascht. »Wir dachten, sie wäre bloß eine Nervensäge.«

»Dann kann ich sie also haben?«

»Nur wenn Sie versprechen, sie uns nicht wieder zurückzugeben«, sagte der Dorfälteste.

Es gelang McGoogle, Underage nach Hogwash zu schmuggeln, indem sie allen anderen, die sich über das Kind geärgert hatten und ihm deshalb den Garaus machen wollten, immer einen Schritt voraus war. Kaum waren sie dort angekommen und damit in Sicherheit, wurde Underage eingestellt, was das Durchschnittsalter gerade so weit senkte, dass Bumblemore sich noch ein bisschen länger durchmogeln konnte.

Sie war ein Alptraum: Ihre gesammelten Missetaten in Hogwash würden ein Buch von mehreren hundert Seiten füllen.* Aber solange Underage nur die Schüler nervte und nicht das Kollegium, kam eine Kündigung nicht in Frage. »Ich finde sie eigentlich ganz pfiffig«, sagte Bumblemore. »Das Spotten ist eine aussterbende Kunst.«

Eines Samstagmorgens spät im Oktober in Barrys neuntem Schuljahr war die ganze Schule mit folgender Bekanntmachung gepflastert (gleich neben den Plakaten mit Barrys Konterfei):

AUF ANORDNUNG VON
Dolorous Underage, Lehrerin für Doofes Kunsthandwerk, müssen alle Schüler von Hogwash folgende Frage beantworten:
»Bist du ein FW?«
Drück einen der folgenden Knöpfe:
( ) ja
( ) nein

Wenn man »ja« drückte, erschien Underages Kopf, kicherte: »Echt, du bist ein Flachwichser?« und fing dann hysterisch an zu lachen. Wenn man »nein« drückte, sagte sie »Was, du bist kein Fick-Weltmeister?« und lachte doppelt so laut.

* Namentlich das geplante, aber nie veröffentlichte Werk *Barry Trotter und der Orden des Penis*, das einzige Buch der Literaturgeschichte, das verboten wurde, noch bevor es geschrieben war.

»Ach, halt's Maul«, sagte Jorge, als er auf den zweiten gedrückt hatte.

»Maul?«, entgegnete der Kopf. »Bin ich ein Gaul? Das ist ja oberfaul! Warte, bis ich groß bin, dann stopf ich *dir* ... die Schnauze!«

»Blöde Kuh!«, pöbelte Jorge.

»Du hast da 'nen Fleck auf dem Hemd«, sagte der Kopf.

»Wo?« Jorge blickte an sich herunter.

Ein Geisterfinger schoss hervor und gab ihm einen Nasenstüber. »Ätschibätsch!«

Wie die meisten Rüpel war Jorge gut im Austeilen, aber schlecht im Einstecken. Er verlor die Beherrschung und versuchte, das Plakat herunterzureißen.

»Vergiss es, Kumpel«, sagte Barry. »Das ist ein Zauberplakat. Lass uns lieber ein bisschen rumfliegen.«

Da er dank Bumblemores unfairem Erlass nicht auf die gewohnte Weise überschüssige Energie abbauen konnte, hatte sich Barry aufs Quaddatsch-Spielen verlegt. Vergeblich versuchte er, in den Rempeleien und der Dynamik dieses uralten Schwachsinnsspiels einen Ersatz für die Intimität des Besenschrank-Pettings zu finden. Letztlich war das der Hauptgrund für die Beliebtheit dieses Sports: Es war eine so harmlose wie hirnlose Kompensation für sexuelle Frustration. Von Zeit zu Zeit drängte sich Barry noch die Übelkeit erregende Erinnerung daran auf, wie der Matscher sich in Lons Kopf gebohrt hatte, aber er tröstete sich damit, dass beim Quaddatsch nur selten jemand verletzt wurde. Na ja, es kam schon recht häufig vor, aber wenn, dann war es meist ziemlich unterhaltsam.

Das Training war chaotisch, brutal und zerzauste einem mächtig die Haare. O-beinig und mit schmerzendem Damm trotteten die Grittyfloor-Schüler danach zufrieden in den

Umkleideraum. Barry bildete die Nachhut, pikte anderen den Stiel seines Mops in den Hintern, neckte sie und ließ sich necken.

»Hör auf, Barry. Ich glaube, ich krieg einen Herzanfall«, sagte Angina Johnson, die neue Mannschaftskapitänin, und griff sich an die Brust.

»Ach, das sagst du doch immer.« Da sie zur Mädchenumkleide abbog, wandte er sich Ferd zu. »Weißt du Ferd, ich kenne da einen Penisvergrößerungszauber, falls es dich interessiert. Alles ganz natürlich.«

»Nee, danke! Nicht nach dem, was Woode passiert ist«, sagte Ferd. »Soll ich etwa so einen Knüppel mit mir rumschleppen? Kommt nicht in Frage!« Im letzten Schuljahr hatte sich Oliver »Latte« Woode vor einer Verabredung mit einer scharfen Braut mit der Raubkopie eines Zauberspruchs auf Touren bringen wollen, die er an einer Straßenecke in Hogsbleede ergattert hatte. Die magische Formel, die eine Vergrößerung des Gliedes bewirken sollte, hatte viel zu gut gewirkt und Woode eine Dauererektion von aberwitziger Größe beschert.

»Der Ärmste kann jetzt nur noch mit Bande pinkeln«, sagte Jorge und tapste zur Dusche. In der Ecke kratzte sich Lon mit dem Fuß am Ohr.

»He, warte auf mich«, sagte Barry. »Letztes Mal hast du das ganze heiße Wasser verbraucht.«

Flink stieg er aus seiner Hose. Gleich darauf ertönte ein ohrenbetäubender Lärm. Die gesamte Mannschaft erstarrte. In dem Moment, als Barry die Hose fallen ließ, hatten sich die Münder aller Spieler zu einer Art menschlichem Nebelhorn geöffnet. Mit weit aufgerissenen Augen zeigten sie mit dem Finger auf ihn. Als Barry klar wurde, dass er Bumblemores Fluch aktiviert hatte, zog er rasch die Hose wieder hoch.

Das gespenstische Gebrüll verstummte, und die Jungs machten einfach weiter, als wäre nichts geschehen. Offenbar hatten sie selbst überhaupt nichts davon mitbekommen. Madame Knutsch begriff nicht ganz, wieso Barry fortan darauf bestand, erst zu duschen, wenn alle anderen weg waren, aber sie duldete es kommentarlos. Schließlich war Barry eine Berühmtheit.

Barry war inzwischen zur Galionsfigur der Schule geworden. Er brauchte nur einen bestimmten Prozentsatz der Kurse zu besuchen, nämlich sechs von zehn. Aber natürlich musste er die D.-N.-W.-Prüfung ablegen – selbst Bumblemore konnte mit dreihundert rebellierenden Zauber-Azubis nicht fertig werden. Dafür konnte Barry selbst entscheiden, ob er mit Schulbüchern arbeiten wollte. »Setz dich einfach nach hinten und versuch, die anderen nicht mit deiner Dummheit anzustecken«, sagte McGoogle.

Dem Bestseller *Barry Trotter: Selbst der Teufel schreibt bessere Bücher** zufolge war Barrys neuntes Schuljahr »der absolute Tiefpunkt in der wechselvollen Geschichte der Schule ... Jene stumpfsinnigen Erbsenhirne, die sich Schüler nannten, irrten kopflos umher, kratzten sich und piksten einander mit ihren ansonsten nutzlosen Zauberstäben.« Diverse Schüler schnitten beim D. N. W. so schlecht ab, dass das Ministerium sich genötigt sah, sie einzuschläfern.

---

* Dieser auf die Schnelle von Filz als Ghostwriter verfasste Enthüllungsbericht erschien auf dem Höhepunkt der Trottermanie. Das Buch wurde rasch wieder aus dem Verkehr gezogen, als Eltern sich über die Fotos von Bumblemores SM-Höhle beschwerten. Seither kursiert es *sub rosa* unter den verkommensten und charakterlosesten Trotter-Fans. Der Autor hat sein Exemplar bei eBuy von einem äußerst zwielichtigen Typen gekauft. Aber offensichtlich ist es echt, denn gelegentlich gibt es Sexgeräusche von sich.

In den Jahren, die seither vergangen sind, ist es Mode geworden, Barry an alldem die Schuld zu geben. Aber genau wie bei anderen Katastrophen der Menschheit – zum Beispiel dem Ersten Weltkrieg oder Plateauschuhen – war ein unglückliches Zusammentreffen verschiedener historischer Begebenheiten dafür verantwortlich. Barrys Lerneifer war zwar alles andere als vorbildlich, doch in ebenjenem Jahr kamen billige Videospiele auf den Markt, die man mit dem Zauberstab an die Wand projizieren konnte. In dem Irrglauben, sie würden dadurch etwas fürs Leben lernen, verbrachten Hogwash-Schüler tausende von ehemals produktiven Stunden damit, gepixelte Ausgaben ihrer selbst durch die Gegend zu manövrieren.

In einer glitzernden, fantastischen Welt, in der Drachen im Fernsehen für Medikamente gegen Sodbrennen werben, mögen magische Videospiele dem Uneingeweihten vielleicht unfassbar öde vorkommen. Doch wenn man jeden beliebigen Gegenstand herbeizaubern, durch die Gegend fliegen und nach Lust und Laune seine Geschlechtsorgane verändern kann, ist es ein wahrer Traum, in einen Laden zu gehen, um einen Laib Brot zu kaufen. Von diesem Jahr an liefen alle in dem modrigen Schloss mit schmerzenden Daumen herum, und ihre Augen tränten vom stundenlangen Starren auf eine Schlafzimmerwand, auf die das Spiel in Lebensgröße projiziert wurde.

Aber nicht alle wurden von dieser Sucht befallen: Hermeline Cringer ließ die Finger davon und legte stattdessen einen absurden schulischen Aktionismus an den Tag. Als Mrs. McGoogle, mit der sie in Sachen Zielstrebigkeit auf einer Wellenlänge lag, das bemerkte, bat sie Hermeline um Hilfe bei der Planung der alljährlichen Halloween-Party von Hogwash.

Das war eine undankbare Aufgabe, die von vornherein zum Scheitern verurteilt war. Für Zauberer und Hexen ist Halloween ein ebenso lästiger wie sinnloser Brauch. Gespenster, Kobolde, eine verweste Hand, die aus einem frischen Grab hochfährt, um einen in den Schlund der Hölle hinabzuziehen – all diese Dinge sind für sie alltäglich. Für sie ist Halloween so absurd wie ein Feiertag zum Gedenken der öffentlichen Verkehrsmittel oder der Haut. Die einzigen, die zur jährlichen Halloween-Party der Schule gingen, waren gebürtige Muddel aus der fünften Klasse – und all jene, deren Lieblingsbeschäftigung es war, sich über sie lustig zu machen.

Die Partys gingen immer total in die Hose. Die Jungs rotteten sich auf der einen Seite des Großen Saals zusammen, die Mädchen auf der anderen. Dazwischen gab es große Punschpfützen und abgestandene Erfrischungsgetränke. Sogar die Anlage war mies: ein uralter Satz handtellergroßer, quäkiger Lautsprecher, die irgendwann vor dem Zweiten Weltkrieg weit oben an den Wänden installiert worden waren. Die Musik wurde immer wieder von Aussetzern und ohrenbetäubendem Rückkopplungslärm unterbrochen.

Doch es gab auch Helden. Von Zeit zu Zeit tat ein tapferes Mädchen oder ein mutiger Junge so, als fände er irgendeinen beknackten Popsong, der gerade in den Äther hinausblubberte, derart mitreißend, dass er einen gymnastischen Vorstoß ins Niemandsland wagte, bloß um noch vor Ende des Liedes allein und errötend wieder zurückzukehren. Ach ja, die lieben Menschen!

Es hatte immer wieder Anläufe gegeben, den Feiertag ganz abzuschaffen – nicht wegen der Todesfälle (die gehörten zum üblichen Schwund und waren insofern nicht weiter erwähnenswert), sondern weil er die Würde der Zauberer und Hexen verletzte. In diesem Jahr ließen Drafi Malfies und seine Kumpane eine (natürlich mit Blut geschriebene) Petition für ein Verbot von Halloween herumgehen.

Eines Tages beim Mittagessen kam die Malfies-Mischpoke zu dem Tisch herübergeschleimt, an dem Barry und seine Freunde saßen.

»W-will einer von euch unsere P-Petition unterschreiben?«, stammelte Patsy Parkinson mit zittriger Stimme.

»Auf keinen Fall«, sagte Ferd. »Das letzte Mal, als ich meinen Namen unter so was gesetzt hab, hat Hermeline mich gezwungen, ein ganzes Schuljahr lang meine Kacke aufzubewahren.«* Die Erinnerung ließ ihn erschaudern.

Drafi drängelte sich vor. »Unterschreib meine Petition, Trotter, oder du kriegst einen Tadel aufgebrummt«, forderte er. Snipe hatte Drafi zum Grauensschüler ernannt, und das schwachköpfige Weichei trug seine neu gewonnene Autorität vor sich her wie eine Mischung aus Revolver, Schlagstock und Elektroschocker. »Wir lassen Halloween gesetzlich verbieten.«

»Gib her«, sagte Barry. »An dem Tag bin ich eh nicht da.« Während er unterschrieb, versuchte er, die geradezu mit Händen greifbare Neugier auszublenden, die seine Bemerkung geweckt hatte.

Als Drafi gegangen war, fragte Jorge: »An dem Tag bist du nicht da? Was hast du denn vor? Hast du vergessen, dass da Ordens-Nacht ist?«

»Nun, der Orden wird ohne mich auskommen müssen«,

---

* Wie Sie sicher wissen, ist Hermelines Kampagne zur Düngung von Hogwashs Gewächshäusern mit menschlichen Exkrementen erschöpfend dokumentiert: in *Barry Trotter und die Feuerakne*. Eine limitierte Odorama-Ausgabe, deren Erlöse für wohltätige Zwecke gespendet wurden, war im Nu ausverkauft.

sagte Barry. »Ich habe ein Date mit einem richtigen Mädchen.«

»Und was bin ich? Gehackte Leber?«, fragte Hermeline halb spöttisch, halb eingeschnappt. »Wie hast du's geschafft, Bumblemores Alarm zu umgehen?«

»Hab ich nicht«, gab Barry zu. »Sie ist ein Vollblut-Muddel.«

»Boah!«, riefen Ferd und Jorge aus. Es war der heißeste Traum eines jeden Zauberjungen, herauszufinden, ob all die Legenden der Wahrheit entsprachen. Muddel hatten den Ruf, unglaublich gut bestückt und sexuell unersättlich zu sein. Der übliche Schwachsinn halt.

»Du wirst uns doch in allen Einzelheiten davon berichten, oder?«, sagte Ferd.

»Wir werden eine Liste von Fragen vorbereiten«, sagte Jorge.

Barry zuckte mit den Schultern. »Wer weiß, ob sie mich überhaupt ranlässt?«

Ferd schnaufte verächtlich. »Dich? Den Meister der Verführungszauber?«

»Aber wirklich! Selbst ich hab Angst, du könntest mir was in den Drink tun«, fügte Jorge hinzu.

Hermeline schritt ein. »Haltet den Mund, ihr Tiere. Barry, ich verstehe dich. Vielleicht ist sie nicht so ein Mädchen.«

»Warum um alles in der Welt geht sie dann mit Barry?«, fragten die Zwillinge unisono.

Sind das ein paar Arschlöcher, dachte Barry, und das nicht zum ersten Mal. »Ihr könnt mich mal«, sagte er und zog unter den Spötteleien seiner Freunde von dannen.

In Wahrheit war es gar kein Date: Barry war bei Bea zum Essen eingeladen, damit ihre Oma den seltsamen Jungen kennen lernen konnte, der ihr all diese Briefe geschickt hatte. An jenem Abend war er nervös und zerstreut, was Valumart ausnutzte, indem er versuchte, aus Barrys Krawatte eine Schlinge zu knüpfen und ihn damit aufzuhängen.

»He, du Arsch! Lass den Quatsch!«, rief Barry dem Doofen Lord hinterher, der sich in den Wandschrank verdrückte. Dann bereute er ein wenig, ihn so angeschnauzt zu haben. »Tut mir Leid, Terry, ich hab nur gerade ziemlich viel um die Ohren. Wenn mein Date in die Hose geht, kannst du mich gern hängen!«

Als Barry zur Schule hinaus- und nach Hogsbleede hineinrollte (er hatte ein Paar brandneue Siebenmeilen-Rollerblades an), kam ihm ein vorzeitiger Tod gar nicht mehr so schlimm vor. Bea hatte ihm erzählt, ihre Oma hasse Westgoten, Ostgoten und Parther. Diese Namen hatte er noch nie gehört (er hätte in Professor Bunns' Unterricht besser aufpassen sollen), aber sie alle klangen entfernt nach Zauberern. Und er, Barry, war ja bloß der berühmteste Zauberer seit diesem Typen von Oz. Da *musste* sie ihn ja hassen! Nichtsdestotrotz war er entschlossen, sein Bestes zu geben. Pünktlich auf die Minute rollte er vor dem Haus vor, was einem Wunder gleichkam, denn Barry war bereits zu spät zur Welt gekommen und von da an immer unpünktlicher geworden.

Bea machte die Tür auf. »Hi, Barry! Komm rein.« Sie hatte etwas Hübsches an, und zum ersten Mal fiel Barry ihre Figur auf. Es kam ihm vor, als würde ein Stromstoß von 400 000 000 Volt[*] durch seinen Körper schießen.

»Red nicht so viel! Gib mir lieber noch einen Kuss!«, hätte er am liebsten gebrüllt, aber stattdessen sackte er nur gegen den Türrahmen, als er nach drinnen rollen wollte.

---

[*] Vielleicht auch ein paar mehr oder weniger.

»Alles in Ordnung?«, fragte Bea. »Geht's dir nicht gut? Hast du zu viel Steak-and-Kidney-Pie gegessen?«

»Mir ... geht's ... gut ... Es ist nur ... dein ...« Dein was? Dein Busen? Deine Hüften? Deine Beine? Barry versuchte, sich zu konzentrieren. »Dein Haus ... ist unglaublich ...« Das war die perfekte Ausrede für seine Tollpatschigkeit, denn das, was sich da vor ihm auftat, war wahrlich ein Schock für ihn, und dabei ist jemand, dessen Welt voller Drachen, Mordanschläge und sprechendem Obst ist, nicht so leicht zu schockieren.

Hinter Bea befand sich ein großes Zimmer mit einem Wasserbecken in der Mitte. Überall wucherten saftig grüne Pflanzen, die Fußböden waren teils aus kühlem Marmor, teils aufwendig gefliest. In einer Ecke hinter dem Bassin stand eine große, in ein Bettlaken gewickelte alte Frau vor einem Schaf, das aussah, als wäre es von einem Leoparden angefallen worden.*

»Na, was sagen die Auspizien, Oma?«, rief Bea. »Wird das bald mal was mit dem Abendessen?«

»Nichts Gutes«, ertönte eine leicht kratzige Stimme. Nun wusste Barry, woher Bea die hatte. »Diese Leber gefällt mir gar nicht. Aber da er schon mal da ist, kann er bleiben.«

»Was machst du dir bloß immer für Sorgen?«, sagte Bea laut. Dann wandte sie sich wieder Barry zu. »Das ist, wie du dir denken kannst, meine Oma«, sagte sie. »Sie hat gerade die Auspizien gelesen. Kann ich dir den Mantel abnehmen?«

---

* Es dürfte niemanden überraschen, dass die nicht verstummen wollenden Berichte über eine in Gloucestershire umherstreunende Großkatze etwas mit den Measly-Zwillingen zu tun hatten. Dazu kann ich nur Folgendes sagen: Manchen Teenagern mangelt es einfach am nötigen Verantwortungsbewusstsein für ein Haustier, und wenn man sein Haustier nicht mehr haben will, sollte man für eine vernünftige Unterbringung sorgen und es nicht einfach auf der M5 nahe Tredington aussetzen.

Barry gab ihn ihr, woraufhin Bea sagte: »Könntest du deine Schuhe ausziehen? Oma will nicht, dass die Fliesen beschädigt werden. Die kosten ein Heidengeld.«

Barry schaute nach unten und entdeckte ein Mosaik von einem Wachhund. Darüber stand: »*Cave canem*«. Der Hund hatte eine gewisse Ähnlichkeit mit Lon.

»Das heißt: Vorsicht, Hund!«, sagte Bea. »Wir haben zwar keinen, aber das weiß ja keiner, der hier einbrechen will.« Barry rührte sich nicht. »Was ist denn los, Barry?«

»Äh ... Ich hab keine Socken an.« Plötzlich kam es ihm vor, als gäbe es nichts Widerlicheres auf der Welt als seine Füße. Ich muss dieses Mädchen wirklich sehr gern haben, dachte er.

»Hm.« Bea dachte kurz nach. »Ich weiß was. Du kannst welche von meinem Opa anziehen. Bin gleich wieder da.«

Bevor Barry rufen konnte: »Lass mich bloß nicht mit deiner wunderlichen Oma allein!«, war Bea schon davongehüpft. Bleib ruhig, dachte Barry. Ganz ruhig bleiben. Doch um seine Gelassenheit war es prompt geschehen, als die alte Frau aufhörte, Nutella auf eine kleine Statue zu schmieren, sich umdrehte und rief: »*Salve*, junger Mann!«

Was war das, Latein? Die wenigen lateinischen Vokabeln, die Barry kannte, waren ein paar geradebrechte Wörter in Zaubersprüchen, und die aufzusagen konnte womöglich gefährlich werden. Daher winkte er ihr nur zu und hoffte, sie würde sich mit dem debilen Grinsen zufrieden geben, das er dabei aufsetzte.

»Na, wie gefällt dir die Einrichtung?«, rief sie ihm quer über das Becken zu. »Ich konnte mir kein größeres Haus leisten, daher habe ich dies hier gekauft und einen Hippie damit beauftragt, es per Zauberkraft zu vergrößern. Ich hab's für einen Apfel und ein Ei gekriegt. Niemand wollte es haben. Da Lebkuchen so schwer sauber zu halten sind, habe ich es mit Eternit verkleiden lassen. Und dann gab es da noch ein paar kleine Unannehmlichkeiten: Offenbar hat eine alte Hippiefrau früher in der Küche Kinder gekocht ... Bis sie eines Tages selbst gekocht wurde, diese Partherin!« Sie stieß ein irgendwie papierenes Lachen aus, was Barry zum Anlass nahm, noch angestrengter zu lächeln. »Mich hat das nicht gestört, ich bin nicht abergläubisch ... Wo ist Bea? Sie sollte ihren Gast nicht allein lassen. Wie auch immer, macht's euch bequem, ich opfere nur noch den Laren und Penaten.«

Nach einer Ewigkeit kam Bea mit ein Paar dicken, grau melierten Socken zurück.

»Danke«, sagte Barry, dann fügte er leise hinzu: »Ist deine Oma ... auch ganz richtig im Kopf?«

»Oh, ja«, sagte Bea. »Ich meine, nein, eigentlich nicht. Aber sie ist harmlos. Es sei denn, sie befindet, du wärst ein Parther oder Ostgote oder so was Ähnliches.«

»Und wie kommt sie dazu?«, fragte Barry.

»Das weiß ich bis heute nicht ... Hier sind jedenfalls deine Socken.«

Barry zog sie an. Sofort hatte er das Gefühl, seine Füße wären von gekühltem Austernfleisch umhüllt. Kein Zweifel, in den Socken spukte es. Aber Barry war entschlossen, einen weltmännischen Eindruck zu machen, also fuhr er fort zu lächeln.

»Wir essen gleich«, sagte Bea, »denn ungefähr ab neun wird meine Oma zum Zombie.«

»Ist ja toll!«, flüsterte Barry aufgeregt. »Bringst du sie dazu, verrückte Dinge zu machen? Ich hab diesen Sommer meine ersten Zombies gebastelt, aus meiner Tante und ...«

»Was redest du denn da? Manchmal sagst du wirklich

seltsame Sachen«, sagte Bea, während sie nach links ins Esszimmer tapsten. »Ich meine, ich weiß ja, dass Zauberer schräge Vögel sind, seit ich rausgefunden hab, was Oma mit ›Hippies‹ meint. Aber ich finde, du bist ganz besonders schräg. Hab ich Recht? Sei ehrlich.« Als sie Barrys gequälten Gesichtsausdruck sah, fügte sie hastig hinzu: »Keine Sorge. Ich glaube, das gefällt mir.«

Gott sei Dank, dachte Barry, während er spürte, wie sein Magen wieder an seinen angestammten Platz zurückkehrte. »Ich kann nichts dafür. Das lernen wir in der Schule.«

»Ich glaube, bei dir kommt aber noch eine ganz persönliche Note hinzu.«

»Sag mal, Bea?«, flüsterte Barry.

»Ja?«

»Wieso hat deine Oma ein Bettlaken um?«

Bea lachte: »Das ist eine Toga, du Dummkopf. Ein römisches Kleidungsstück. Man kann es auch als Decke oder im Notfall als Segel benutzen. Das ist übrigens mein Großvater«, sagte sie und deutete auf eine Marmorbüste in einem Alkoven. »Er war Apotheker.«

»Okay, und warum trägt deine Oma eine Toga? Findet hier gleich eine Orgie statt?« Hoppla, das klang zu hoffnungsvoll, dachte Barry. Oder womöglich abwertend? *Herrje.* »Ich meine, ich hätte nichts dagegen ... Aber ich bin auch nicht wild drauf ... Ich meine, mir ist alles recht.«

»Nein!« Bea wurde rot.

»Dass sie Orgien gefeiert haben, ist eigentlich das Einzige, was ich über die Römer weiß. Und dass sie Vomitorien hatten.« Bea machte plötzlich ein Gesicht, als könnte sie selbst eins gebrauchen. Auf einmal gab es im ganzen Universum nichts Wichtigeres, als das Thema zu wechseln.

»Erzähl mir von deinem Großvater«, flehte Barry.

»Viel weiß ich nicht über ihn«, sagte Bea, während sie das Esszimmer betraten. »Opa Thompson starb, als ich noch klein war.«

»Genau wie deine Eltern?«

»Ja, irgendwie sind auf einmal alle gestorben«, erwiderte Bea nüchtern. »Es war eine Reibschalen-Explosion. Wirklich tragisch. So etwas kommt extrem selten vor.« Sie betraten ein großes Zimmer. Öllampen, die alle paar Meter aufgestellt waren, erzeugten ein flackerndes, rauchiges Licht. Barry konnte mit Mühe ein paar Sofas ausmachen, die um einen niedrigen Tisch herumstanden. Bea deutete auf ein safranfarbenes. »Nimm Platz.«

Barry setzte sich.

»Ich meinte, leg dich hin«, sagte Bea. »Wir essen ... Überraschung! ... wie die alten Römer.«

»Oh.« Ob er an diesem Abend auch nur einmal etwas richtig machen würde? Um seinen Fauxpas zu überspielen, sagte er: »Konnte dein Großvater zaubern? Hört sich ganz so an.«

»Nein, er war bloß Apotheker. Aber er kannte eine Menge Hipp... Zauberer, meine ich«, sagte sie. »Sie kamen immer in den Laden, und er mischte für sie irgendwas an. Zum Zeitpunkt der Explosion hatte er gerade etwas für den Waffenmeister eurer Schule in Arbeit.«

»Ein für Zed bestimmtes Gebräu ist explodiert? Na, *so* was!«, sagte Barry. Doch dann dachte er, das könnte ein wenig zu vergnügt geklungen haben. »Tschuldigung. Ich wollte nicht darüber scherzen. Zed ist ein blutrünstiger Arsch.«

»Ja. Mein Vater ist auch dabei umgekommen. Er hat im oberen Stockwerk geschlafen«, sagte Bea. »In unserer Familie kann niemand zaubern, die sind bloß alle unglaublich faul.« Barry fand das außerordentlich attraktiv.

»Das bin ich auch«, lachte Barry. »Vielleicht sind wir ja verwandt?« Die Unterhaltung geriet plötzlich wieder auf Abwege. In seiner Verzweiflung schnitt er das ungünstigste Gesprächsthema an, das man sich nur vorstellen kann. »Und was ist deiner Mum zugestoßen?« Wie grauenhaft diese Frage war, wurde ihm in dem Moment klar, als er sie ausgesprochen hatte.

»Sie ist in einen Gully gestürzt, als ich vier Jahre alt war. Wir gingen gerade zusammen die Straße entlang, und weg war sie. Ich kann mich nicht mehr daran erinnern. Tja, wir sind nicht nur faul, sondern auch zerstreut.«

Er ließ auch wirklich kein Fettnäpfchen aus. »Tut mir Leid«, sagte Barry. »Und es tut mir Leid, dass ich davon angefangen habe. Meine Eltern sind auch tot. Ich weiß also, wie das ist.«

»Ach ja?«, fragte Bea und stocherte auf einem Teller Oliven herum, der zwischen ihnen stand. »Wie sind sie denn gestorben? Ich meine, unter normalen Umständen würde ich das nicht fragen, aber da du es getan hast, finde ich es nur recht und billig.«

»Natürlich«, sagte Barry. Er war noch nie so froh gewesen, jemandem davon erzählen zu können. »Lord Valumart hat sie in seinem Streben nach Weltherrschaft umgebracht. Valumart ist der mächtigste Doofe Zauberer aller Zeiten ...«

»Ja, den hast du schon mal erwähnt«, sagte Bea. »Weltherrschaft, ja? Davon hast du bislang nichts erzählt. Das ist doch der Typ, der ständig versucht, dich umzubringen, oder?«

»Genau. Er hat's auch damals schon versucht, aber es hat nicht geklappt. Ich hab nur diese Narbe zurückbehalten, siehst du?« Barry lüpfte seinen Pony, um sein inzwischen berühmt gewordenes Fragerufzeichen freizulegen.

»Boah«, sagte Bea. »Ich hatte angenommen, das wäre bloß eine schlimme Akne.«

»Die hatte ich auch«, sagte Barry ohne nachzudenken. »Feuerakne.«

Beas Lächeln wurde ein bisschen spröde. All diese schwierigen Themen. »Ach«, sagte sie.

Gerade als das Gespräch komplett zum Stillstand gekommen war und sich Bea und Barry mit jedem Moment, der verstrich, ein bisschen kleiner fühlten, erschien Mrs. Thompson. Sie setzte sich auf die verbliebene Couch und klatschte in die Hände. Sofort kamen im Gänsemarsch lauter Menschen mit Silbertabletts hereingeströmt. Sie stellten sie auf den Tisch und nahmen die silbernen Hauben von den Tellern. Darunter kamen Speisen zum Vorschein, die Barry noch nie gesehen hatte (und auch die Gerüche waren ihm neu). Sie schenkten Wein in Pokale und reichten jedem einen.

Mrs. Thompson deutete der Reihe nach auf die Gerichte: »Schwalbenkloaken, geröstete Spitzen vom Ziegenpenis, Thymusdrüsen vom Lamm, Zaunkönigzehen, Schweinevulven ...«

»Mjam«, sagte Bea und fuhr dann zu Barry gewandt fort: »Oma hat sich richtig ins Zeug gelegt. Wir essen sonst *nie* Schweinevulven. Nicht mal zu Weihnachten.«

»Haut rein«, sagte Mrs. Thompson. Barry fiel auf, dass sie ihre Haare zu seltsamen Kringellöckchen frisiert trug. So etwas hatte er noch nie gesehen. Alles war so merkwürdig: die Klamotten, die Sofas, die Diener, die im Schatten lauerten, die bizarren Gemälde an sämtlichen Wänden. Es war, als würde Bea auf dem Mars wohnen.

Barry schaute verwirrt drein. »Mrs. Thompson?«

»Ja, Barry? Hier, probier mal den zweimal gebackenen Gänseanus.«

»Danke«, sagte Barry, nahm sich ein Stück von irgendetwas Schwammigem und versuchte, ein begeistertes Gesicht zu machen. »Wo ist das Besteck?«

»In der Küche!«, sagte Oma. »Du isst hier bei Römern, Barry!«

Bea hob ihre fettige Hand und wackelte mit den Fingern. »Nimm deine Griffel!«

»Okay«, sagte Barry. Diese Muddel!

»Bea«, sagte Mrs. Thompson, »sei unserem Gast doch mal bei seiner Serviette behilflich.«

Bea langte zu Barry hinüber und breitete seine Serviette vor ihm aus. »Bitte sehr, Barry. So machst du keine Flecken aufs Sofa. Und nachher kannst du sie benutzen, um besondere Leckerbissen darin einzuwickeln und mit nach Hause zu nehmen.«

»Tut mir Leid, Mrs. Thompson«, sagte Barry. »In der Schule essen wir anders.«

»Das glaube ich gern«, sagte Mrs. Thompson, deren Gesicht bereits mit fermentierter Fischsauce voll geschmiert war. »Ihr Barbaren mit euren komischen Stöckchen.«

»Na, na, Oma, das ist nicht fair«, sagte Bea, die gerade mit großem Genuss irgendwelche Eingeweide abnagte. Dann sagte sie zu Barry: »Ich wette, so was bekommst du in Hogwash nicht zu essen!«

»In der Tat!« Barry zwang sich zu lächeln, während er zaghaft in etwas herumstocherte, das aussah wie ein eingefallener Augapfel. Noch nie in seinem ganzen Leben hatte er so einen großen Appetit auf ein Schinkenbrot gehabt.

»Barry«, sagte Mrs. Thompson, »meine Enkelin hat dir bestimmt erzählt, dass ich Hippies – *Zauberer* – nicht leiden kann. Aber das ist nur die halbe Wahrheit. Ostgoten, Westgoten und Parther kann ich gar nicht ausstehen. Stehend in

Streitwagen herumfahren und Pfeile abschießen – das ist unmännlich!« Mrs. Thompson schien den Faden zu verlieren, doch dann fand sie ihn wieder. »Aber Zauberer tun mir Leid. Sie können nichts für ihre abscheulichen Gewohnheiten. Und sie leiden zweifellos an erheblichen intellektuellen Defiziten.«

Barry versuchte, die Maske der Freundlichkeit zu wahren, aber ein Hauch Empörung war offenbar nach außen gedrungen. Bea entging das nicht.

»Du kannst doch nicht alle über einen Kamm scheren, Oma!«

»Ich will dir nicht zu nahe treten, aber die Götter geben uns allen Stärken und Schwächen, und Zauberei ist eindeutig der Trostpreis, wenn ihnen der Verstand ausgegangen ist.

Viel schlimmer ist dagegen die Verantwortungslosigkeit der Zauberer. Sie manipulieren Sportveranstaltungen. Sie bringen Leute dazu, sich in jemanden zu verlieben, in den sie sich nicht verlieben sollten. Sie schmeißen wahllos mit Verwünschungen um sich«, sagte Mrs. Thompson. »Da können sie nicht erwarten, dass man ihnen mit Sympathie begegnet.«

»Ich bin sicher, Barry hat nie etwas Derartiges getan«, sagte Bea. »Oder, Barry?«

Mrs. Thompsons rasche Erwiderung ersparte es Barry, zu lügen. »Ich habe gute wie böse Zauberer kennen gelernt«, sagte sie, »aber ich habe noch keinen getroffen, der den unfairen Vorteil, den Zauberer gegenüber uns Menschen haben, nicht nach Belieben ausgenutzt hätte. Magie ist einfach unfair. Und wenn ich das sagen darf, ich glaube, ohne sie wäre die Welt eine bessere. In der Natur gibt es keine Fairness, deshalb müssen wir Menschen sie uns erarbeiten. Es gibt nur zwei Möglichkeiten: hier die Zivilisation, da die Magie.«

»Wobei Oma sich allerdings nicht zu fein ist, zur Verschönerung der Wohnung einen Zauber in Anspruch zu nehmen«, sagte Bea.

»Aber nur, wenn's gar nicht anders geht«, sagte Mrs. Thompson. »Das ist nicht bloß blinde Voreingenommenheit. Ich weiß, wie Zauberer ticken. Mein Chef ist ein Alchemist. Vielleicht hast du schon mal von ihm gehört. Er ist der Urururururgroßneffe von Roger Bacon, Canadian Bacon. Ein abscheulicher, hinterlistiger Mistkerl«, sagte Mrs. Thompson. »Er rotzt zum Beispiel ständig in seinen Kessel. Wie wär's mit ein paar Fasanenembryos?«

»Noch nie von ihm gehört«, sagte Barry mit vollem Mund. Er versuchte gerade, sich mit Brot satt zu essen.

»Da kannst du von Glück reden.«

»Oma«, sagte Bea. »Wie oft soll ich's dir noch sagen: Nicht alle Zauberer sind wie dein Chef.«

Mrs. Thompson schien den Einwand ihrer Enkelin überhört zu haben. »Barry«, fragte sie, »glaubst du an Prophezeiungen?«

»Nein«, sagte Barry. Vier Jahre Unterricht bei Madame Tralala hatten ihn eines Besseren gelehrt.

»Nun, ich schon«, sagte Mrs. Thompson. »Aber man braucht nicht in Innereien zu lesen, um zu wissen, dass Unheil heraufzieht.«

»Jetzt kommt's«, sagte Bea und verdrehte die Augen.

»Was kommt? Valumart?«, fragte Barry.

»Die Geschichte lehrt uns«, sagte Mrs. Thompson, »dass jede Gruppierung, die versucht, sich über alle anderen zu erheben – über sie zu herrschen –, sich unweigerlich ins Unglück stürzt.«

Barry konnte nicht folgen. Bea sagte: »Sie redet von Zauberern.«

Mrs. Thompson nickte. »Früher oder später wird es mit diesem System der Trennung und der Ungleichheit zu Ende gehen. Und wenn es so weit ist, wird es ein großes Blutvergießen geben. Der Himmel wird seine Pforten öffnen, die Flüsse werden sich in Gatorade verwandeln. Die Tiere aus Feld, Wald und Wiese werden mit den Meerestieren den Platz tauschen. Eine Mutter in Surrey wird ein Kind zur Welt bringen, das sie eigentlich gar nicht leiden kann. Unanständige Parodien auf Kinderbücher werden in den Bestsellerlisten auftauchen. All dies und noch viel mehr ist prophezeit worden.«

»Ja, ja, Parodien. Ganz bestimmt!«, sagte Bea und machte das Zeichen für: »Die ist plemplem.«

»Ich weiß nicht«, sagte Barry skeptisch. »Schauen Sie sich Hogsbleede an. Seit ... nun vermutlich schon seit Ewigkeiten leben Muddel hier friedlich mit Zauberern zusammen.«

»Ich bin ganz Barrys Meinung«, sagte Bea, »ich finde, du siehst das alles zu pessimistisch.« Barry wusste zwar nicht, was dieses Wort bedeutete, aber der erste Teil des Satzes gefiel ihm.

Die alte Frau wirkte niedergeschlagen. »*Virginibus puerisque canto*«, murmelte sie und winkte resigniert ab. Mrs. Thompson hielt ihren Weinkelch hoch, und ein Mann trat aus dem Schatten, um ihn zu füllen. Sie bemerkte Barrys verwirrten Gesichtsausdruck. »Überrascht es dich, dass ich Latein kann?«

»War das das, was es war?«, fragte Barry. »Ich dachte schon, meine Ohren wären betrunken.«

Mrs. Thompson lachte. »Hab ich mir selbst beigebracht. Auf der Straße aufgeschnappt. Es ist ziemlich nützlich. Hat mir all die Jahre den Job gesichert. Ein Muddel, der Latein kann, ist eine Seltenheit, dafür sorgen die Zauberer schon.«

Barry hüstelte. Der Wein hatte ihm etwas Mut gemacht. »Das ist doch den Zauberern egal, ob ...«

Bea unterbrach ihn. Er musste ja nicht alles wissen.* »Ich lerne es auch«, sagte sie stolz.

»*Bücherlatein*«, schnaubte Mrs. Thompson. »Kannst du Latein, Barry?«

»Latein?« Da konnte man ebensogut eine Ziege fragen, ob sie Badminton spielen konnte. »Nur das, was man uns für die Zaubersprüche beibringt.«

»Möchtest du's lernen?«

Beileibe nicht, dachte Barry, aber vermutlich war das besser als weiterzuessen. »Okay«, sagte er und versuchte, willig dreinzuschauen.

Mrs. Thompson zog zwischen den Kissen auf ihrer Couch einen Kollegblock hervor.

»Oma! Das hast du geplant!«, schimpfte Bea.

»Schon möglich«, sagte Mrs. Thompson verschmitzt lächelnd. »Es wäre sehr hilfreich, wenn wir einen jungen Zauberer, der so berühmt ist wie Barry ...«

Endlich, dachte Barry. Doch er widerstand dem Drang, Bea eine lange Nase zu drehen.

»... für unsere Initiative gewinnen könnten. Er kann die Botschaft unters Volk tragen. Ein paar der Eierköpfe oben in Hogwash sind sicher klug genug, um zu erkennen, dass das ihre einzige Überlebenschance ist.«

»Initiative?«, fragte Barry, der sich unangenehm an Lons kommunistische Phase erinnert fühlte.

---

* ... nämlich dass der letzte Junge, den sie zum Essen mit nach Hause gebracht hatte, gekreuzigt worden war.

»Wir werden das Römische Reich wiedererrichten«, sagte Mrs. Thompson. »Aber das erklär ich dir später. Zunächst ein bisschen Latein.«

»Aber Oma, ich hab dir doch gesagt, dass du das nicht richtig gelernt hast ...«

»Schhht, Bea. Bleib du nur bei deinem Fantasie-Latein. Ich bringe Barry derweil die lebende, blühende Sprache der Menschen bei. Er muss sie ohnehin lernen, sobald wir erst an der Macht sind.«

»Ist das auch so prophezeit?«, fragte Barry.

»Na ja, mehr oder weniger«, sagte Mrs. Thompson. Dann zeigte sie Barry einen handgeschriebenen Zettel. »Hier, guck mal. Substantive, wie Menschen, Orte oder Gegenstände, werden ›dekoriert‹. Das heißt, man kann sie hübsch ordentlich untereinander schreiben. Siehst du? Und Verben, also Tuworte, werden ›konfabuliert‹ – in Erinnerung an Kaiser Nero. Der Gute war ja ein bisschen wirr im Kopf. Und am Ende fiel er einem Komplott zum Opfer. Die Götter haben ihn selig!« Sie hielt inne und sah Barry an. »Na, kommt dir irgendwas davon bekannt vor?«

»Oma, jetzt verschon Barry doch damit«, sagte Bea. »Er geht schließlich den ganzen Tag zur Schule ... sozusagen.« Und zu Barry sagte sie: »Tut mir Leid. Manchmal kriegt sie halt ihren Rappel.«

»Ich glaube, Barry macht es Spaß. Nicht wahr, Barry?«

Was sollte er darauf sagen? In seiner Not verursachte Barry ein kleines »Missgeschick«. »Oh, Entschuldigung, ich glaub, ich hab auf Ihr Buch gekleckert«, sagte er.

»Das macht nichts, ein bisschen gammelige Fischsauce hat noch keinem geschadet. Für alle Substantive gibt es mehrere Fälle, die bestimmen, wie sie in einem Satz verwendet werden. Sie heißen Normativ, Dadativ, Aggressitiv, Abnormitiv, Volapüktiv und Logarithiv. Der Fall, der am meisten verwendet wird, ist der Normativ.«

»Wenn Oma ›am meisten‹ sagt, heißt das in Wirklichkeit ›nie‹«, sagte Bea. »Sie ist die Einzige, die hier im Viertel Latein spricht.«

»Das stimmt nicht«, sagte Mrs. Thompson. »Auf unseren Versammlungen sprechen wir oft Lateinisch.«

»Deshalb kommt ja auch nie was dabei raus«, sagte Bea.

»Bea hält nichts von meinem politischen Engagement«, sagte Mrs. Thompson. »Obwohl sie ebenso wie alle anderen von der Wiederherstellung des Imperiums profitieren wird. Wo waren wir stehen geblieben?«

»Beim Dadativ«, sagte Barry. Zumindest bewahrte ihn das davor, etwas essen zu müssen.

»Ach ja. Den Dadativ verwendet man nur, wenn man absichtlich etwas vollkommen Unsinniges sagen will. Der Aggressitiv ist ziemlich fies. Man benutzt ihn, wenn man sich mit jemandem streitet.«

Barry überlegte. Trotz größter Anstrengungen seinerseits blieb ein Teil der Informationen bei ihm hängen. »Dann kann also jedes Wort ein Schimpfwort sein? Man braucht es nur in den Aggressitiv zu setzen?«

»Genau!«

»Oma«, meldete Bea sich zu Wort, »wofür wird noch mal der Abnormativ benutzt? Das vergesse ich immer.«

»Oh, ich hoffe, den wirst du nie brauchen, Bea«, sagte Mrs. Thompson. »Der ist nur für Geisteskranke.«

»Ach ja.« Bea machte sich über eine weitere Schweinevulva her.

Mrs. Thompson wandte sich wieder Barry zu. »Also, der Volapüktiv ist eher selten. Das ist nur ein künstlich konstruierter Fall. Und der Logarithiv spielt nur in der Mathematik eine Rolle. Nun«, sagte Mrs. Thompson und klappte den Kollegblock zu, »kommen wir zu unserer Initiative.«

»Na, toll«, sagte Bea, der es sichtlich peinlich war, wie ihre Großmutter den Abend an sich riss. »Falls ihr mich braucht: Ich sitze hier und schlafe.«

»Sie heißt Vereinigung zur Wiederherstellung des Reiches, kurz: VWR. Wer nicht weiß, welches Reich es wiederherzustellen gilt, hat in der VWR nichts zu suchen«, erklärte Mrs. Thompson.

»Interessant«, sagte Barry, womit er »verrückt« meinte.

»Ich habe sie vor einigen Jahren gegründet. Unser Ziel liegt auf der Hand: Wir wollen den drohenden Konflikt zwischen Muddeln und Zauberern verhindern, indem wir so schnell wie möglich und mit allen Mitteln das Römische Reich wiederherstellen.«

»Bislang beschränkte sich das auf ein wöchentliches Abendessen«, schmunzelte Bea.

»Bea ist eine kleine Zynikerin«, sagte Mrs. Thompson. »Aber ich habe das Gefühl, Barry ist anders. Ich habe das Gefühl, dass du, Barry, ein junger Mann von edler Gesinnung bist.«

Barry stopfte sich schnell ein großes Stück Brot in den Schlund, um nicht laut loszulachen. Mit tränenden Augen nickte er.

»Zauberer gab es auch schon in der Welt der alten Römer. Aber sie standen auf einer Stufe mit Handwerkern wie etwa Klempnern. Sie versteckten sich nicht in ihrer geheimen eigenen Welt ... Keine Angst, Barry, auch die Zauberer bekämen einen Platz in unserer Welt. Aber sie würden auch bestraft, wenn sie sich eines Vergehens schuldig machten. Momentan beaufsichtigt ihr euch selbst, was bedeutet, dass es bei euch überhaupt keine Aufsicht gibt! Im Römischen

Reich war das anders: Zauberer wurden geachtet, aber sie wussten, wo sie hingehörten. Jetzt regieren sie klammheimlich die Welt, und jeder kann sehen, was für ein Chaos dabei herauskommt.«

Barry fühlte sich verpflichtet, in irgendeiner Weise zu widersprechen. »Also, Mrs. Thompson, ich weiß nicht ...«

Doch die alte Frau ließ ihn nicht ausreden – zum Glück, denn Barry hatte sich nicht wirklich überlegt, was er sagen wollte. »Gefällt dir die Welt etwa so, wie sie ist? Das kann nicht dein Ernst sein! Glaubst du wirklich, dass irgendetwas aus der Gegenwart Bestand haben wird? Natürlich nicht. Wir bauen billig und klammheimlich wie Diebe in der Nacht. Wir vergeuden all unsere Ressourcen im Streben nach Nichtigkeiten. Wir machen alles kaputt und lassen nichts als Müll zurück.«

Jetzt war Bea an der Reihe, etwas einzuwerfen. »Aber Oma, das meiste auf der Welt wird doch von Muddeln gebaut. Was können die Zauberer dafür?«

»Zauberer sind ein faules Volk. Nein, Barry, versuch nicht, das zu leugnen.«

»Wollte ich gar nicht«, sagte Barry getreu dem Grundsatz »In vino veritas«.

»Dafür können sie nichts. Wer würde nicht faul werden, wenn er alles, was er haben möchte, einfach so herbeizaubern kann?« Mrs. Thompson schnippte mit den Fingern, und ein Stück Rebhuhnhoden traf Barry am Hals. Er beschloss, keine Notiz davon zu nehmen. »Das ist schon in Ordnung, es stört mich nicht. Aber mit eurer Faulheit habt ihr uns Muddel angesteckt ... Eure Schule ist weit und breit das Einzige, was die Zeiten überdauern wird, und ich wette, wir finden einen Weg, auch die in die Luft zu jagen.«

»Oma, du hast zu viel Wein getrunken«, sagte Bea.

»Und du zu wenig, wie mir scheint!«, erwiderte Mrs. Thompson.

»Führ dich vor unserem Gast doch bitte nicht so unmöglich auf«, sagte Bea mit flehentlicher Stimme. »Ich habe heute einen Witz gelesen, Barry. Möchtest du ihn hören? Es geht um Magie.«

»Okay«, sagte Barry.

»Ein angeblicher Zauberer macht eine Reise nach Griechenland. Als er zurückkommt, fragt ihn ein Mann: ›Sag mal, wie geht es meinen Angehörigen daheim?‹ – ›Es geht ihnen gut, besonders deinem Vater.‹ – ›Aber mein Vater ist seit zehn Jahren tot!‹, sagt der Mann. Da sagt der Zauberer: ›Ach, offenbar kennst du deinen *richtigen* Vater nicht.‹«

Mrs. Thompson wollte sich schier totlachen. »Der war gut«, keuchte sie. »Aus dem dritten Jahrhundert. Damals wussten die Leute noch wirklich, was komisch ist.«

Eine kleine braune Eule kam ins Zimmer geflogen und ließ sich auf der Lehne von Mrs. Thompsons Sofa nieder. Sie begann zu piepen.

»Ach, das ist Hades, mein Pager«, sagte Mrs. Thompson. »Was Canadian wohl um diese Uhrzeit von mir will?« Sie entrollte die Nachricht. »Ein Notfall.« Sie wandte sich Barry zu. »Offensichtlich sind der Waffenmeister und der Wildhüter deiner Schule aneinander geraten, und der Wildhüter hat was abgekriegt.«

»Hauptsache, er hat keine *Frau* abgekriegt«, sagte Barry. Niemand lachte. »Das würdet ihr schon lustig finden, wenn ihr ihn kennen würdet. Euch würde es auch nicht gefallen, wenn Hafwid sich fortpflanzen würde. Sein Halbbruder ist eine wandelnde Pestbeule namens Gorp.«

Niemand wusste so recht, was er mit dieser Information anfangen sollte. »Ich fürchte, ich muss an die Arbeit«, sagte

Mrs. Thompson, »was bedeutet, dass Barry nach Hause muss.« Sie gab ein Zeichen, und die Menschen, die entlang der Wände standen, begannen, den Tisch abzudecken.

»Du kommst doch noch mal wieder, oder?«, fragte Bea. »Oder hat Oma dir zu viel Angst gemacht?«

»Nein«, sagte Barry. »Ich meine: ja. Ich meine: Ich komme wieder.«

»Gut. Üb schön Latein, dann übersetzen wir nächstes Mal etwas leicht Unanständiges.« Mrs. Thompson wischte sich die Hände an einer Serviette ab und schüttelte Barry dann die Hand. »Hat mich gefreut, dich kennen zu lernen, junger Mann.« Beim Hinausgehen fügte sie hinzu: »Vielleicht lade ich dich irgendwann mal zu einem VWR-Treffen ein. Hättest du Lust?«

»Oma! Nun hör aber mal auf. *Bitte!*« Mrs. Thompson lächelte und ging hinaus.

»Willst du irgendwas mit nach Hause nehmen?«, fragte Bea.

»Nein!«, sagte Barry mit etwas mehr Nachdruck, als unbedingt nötig gewesen wäre. »Ich meine, ich bin pappsatt.«

»Nun denn ...« Die beiden standen einen Moment lang nervös herum, bis Bea sagte: »Ich bring dich zur Tür.«

Im Atrium blieben sie stehen. »Und ...«, sagte Barry, während er sich hüpfend einen Schuh anzog, »was machst du heute Abend?«

»Lernen, denke ich mal«, sagte Bea. »Oma prüft mich morgen in Chemie.«

»Das ist so etwas Ähnliches wie Alchemie, stimmt's?«

»Ja, nur ohne Religion.«

»Gut, dass sie *mich* nicht darin prüfen will«, sagte Barry.

Plötzlich kam Bea der Gedanke, Barry könnte meinen, sie wäre zu intelligent für ihn, daher fügte sie hinzu: »Aber vorher gucke ich mir noch *Die lustigsten Home-Videos der Zauberer* an.* In einem davon versucht ein Zauberer, am Automaten Geld abzuheben. Aber er glaubt, der würde seine Hand auffressen. Als ich das das erste Mal gesehen hab, habe ich mir fast in die Hosen gemacht.« Das klang vielleicht ein bisschen zu hinterwäldlerisch, dachte Bea. »Nicht dass ich damit ein Problem hätte oder so.« Oh, Gott, das war ja *noch* schlimmer!

Zum ersten Mal an jenem Abend spürte Barry, dass er nicht der Einzige war, der sich nicht wohl in seiner Haut fühlte. Bea war vermutlich genauso nervös gewesen wie er! Er versuchte sich etwas einfallen zu lassen, das lustig und tröstend zugleich war, aber wie immer hatte er nur einen einzigen Gedanken im Kopf, den er nicht aussprechen konnte. Daher beugte er sich vor und küsste sie.

Vor Überraschung stieß sie einen leisen Schrei aus. Zum Glück wurde der Großteil davon von Barrys Mund verschluckt. Sie stieß einen Schirmständer in Form von Justinians Kopf um. Hektisch beeilten sich beide, alles wieder aufzusammeln.

»Hoppla«, sagte Barry und hielt ein abgesplittertes Stück Nase hoch.

»Macht nichts!«, sagte Bea, die total durch den Wind war.

---

* Die ausgedehnte Korrespondenz, die Barry und Bea führten, hatte Mrs. Thompson dazu gebracht, das Fernsehverbot aufzuheben. Es war ihr lieber, Bea war aufs Fernsehen versessen als auf einen Lausebengel wie Barry. Was auch immer Bea aus der Flimmerkiste erfahren mochte, vielleicht taugte es wenigstens als Antidot gegen den gefährlichen Mist, den Barry ihr gewiss erzählte. Natürlich hätte Oma sich gewünscht, dass Bea sich wieder auf sinnvollere Aktivitäten wie die Dressur von Desmond besann, doch sie wusste: Wenn die Hormone erst anfangen, verrückt zu spielen, verliert jeder den Verstand. Und so bleibt es, bis man ungefähr 55 ist.

»Das ist eh nur eine Kopie.«

»Alles in Ordnung?«, rief Mrs. Thompson aus einem anderen Zimmer.

»Ja!«, antworteten Bea und Barry wie aus einem Munde – einen Tick zu prompt.

Bea öffnete die Tür. Eigentlich wollte sie, dass Barry blieb, aber sie wollte auch, dass er ging, bevor etwas wirklich Peinliches passierte.

»Danke, dass du gekommen bist!«, sagte sie. »Ich schreib dir!«

»Ich dir auch!«, sagte Barry, und die Tür ging zu. Sein Herz machte einen Satz und sackte ihm gleichzeitig in die Hose: Er hatte den Abend unbeschadet überstanden, aber er wollte nicht, dass er schon zu Ende war. Ich wette, Tunas Gedicht wird ihr gefallen, dachte er, während er sich die Rollerblades anschnallte.

Er war noch nicht weit gekommen, als er beinahe mit einem Zeitungsverkäufer zusammenstieß. J. G. Rollins hatte einen Teil ihres neuen Reichtums in die Gründung einer Wochenzeitung investiert, die arbeitslose Muddel verkaufen konnten, um sich ein paar Pfund zu verdienen. Das Blatt war stinklangweilig. Die Fotos fluchten nicht mal.

»He!«, sagte der Typ. »Pass doch auf!«

Barrys gute Laune hatte sich zu einem völlig neuen Mitgefühl ausgewachsen. Er bremste ab und holte seinen Geldbeutel hervor. »Wie viele haben Sie da?«

»Ungefähr zehn«, sagte der Mann.

»Die nehm ich«, sagte Barry und gab ihm doppelt so viel Geld wie nötig.

»Danke«, sagte der Mann und reichte ihm drei Zeitungen.

Als ihm klar wurde, dass er angeschmiert worden war, gluckste er in sich hinein. »Gern geschehen«, sagte er. »Gehen Sie lieber rein! Hier draußen ist es gefährlich.« Das nächtliche Muddel-Ghetto war kein guter Ort für auf Kohlenstoff basierende Lebensformen.

»Mach ich«, sagte der Mann und schniefte. Die Nacht war klar und frostig. Er holte einen neuen Stapel Zeitungen hervor.

Pfeifend rollte Barry in die Nacht hinein. Er mühte sich nach Kräften, die vielen Schlaglöcher zu umfahren, und hätte sich ein paarmal fast auf die Fresse gelegt, weil diverse Straßenlaternen nicht funktionierten. Außerdem stellte er fest, dass Hogsbleede für eine Stadt dieser Größe unglaubliche Mengen an Hundekacke hervorbrachte. Als der Zoo hinter ihm lag und er sich im sicheren magischen Teil der Stadt befand, stieß Barry einen Seufzer der Erleichterung aus.

Auf dem Weg hinauf zur Schule hielt Barry kurz an und blickte auf Hogsbleede zurück. All diese schmierigen Bars, Leihhäuser und Lotto-Annahmestellen. All die Prostituierten und Strichjungen, Säufer und Obdachlosen. All die Muddel, die versuchten, die Freuden eines ganzen Lebens in ihre Nächte zu pressen, während sie ihre Tage damit verbrachten, für Leute wie Barry zu arbeiten – Leute, die mit einer Bewegung ihres Zauberstabs ihr Leben verändern konnten ... Was war Hogsbleede bloß für ein Saustall? Das Beste war vermutlich, einfach eine Atombombe darauf zu werfen und eine neue Stadt zu bauen. Und doch, dachte Barry, war zumindest in jener Nacht ein kleiner Teil davon schön, und der hieß Bea.

Kapitel neun
Im Namen des Gesetzes

Als sie Underage beim Festmahl zum Beginn des neuen Schuljahres im Großen Saal zum ersten Mal sahen, lachten sich die Schüler ins Fäustchen. Mit gerade mal einem Meter Körpergröße und einem Gewicht von nicht mal dreißig Kilo war Underage nicht imstande, sich Respekt zu verschaffen, und das wussten sie. Lehrer zu tyrannisieren war eine alte Tradition in Hogwash, und dabei war bis hin zum Totschlag alles erlaubt, solange es wirklich lustig war.

Mit einer Reihe von Verordnungen hatte Underage den Hass der Schüler zusätzlich angefacht. Die infantilen Plakate nahmen bald überhand. Mal wurden die Schüler darauf verhöhnt, mal wurden absurde Vorschriften erlassen. Nachdem Underage alle Mädchen an der Schule gezwungen hatte, sich von ihr die Haare flechten zu lassen, platzte den Schülern der Kragen. Während ein Team von Zehntklässlern recherchierte, ob das Verbot der Kinderarbeit wirklich (wie Bumblemore steif und fest behauptete) nur außerhalb des Schulgeländes galt, verhexten die restlichen Schüler sämtliche Porträts der Schule dazu, Underage als »Spatzenhirn« zu beschimpfen.

Doch Underage erwies sich als würdige Gegnerin. Sie erwiderte jeden Schülerstreich mit einem noch kindischeren. Wenn ein Schüler sie mit einem Blubberspuckfluch dazu verhexte, bei jedem dritten Wort zu sabbern, stellte die Klasse zu Beginn der nächsten Stunde beim Hinsetzen fest, dass alle Stühle mit einem *Incontinentio*-Zauber vermint worden waren.

»Ach, das kann man ja nicht mitansehen«, sagte Hermeline in einer Stunde, als Underage von einem brennenden Papierflugzeug durch den Raum gejagt wurde. »Findest du nicht auch, Barry?« Hermeline richtete ihren Zauberstab auf das Flugzeug und löste es unter lauten Buhrufen in Luft auf.

»Ist mir egal«, sagte Barry, ohne von seinem Comic-Heft aufzublicken. Solange er nicht behelligt wurde, scherte ihn das alles nicht. Der Doofes-Kunsthandwerk-Unterricht hatte ihm ohnehin noch nie etwas gebracht. Genau wie sein Quaddatsch-Talent lag ihm auch die Fähigkeit, Valumart zu entkommen, im Blut.

»Und wenn dir nun Der-der-stinkt über den Weg liefe?«, fragte Hermeline.

»Du meinst, so wie heute Morgen?«, sagte Barry und blätterte die Seite um. »Als ich mir beim Rasieren Schaum in die Hand spritzen wollte, kam eine Kobra aus der Dose.«

»Hat sie versucht, dich zu beißen?«

»Nein, es war eine zahme Kobra«, sagte Barry sarkastisch. »Natürlich hat sie's versucht! Aber ich hab sie mit dem Deckel meiner Zahnpastatube totgemacht.«

»Gut gemacht«, sagte Colin Creepy und schob seine Nase näher an Barrys Rektum.

»Ich weiß nicht, ob ich dir das glauben soll«, sagte Hermeline.

Underage hatte begonnen, von einer ihrer fixen Ideen zu schwafeln, nämlich wie man anhand der Buchstaben im Namen eines Jungen feststellen kann, ob er einen mag.

Niemand passte richtig auf. Direkt über Cyril Broadbottom begann es zu schneien, und ein paar Silverfish-Schüler lachten.

»Kinder! Kinder!«, versuchte Underage, ein spiddeliges Ding mit blondem Wuschelkopf, die Schüler zur Ordnung zu rufen. »Lee! Zurück auf deinen Stuhl! Setz dich hin!« Das war so gut wie unmöglich, denn jemand hatte Lee Jardin in einen Delphin verwandelt. (Zum Glück trug er einen Feuchthalteanzug.) »Furzsäue! Pinkelhintern!«, schimpfte Underage unbeholfen. Dann lief sie zu dem nächstbesten Schüler und versetzte ihm einen Tritt.

»Aua! Verdammte Kacke!«

Verärgert blickte Barry auf. Es war so laut, dass er der Handlung seines Comics nicht mehr folgen konnte.

Hermeline bemerkte seinen Gesichtsausdruck. »Was immer du vorhast, bitte lass es.«

»Zu spät. Ich hab schon angefangen, ihn zu schwenken. Wenn ich jetzt aufhöre, hol ich mir womöglich eine Zerrung«, sagte Barry und richtete seinen Zauberstab auf Underage, die mit einem Lichtblitz verschwand.

»Was hast du getan?«, sagte Hermeline wütend. »Sie war doch noch ein Kind.«

»Jetzt wird sie von den Zentauren großgezogen«, sagte Barry.

»Ach, das gefällt ihr bestimmt«, plapperte Colin. »Sie hat Pferde schon immer gemocht. Vielleicht wird aus ihr eine neue Katharina die Große.«

Während Hermeline vor Wut schäumte, stand Barry auf und verbeugte sich. Nachdem der Beifall abgeebbt war, fanden sich die Schüler in einer Zwickmühle: Was sollten sie mit ihrer neu gewonnenen Freiheit anstellen? Hinausrennen? Im Pulk nach Hogsbleede evaporieren und einen draufmachen? Strip-Quartett spielen? Wie es einem sooft ergeht, waren sie angesichts der Fülle der Möglichkeiten wie paralysiert. Daher verbrachten sie den Rest der Stunde damit, nervös zu kichern und unruhig auf den Stühlen herumzurutschen.

Als sie das nächste Mal zum Unterricht für Doofes Kunsthandwerk erschienen, saß Direktor Bumblemore am Lehrerpult. Eine ungewöhnliche Stille erfüllte den Raum. Als alle auf ihren Plätzen waren, begann Bumblemore zu sprechen.

»Kinder, es ist sehr unreif und nicht zuletzt verschwenderisch, Lehrer für Doofes Kunsthandwerk zu verschleißen wie billige Turnschuhe. Ich bin drauf und dran, die Stelle in Zukunft nur noch mit Sträflingen aus Aztalan zu besetzen, die sich im offenen Vollzug befinden.«

»Cool!«, sagte Drafi Malfies.*

»Was stellt ihr bloß mit ihnen an? Nein, sagt es mir nicht. Ich weiß es bereits. Überall in der Schule sind versteckte Kameras installiert«, fuhr Bumblemore fort, wobei er geflissentlich überhörte, wie die gesamte Klasse hörbar nach Luft schnappte. Er hatte gelogen, aber das konnten sie nicht ahnen. »Ich weiß, dass es in Hogwash schon immer so zugegangen ist. Wir schikanieren euch, ihr schikaniert uns, das ist nun mal der Lauf des Lebens. Aber ich sage euch: Leh-

---

* Sein Vater war gerade im halb offenen Trakt von Aztalan gelandet, nachdem er mit Hilfe einer magischen Zeitkugel die Börse manipuliert hatte. In den Briefen, die Mr. Malfies nach Hause schrieb, schilderte er in allen Einzelheiten die Lebensbedingungen in dem Gefängnis, das mehr ein Hotel für die nicht ganz so Artigen war als ein richtiger Knast. »So eine Haftstrafe erweitert den Horizont«, hatte Ludicrous geschrieben. »Wie schon das alte Sprichwort sagt: ›Zellengenosse‹ ist nur ein anderes Wort für einen Freund, den man noch nicht kennt.«

rer wachsen nicht auf Bäumen! Ihr könnt sie tyrannisieren, sie meinetwegen auch in aller Öffentlichkeit in Werwolfsbarsche verwandeln. Aber sie in den Vergessenen Wald zu teleportieren, damit sie von Zentauren aufgezogen werden, das geht zu weit – auch wenn das zugegebenermaßen ein hübscher Zaubertrick ist. Wisst ihr, dass Professor Underage, bevor wir sie fanden, allen Zentauren im Wald die Haare geflochten hat? Die sind stinksauer. Es wird Jahrhunderte dauern, bis sie wieder einem Zauberer über den Weg trauen.

In Hogwash geht es nicht nur um Magie«, sagte Bumblemore. »Wir versuchen auch, euch etwas über das Leben beizubringen. Nun, werdet ihr im richtigen Leben einfach jemanden teleportieren können? Ganz gewiss nicht. Wir leben schließlich nicht in einer Welt, in der es keine Konsequenzen gibt. Keiner von uns.« Dabei richtete Bumblemore den Blick fest auf Barry. Dieser hatte es aufgegeben, ein unschuldiges Gesicht zu machen, und las in seinem Comic. »Apropos: Ich muss leider gestehen, dass Professor McGoogle dem Haus Grittyfloor fünf Extrapunkte verliehen hat, weil sie findet, Frau Professor Underage sei eine ›unausstehliche kleine Göre‹ gewesen. Aber das ist noch lange kein Grund, so mit ihr umzuspringen!«

Bumblemores leere Hände vollführten Bewegungen, als bastele er gerade ein Ballontier. Barry blickte auf, fand, dass es aussah wie eine Form von Schüttellähmung im Endstadium, und wandte sich dann wieder seinem Comic zu. Der alte Zauberer sprach weiter:

»Es ist wirklich außerordentlich schwierig, so kurzfristig kompetenten Ersatz zu finden. Man hat mir jedoch versichert, dass der Vertretungslehrer ein hoch qualifizierter Mann ist und euch ganz hervorragend auf die D.-N.-W.-

Prüfungen vorbereiten wird, die schließlich immer näher rücken. Ich hoffe außerdem, dass er euch die Konsequenzen eures Tuns klarer vor Augen führen wird. Aber ganz gleich, ob ihm das nun gelingt oder nicht: Bitte tut ihm nichts, denn das Kontingent ist erschöpft«, sagte Bumblemore. »Ich warne euch: Zwingt mich nicht, diese Klasse selbst zu unterrichten.«

Mit diesen Worten schritt Bumblemore hinaus. Im Flur waren verschiedene Stimmen zu hören. Die gesamte Klasse starrte zur Tür, gespannt, wer – oder was – im nächsten Augenblick durch sie hereinspazieren würde. Trotz aller Erfahrungen, die Barry im Kampf mit Valumart gesammelt hatte, und all der Kreaturen, die Hafwid ständig zähmte (ein beschönigender Ausdruck für »sich buchstäblich die Haare vom Kopf fressen lassen«), überstieg das, was nun den Raum betrat, komplett Barrys Horizont.

Es war ein Rechtsanwalt.

»Hallo, Kinder«, sagte der Mann aufgeräumt und schwang seinen Aktenkoffer aufs Pult. Abgesehen von ein paar braunen Strähnen, die er von einem Ohr zum anderen gekämmt hatte, war er fast kahl. Er hatte ungefähr die Größe und Statur eines Zigarettenautomaten und trug eine dicke, getönte Brille. »Mein Name ist Allen Goinkman, und ich bin Zauberanwalt«, sagte er, während er die Verschlüsse aufschnappen ließ und einen Stapel Papiere aus dem Koffer nahm. Er reichte sie Cyril. »Mister ...«

»Broadbottom«, sagte Cyril kleinlaut.

»Mr. Broadbottom, bitte verteilen Sie das in der ganzen Klasse.« Mr. Goinkman nahm einen vergoldeten Zauberstab aus seiner Hemdtasche und schrieb seinen Namen an die Tafel. »Bevor wir beginnen, möchte ich, dass ihr alle dieses Formular ausfüllt. Damit erklärt ihr, dass jeder Einzelne von euch dafür haftet, falls mir irgendetwas zustoßen sollte.«

»Was bedeutet das?«, fragte Lee.

»Das bedeutet, dass ich euch, die Schule und eure Familien ausnehmen kann wie eine Weihnachtsgans«, sagte Goinkman. Hermeline meldete sich. »Ja, Miss …?«

»Cringer, Sir. Und was geschieht im Falle Ihres Todes?«

»Fragen Sie lieber nicht, Miss Cringer.« Ein verärgertes Murmeln ging durch die Klasse. Barry sank noch ein bisschen mehr in sich zusammen. Diesem Goinkman ging man am besten so weit wie möglich aus dem Weg.

Genau wie alle erwartet hatten, stolperte Cyril, und die Zettel flogen durch die Luft. Ein vereinzeltes Kichern war zu hören. »Dafür werden Sie nachsitzen, Mr. Malfies.«

Drafi war empört. »Wissen Sie, wer mein Vater …?«

»Ja, und er wird dir an der Hodenpresse Gesellschaft leisten, wenn du nicht aufpasst«, sagte Mr. Goinkman. »Bis Weihnachten bin ich euer Lehrer für Doofes Kunsthandwerk. Ob ich länger bleibe, liegt bei mir, nicht bei euch. Ich kenne all eure Tricks und werde mir keinen davon gefallen lassen.« Er zog eine Schublade seines Pults auf und trat zurück. »Falls jemand von euch etwas in irgendeiner Weise Bedenkliches bei sich tragen sollte, bitte ich ihn, es jetzt in diese Schublade zu legen, wo es bis zum Ende des Schuljahrs aufbewahrt wird.«

Barry sah eine Gelegenheit, Pluspunkte zu sammeln. Er fasste in seine Taschen. Doch zu seinem Erstaunen hatte er zum ersten Mal während seiner gesamten Hogwash-Laufbahn nichts extrem Gefährliches dabei. Er stand auf, ging nach vorn und ließ den Comic in die Schublade fallen.

Die Klasse war sprachlos.

»Danke, Mister …?«

»Trotter«, sagte Barry und kehrte wieder zu seinem Platz zurück.

»Wa...?« Hermeline traute ihren Augen nicht.

»Den hab ich schon durch«, flüsterte Barry und setzte sich. Seine Aktion löste einen wahren Run auf die Schublade aus. Bald war sie bis zum Rand voll mit Schlagringen, Luftgewehren, selbst gebastelten Klappmessern und sogar ein wenig C-4-Sprengstoff, den Lon seinen Brüdern geklaut hatte, weil man damit Zeitungscartoons vervielfältigen konnte.

»Danke«, sagte Mr. Goinkman und schloss ganz behutsam die Schublade. »Dann wollen wir mal mit dem Unterricht beginnen. Hefte raus, bitte. Schreibt auf: ›Die mächtigste Waffe in der Welt der Zauberer ist ein fähiger, gut ausgebildeter Anwalt.‹«

»Das ist doch lächerlich«, sagte Peppermint Pastil. »Und was ist mit Ihrem Zauberstab?«

»Was soll damit sein?«, sagte Mr. Goinkman. »Wenn ihr jemanden im Duell tötet, kommt ihr ins Gefängnis. Für mich klingt das, als hätten beide Seiten verloren.«

Pastil war skeptisch. »Das klingt ja nicht sehr rühmlich ...«

»Also, wenn du als Hausgeist irgendeiner verbiesterten alten Hexe enden möchtest, will ich dich nicht aufhalten«, sagte Goinkman.

Barry meldete sich. Wieder blieb den anderen angesichts seines ungewohnten Benehmens die Spucke weg.

»Ja, Mr. Trotter?«, fragte der Lehrer.

»Also, Mr. Goinkman«, sagte Barry, »Sie haben bestimmt Recht, aber ich habe es mit Lord Valumart zu tun ...«

Bei der Erwähnung dieses Namens schnappte die Klasse nach Luft.

»Ach, stellt euch nicht so an, Leute!«, sagte Barry ungeduldig. »Das ist doch nur ein Name.«

»A-aber der ist urheberrechtlich geschützt«, quiekte Cyril.

»Von einem Anwalt!«, sagte Mr. Goinkman.

Barry fuhr fort: »Valumart versucht ständig, mich umzubringen. Was kann ein Anwalt dagegen tun?«

»Ihn verklagen!«, sagte Mr. Goinkman. »Dieser Hexensohn wird sich gut überlegen, was er tut, wenn er weiß, dass deine Erben fünfzig Prozent seines Vermögens bekommen!«

Daran hatte Barry nicht gedacht. Plötzlich erschien ihm das sehr viel sinnvoller als zu versuchen, jemandem einen fuchsiafarbenen Blitz in die Eier zu schleudern.

»Zum Mitschreiben, Kinder: Wenn jemand versucht, dich zu töten oder zu verletzen, wenn er versucht, dein Eigentum zu stehlen, dich am Arbeiten zu hindern oder dir gar seelische Pein zuzufügen, verhexe ihn nicht – verklage ihn!«

»Was ist mit normalen Zauberern?«, fragte Drafi. »Oder Lehrern? Kann man die auch verklagen?«

»Natürlich!«, sagte Mr. Goinkman. »Mr. Malfies, wenn Sie mir versprechen, mich wegen der schweren Körperverletzung durch den völlig unangemessenen Einsatz einer Hodenpresse während Ihres Nachsitzens nicht zu verklagen, werde ich Ihnen den Rest des Nachsitzens erlassen. Sind Sie einverstanden?«

»Klar«, sagte Drafi lächelnd.

»Seht ihr, wie mächtig diese Waffe ist?«, sagte Mr. Goinkman. »*Das* ist Doofes Kunsthandwerk.«

Goinkman schaute auf die Uhr (Barry fiel auf, dass es ein edles Stück war). »Das wär's für heute. Ich möchte, dass sich jeder von euch bis zur nächsten Stunde mindestens einen Klassenkameraden aussucht, den er gern verklagen würde. Wir werden Klageschriften untereinander austauschen, und dann werdet ihr richtig was lernen.«

»Das ist aber ungewöhnlich«, sagte Ritalin, während er Barry ein vergilbtes Pergament reichte. »Sie haben tatsächlich Drafi wegen übler Nachrede verklagt?«
»Ja. Er hat immer wieder behauptet, Valumart würde weder existieren noch versuchen, mich umzubringen. Wir haben einen Vergleich geschlossen«, sagte Barry und nahm das Pergament wieder an sich. »Ich durfte mir fünf *Satyr*-Hefte aus seiner Sammlung aussuchen.«
Nach der letzten Sitzung hatte Dr. Ritalin Barry gebeten, seine Sachen nach Dingen durchzusehen, die etwas mit seinem neunten Schuljahr oder mit Bea Thompson zu tun hatten. Bea betreffend, fand Barry nur ein einzelnes Blatt Papier zuunterst in seiner alten Schulkiste.
»Mehr haben Sie nicht?«, fragte der Doktor.
»Nein.«
»Finden Sie das nicht seltsam? Keine Fotos, keine Andenken ... Ich für meinen Teil muss solche Dinge einfach aufbewahren. Es sei denn«, sagte Ritalin, »es handelt sich um etwas, das ich vergessen will. Gibt es etwas, das Sie gern vergessen möchten?«
»Was für eine schwachsinnige Frage!«, sagte Barry. »Selbst wenn es etwas gäbe, hätte ich es doch längst vergessen!«
»Eins zu null für Sie«, sagte Dr. Ritalin. »Aber bitte bedenken Sie, dass ich kein richtiger Arzt bin und mein Gehirn manchmal nicht ordentlich funktioniert.«
»Das habe ich keineswegs vergessen«, sagte Barry. »Schließlich werde ich ständig daran erinnert.«

Ritalin zog seine beiden Lesemonokel hervor. »Dann sehen wir uns das einmal an, ja?« Er begann vorzulesen: »Lieber Barry! Ich schreibe dir nur kurz, um den Erhalt des eindeutig von dir verfassten absurden Briefes von Bea zu bestätigen. Sie wäre niemals ›davongelaufen, um sich den Westgoten anzuschließen‹. Regelmäßiges Baden war ihr zu wichtig. Außerdem hast du dich dadurch verraten, dass du mich die ganze Zeit ›Mrs. Thompson‹ genannt hast.

Ich weiß, was passiert ist, und ich weiß, dass du dafür verantwortlich bist. Es stand am Abend des Schmuklapp und schon viele Male vorher in den Eingeweiden einer Ameise geschrieben. Ich habe schon mehrere Jungs vor dir irrtümlich gekreuzigt, weil ich sie für die hielt, von denen in der Prophezeiung die Rede war. Aber was soll's? Wo gehobelt wird, da fallen Späne.

Bea und ich sind die letzten Nachfahren des großen Thrasyll, der für Kaiser Augustus die Sterne gedeutet hat. Da auch mir die Gabe des Hellsehens gegeben ist, weiß ich, dass ein Zusammenstoß zwischen der Welt der Zauberer und der der Muddel unausweichlich ist. Das kannst du mir glauben: Was in den Sternen steht, kann niemand ändern, noch nicht mal eine Berühmtheit wie du. Viele, viele Zauberer werden sterben, und meine einzige Überlebenschance besteht darin, meine Zauberkräfte geheim zu halten.

Deine Zukunft ist ... unklar. Wenn du aber irgendwann aus irgendeinem Grund irgendjemandem das Geheimnis unserer Familie verrätst, mache ich es mir persönlich zur Aufgabe, sämtliche Unklarheiten zu beseitigen, falls du verstehst, was ich meine. Wenn du nicht sofort jeglichen Hinweis auf deine Verbindung zu Bea bzw. mir vernichtest, werde ich mich gezwungen sehen, meinem ehemaligen Liebhaber, Alpo Bumblemore, die ganze schmutzige Geschichte zu erzählen und außerdem einen Brief an die Truppenverwaltung zu schreiben, in dem ich deine sofortige Verfügbarkeit melde.

Zum Schluss noch etwas Persönliches: Es war mir eine große Qual, vorauszusehen, wie unbeholfen du dich als Liebhaber anstellen würdest. Das Niveau ist erheblich gesunken, seit ich ein Mädchen war. Mit freundlichen Grüßen, deine Drusilla Thompson.«

»Wow«, sagte Ritalin nach einer Pause, »der hat's aber in sich, der Brief der alten Dame.«

Kapitel zehn
Der Schmuklapp

»Dann hast du also endlich den Mut gehabt, sie einzuladen.« Sehr zu Barrys Verlegenheit war Hermeline gerade dabei, Beas letzten Brief laut vorzulesen und zu kommentieren. Sie fuhr fort:

»Zuerst wollte Oma mich nicht gehen lassen. Sie hat eine Ameise geschlachtet und gesagt, ihre inneren Organe würden auf großen Ärger hindeuten, vor allem die Leber. Ich wusste gar nicht, dass Ameisen eine Leber haben«, schrieb Bea, von Hermeline vorgetragen.

»Ich habe geheult und einen Wutanfall gekriegt, aber es hat alles nichts genützt. Schließlich habe ich gedroht, ich würde von zu Hause weglaufen, und da gab sie auf, wobei sie etwas von bösen Vorzeichen murmelte und davon, dass man ›die verflixten Sterne nicht überlisten‹ könne. Was ist sie bloß für ein schwarzseherisches altes Weibsbild! Jedenfalls sagte sie: ›Du darfst gehen. Aber wenn er dich bittet, irgendwelche Zauberkunststücke zu vollführen, nuschel irgendwas von deiner Periode. Das setzt jeden Mann außer Gefecht.‹«

»Das stimmt«, merkte Hermeline an. »Mein Vater glaubt ernsthaft, dass es gegen Krämpfe hilft, wenn er mir den Wagen leiht.«

Sie wehrte Barrys Hand ab, die nach dem Brief grabschte,

und las weiter: »Als ich das hörte, war ich sicher, dass Oma dich mag. Sonst sagt sie nämlich immer: ›Tritt ihm einfach in die Eier, und hau ab!‹ Bitte nimm's ihr nicht übel, Barry. Vermutlich ist all das Quecksilber schuld, mit dem sie jahrelang hantiert hat ...«

»Gib schon her, Hermi.« Erneut griff Barry nach dem Brief.

»Lahme Ente!«, lachte Hermeline und brachte sich mit einem Satz in Sicherheit. Barry tat so, als wollte er sie verhexen. »Das ist unfair! Nicht zaubern!«, kicherte Hermeline und duckte sich. Seit Barry sich geweigert hatte, seinen Freunden die Einzelheiten seines heißen Halloween-Dates zu erzählen (wenn sie nichts darüber wussten, konnten sie sich auch nicht darüber lustig machen, folgerte er messerscharf), war die Neugier täglich größer geworden. Jetzt, zu Weihnachten, hatte sie den Siedepunkt erreicht.

Barry wollte auf keinen Fall, dass seine Freunde Bescheid wussten. Am Ende würden sie sie noch vergraulen. Verdammt, sie schafften es ja beinahe, *ihn* zu vergraulen. Hermeline brachte es fertig, ihr einen IQ-Test vor die Nase zu knallen. Lon würde sie bestimmt an irgendwelchen unschicklichen Stellen beschnüffeln. Und Ferd und Jorge würden sie womöglich sogar in die Luft sprengen. Das war schon vorgekommen, und zwar beim letztjährigen Schmuklapp.*

»Tschuldigung, Alter«, hatte Ferd gesagt, während er den verkohlten Krater inspizierte, der dort klaffte, wo eben noch

---

* Jedes Jahr kurz vor Weihnachten wurde in Hogwash Schmuklapp gefeiert. Das war auch bitter nötig, denn bis dahin hatten die Schüler so viel lernen müssen, dass sie am Rande der Rebellion standen. Entweder kam ein von der Schule sanktioniertes Besäufnis dabei heraus oder eine Kette von Plünderungen und Vergewaltigungen. Historisch betrachtet war das durch-

Barrys Begleiterin gesessen hatte. »Diese Atomfurzkissen funktionieren besser, als wir dachten.«

»Ja, unser Fehler.« Jorge untersuchte alles mit einem Geigerzähler. »Dafür ist die Strahlenbelastung erfreulich gering.«

Zwar war es Schwester Pommefritte gelungen, das Mädchen anhand eines Fleischfetzens, der in der Punschbowle gelandet war, größtenteils zu rekonstruieren, doch Barry mochte Bea zu sehr, als dass er das Risiko einer Wiederholung dieses Zwischenfalls in Kauf genommen hätte. Daher hatte er hübsch die Klappe gehalten. Auch Hermeline sollte eigentlich bis zum Ball nichts von der Verabredung erfahren, aber in Hogwash ließ sich einfach nichts geheim halten.

Der erste Weihnachtstag hatte wunderbar begonnen: mit Massen von Geschenken. Serious hatte ihm einen Umschlag mit einer Weihnachtskarte und einer Gallone geschickt, die immerhin fast das Nachporto deckte. Hermeline hatte ihm einen Ratgeber mit dem Titel *Vom Arschgesicht zum netten Kerl in dreißig Tagen* geschenkt, wozu Hafwids Geschenk, ein Universal-Flaschenöffner, ein schönes Gegengewicht bildete. Diesem magischen Dingsbums würde kein Behältnis, das Alkohol enthielt, ob Flasche oder Dose, importiert oder einheimisch, widerstehen können. Und Mrs. Measly hatte ihm mit einem selbst gestrickten, kratzigen Makramee-Stringtanga bewiesen, dass sie ihm Lons Unfall nicht übel nahm.

---

aus folgerichtig, denn wie alle anderen Feiertage in Hogwash lag auch der Schmuklapp auf einem Datum, an dem einst eine blutige Auseinandersetzung zwischen der Stadtbevölkerung und der Schule stattgefunden hatte. Der Überlieferung zufolge geht der Name »Schmuklapp« auf die »Schmu!-Schmu!«-Rufe der wütenden Städter zurück.

»Ich glaub, meine Mum steht auf dich«, hatte Ferd gesagt, nachdem Barry die Unterhose im Grittyfloor-Gemeinschaftsraum vorgeführt hatte.

»Deine Mum steht doch auf jeden«, lachte er.

»Was soll denn das ›B‹ da vorne drauf?«, fragte Jorge.

»Da wir alle schon mal mit dir unter einer Dusche gestanden haben, wissen wir ja, dass es nicht ›Big‹ heißen kann.«

Barry verzog das Gesicht zu einer Grimasse und warf Jorge das Geschenk zu, das er von seinen Dimsley-Zombies bekommen hatte: den Kopf von jemandem, der ihn in der sechsten Klasse schikaniert hatte.

»Iiihh! Verflucht noch mal, Barry, das ist ja widerlich!«, sagte Jorge.

»*Der* hat mich auch immer durch den Kakao gezogen«, erwiderte Barry düster. Jorge zeigte ihm den Stinkefinger und ging sich dann die Hände waschen.

»Frohe Weihnachten«, sagte Ferd und überreichte Barry ein kleines eingeschweißtes Päckchen. »Ein Chili-Kondom«, sagte er. »Ich dachte, wir könnten es in Drafis Nachttischschublade schmuggeln. Damit geht Patsy Parkinson ab wie 'ne Rakete. Und Drafi auch!«

Als Ferd gegangen war, um nach Lon zu sehen (der Barry ein Stöckchen apportiert hatte), öffnete Barry Beas neuesten Brief, eine viele Seiten lange Epistel. Im Umschlag lag ein kleines Geschenk: eine von Bea selbst gebastelte, leicht mitgenommene Praline in Form eines Zauberstabs. Barry biss die Spitze ab. Sie schmeckte zwar etwas merkwürdig, aber doch entfernt nach Schokolade.

Dann versuchte er, durch Nagen und Lecken wieder eine glatte Spitze hinzubekommen. Während er sein Werk genauer inspizierte, schnappte Hermeline ihm den Brief weg. Als es zwischen ihm und Bea ernster wurde, hatte er ihr nicht mehr so ohne weiteres erlaubt, Beas Briefe zu lesen. Dadurch verfünffachte sich jedoch ihre Neugier.

»Ich kann's kaum noch erwarten«, las Hermeline. »Ich habe mir für heute Abend ein blaues Kleid gekauft.« – »So'n Mist, ich werd auch Blau tragen!«, fluchte die Vorleserin. – »Ja, du hast mir erzählt, dass die Grittyfloor-Farbe Rot ist, aber in Rot sehe ich immer so erhitzt aus.« Hermeline schmunzelte. »Erhitzt? Warte, bis unser Punschmeister dir ein paar Drinks verabreicht hat, Schätzchen. Ich muss unbedingt dran denken, meine Magenpumpe mitzunehmen.«

»Da ich noch nie in eurer Schule war, bin ich sehr gespannt, wie sie von innen aussieht. Oma sagt, sie sei eins der schönsten noch erhaltenen Bauwerke der Psychotischen Architektur des Mittelalters.« – »Wirklich? Das habe ich nicht gewusst«, sagte Hermeline. Dabei lief sie, immer ein paar Schritte vor Barry, der ihr an den Fersen klebte, im Zimmer herum. Immer wenn sie mit einer Seite fertig war, warf sie sie hinter sich, so dass Barry auf dem Boden herumkriechen musste, um sie aufzuheben.

»Außerdem freue ich mich darauf, deine Freunde kennen zu lernen, vor allem Hermeline. Ich glaube dir einfach nicht, dass sie ein halber Yeti ist.«

»Weißt du, jedes Mal, wenn ich denke, dass du tiefer nicht mehr sinken kannst, sinkst du noch ein bisschen tiefer herab«, sagte Hermeline. »Ich hab's schon mal gesagt, und ich sage es gern noch mal: Dieses Mädchen macht doch einen anständigen Eindruck, Barry. Ich kann einfach nicht begreifen, warum sie mit dir geht.«

»Jetzt gib her«, sagte Barry und bekam endlich den Brief zurück. Wie ein begossener Pudel schlich er hinaus und ging auf sein Zimmer. Hermeline hatte Recht, er war ein ziemlich verkommenes Subjekt. Aber vielleicht war Bea für ihn ein Anlass, sich zu bessern.

Er griff in seine Tasche und strich mit den Fingern über das Geschenk, das Bea ihm ein paar Tage zuvor per Eule geschickt hatte (damit es auch wirklich ankam). Ein Gefühl der Wärme machte sich in seiner Brust breit. Bea hatte ihm ein kleines, flaches Stück Metall geschenkt, auf das eine offene Handfläche gemalt war – »ein Zeichen der Freundschaft«.

Zusätzlich zu seinem oder besser gesagt: Tunas Gedicht (das er noch abholen musste) wollte Barry ihr etwas schenken, das er in einer Zeitschriftenanzeige entdeckt hatte: ein Abonnement für die »Magische Olive des Monats«. Das Prinzip: Jeden Monat bekam man eine neue Olive, in der statt eines Kerns irgendeine hübsche, kleine Überraschung steckte. Oliven waren das einzige Nahrungsmittel, von dem er wusste, dass es auch die alten Römer schon kannten.

Barry legte den unübersehbar angenagten Zauberstab in seine Truhe. Er hob ein paar Umhänge hoch, um sich zu vergewissern, dass die Schachtel mit der ersten magischen Olive noch da war. Das hatte er schon dreiundvierzig Mal überprüft. Nachdem er diese Zwangshandlung hinter sich gebracht hatte, fragte sich Barry, worin er die Schachtel einwickeln sollte. Hermeline hatte bestimmt massenhaft Geschenkpapier übrig. Das würde ihr zumindest ähnlich sehen.

Auf dem Weg in den Saal fiel Barry etwas ins Auge. Er beschloss, sich eine Stunde Zeit zu nehmen, um durch die Schule zu gehen und die »Kein Petting mit Barry!«-Plakate abzureißen. Natürlich würde er ihr irgendwann davon erzählen – sobald er sicher war, dass sie ihn gern genug hatte, um ihm auf jeden Fall zu verzeihen. Zumindest an diesem Abend würde er jedoch alles abstreiten.

Am Nachmittag musste Barry auf einen Sprung ins Haus Radishgnaw, um das Gedicht abzuholen, das er bei Tuna Lovecraft in Auftrag gegeben hatte. Da er fünf Gallonen dafür berappen sollte, durfte er ja wohl erwarten, dass es gut geworden war.

»Bitte sehr«, sagte Tuna, als sie es ihm aushändigte. »Ich finde, es ist eins meiner besten.«

Barry begann das Pergament zu entrollen, und während er las, verwandelte sich seine anfängliche Verwirrung in Wut. Das meiste war irgendein Kauderwelsch: »*Ph'nglui mglw'nafh Cthulhu R'lyeh wgah'nagl fhtagn?* Was zum Teufel soll das heißen? Und wer ist dieser Riley? Bea soll *mich* mögen und nicht irgendeinen anderen Kerl!«

Tuna zuckte mit den Schultern. »Ach, mach dir darüber keine Gedanken. Das ist bloß ein dichterischer Kunstgriff.«

»Ist das dein Ernst?«, schäumte Barry. Er entrollte den Rest des Pergaments, das mehrere Kilometer lang war. »Das hört ja gar nicht mehr auf!« Ein weiterer Name fiel ihm ins Auge. »Tuna, wer ist Hastur der Unaussprechliche? In dem Gedicht kommen offenbar alle möglichen Leute vor, bloß ich nicht!«

Tuna wurde so bleich wie Schimmelpilz. »Du solltest seinen Namen lieber nicht in den Mund nehmen. Es sei denn, du willst, dass H. der U. kommt und auf deiner Seele einen Stepptanz vollführt. Ich habe schon Leute gesehen, nachdem H. der U. mit ihnen fertig war. Ihnen bleibt nur die Wahl zwischen Überschnappen und Den-Verstand-Verlieren«, sagte Tuna. »Willst du dir das antun?«

»Nein, aber …«, sagte Barry und beruhigte sich ein bisschen. »Ich wünschte, du hättest irgendwas Rührseliges reingeschrieben anstelle dieses ganzen Yog-Sothoth-Zeugs. Ich weiß noch nicht mal, was das ist ... Es klingt wie irgendein asiatisches Gericht.«

»Dichterische Freiheit«, sagte Tuna. »Ich wollte dem Ganzen irgendwie einen anarchischen, nicht-euklidischen Chaos-Touch verleihen.«

»Also, wenn das eine hochtrabende Umschreibung für ›totaler Müll‹ sein soll«, sagte Barry, »dann kann ich dich nur beglückwünschen: Beschissener hättest du es nicht hinkriegen können.«

»Tut mir Leid, dass es dir nicht gefällt«, sagte Tuna und streckte die Hand aus. »Her mit der Kohle.«

Barry sah kurz hinauf zum grinsenden Cthulhu, der schon geifernd seine Klauen und Tentakel nach ihm ausstreckte, und kam zu dem Schluss, dass es sich nicht lohnte, wegen fünf Gallonen einen Streit anzufangen. »Da. Frohe Weihnachten«, sagte er säuerlich.

Tunas Gedicht landete geradewegs im Müll. Barry Trotter, die sprichwörtliche Axt im Walde, war nun allein auf seinen Charme angewiesen. Als die abendliche Party immer näher rückte, begann der jugendliche Zauberer, nervös auf und ab zu tigern. Er war so aufgeregt, dass er versehentlich das Weihnachtsgeschenk von Dali, dem Hauself, umstieß: eine winzige Statue des Elfen im Kostüm der Jungfrau Maria, die in einem Becher mit Dalis – oder sonst jemandes – Urin schwamm. »Kunst sollte nicht stinken«, murrte Barry, während er den Dreck wegmachte.

Er beschloss, Hermeline zu besuchen und ihr auf die Nerven zu gehen. Es war kein Problem, in die Schlafsäle der Mädchen zu gelangen: Man brauchte nur einen einfachen *Dameeðna*-Zauber und ein paar Worte im Falsett zu sprechen. Im Handumdrehen war Barry da.

»Ich wär an deiner Stelle auch nervös. Sie scheint viel zu intelligent für dich zu sein«, sagte Hermeline. Ihre Mitbewohnerinnen huschten hin und her und machten sich fertig. Sie gestatteten Barry den Aufenthalt in ihrem Zimmer, solange er die Augen geschlossen hielt.

»Danke«, sagte Barry blinzelnd.

»Mach die Augen zu!«, brüllte Hermelines Zimmergenossin Jennifer und bewarf ihn mit einem nassen Wattebausch. Er traf Barry mitten auf dem Fragerufzeichen und blieb dort kleben – sie hatte ihn mit Zaubernusssaft getränkt.

Barry fluchte. »Mensch, Seeley! Das brennt!«

»Tja, das tut es nur, weil du die Augen nicht zu hattest«, argumentierte Jennifer mit kühler Logik. Da Barry das vertraute Gefühl überkam, es mit einem schärferen Verstand als seinem eigenen zu tun zu haben, hielt er den Mund.

»Mich würde immer noch interessieren, wie du Bea überhaupt rumgekriegt hast.« Hermeline wandte sich wieder dem Spiegel zu. Eine magische Wimpernzange schwebte vor ihren Augen. »Du hast bestimmt wieder Liebestränke aus Snipes Schrank geklaut, was? Das ist nicht nett, Barry. Er braucht sie dringender als du. Wie soll er mit seinem fahlen Teint und den fettigen Haaren denn sonst jemanden ins Bett kriegen?«, fragte Hermeline. »Und glaub mir, es wäre für uns von großem Vorteil, wenn er bei den D.-N.-W.-Prüfungen gut drauf wäre.«

»Das ist auf J. G. Rollins' Mist gewachsen, nicht auf meinem«, sagte Barry. »Du hättest mal hören sollen, wie ich ihr Snipe beschrieben hab: perfekter Körperbau, makellose Zähne, kann sich vor Frauen kaum retten. Ich verstehe nicht, wieso er mir das nicht glauben will ...«

»Weil du ein Lügner bist, Barry«, sagte Hermeline. »Mich stört das nicht. Ich glaube dir einfach kein Wort und komme ganz gut damit klar. Aber andere Leute ... Nimm zum Beispiel dieses Mädchen, Bea. Dir von Tuna ein Liebesgedicht für sie schreiben zu lassen, ist auch eine Art Lüge.«

»Dann wird es dich freuen, zu hören, dass ich es ihr nicht geben werde. Was Tuna da geschrieben hat, ist total gruselig. Ich habe es weggeschmissen. Am liebsten hätte ich es verbrannt, aber ich wollte nicht, dass es in die Erdatmosphäre gelangt.«

»Ich bin froh, dass du es ihr nicht gibst«, sagte Hermeline. »Ganz gleich, was dabei herauskommt, Bea verdient es, den wahren Barry kennen zu lernen. Hör auf eine Frau aus Fleisch und Blut, Barry: Sei du selbst.« Am anderen Ende des Raums stieß Jennifer schaudernd einen leisen Laut des Ekels aus.

Barry überlegte, was er von dieser Strategie halten sollte. Das war doch der reinste Irrsinn! »Wir haben viele Gemeinsamkeiten. Sie ist eine Waise wie ich.«

»Wirklich?«, sagte Hermeline. »So wie diese ›Oma‹ in den Briefen rüberkommt, würde ich mich vergewissern, dass sie keine Schrotflinte besitzt, bevor ich allzu übermütig werde.« Während sie ihre Wimpern tuschte, fiel Hermeline etwas ein. »Bea ist doch ein Muddel, oder? Das heißt, sie wird nicht losheulen wie eine Auto-Alarmanlage, wenn ihr beide anfangt rumzumachen? Wobei ich nicht glaube, dass du es so weit bringen wirst«, fügte sie hinzu. »Ich denke, sie wird noch rechtzeitig zur Vernunft kommen.«

»Du hältst dich wohl für sehr komisch«, sagte Barry. »Ja, sie ist ein Muddel. Du solltest mal hören, wie ihre Oma über Zauberer herzieht. Meistens nimmt sie noch nicht mal das Wort in den Mund. Sie nennt sie lieber ›Hippies‹.«

»Nun, ich habe hart für diese Party gearbeitet, und ich möchte nicht, dass ihr beiden sie versaut. Die Leute könnten ihr Gebrüll für eine Feuersirene halten und panisch die Flucht ergreifen.« Hermeline wandte sich wieder ihren Augen zu, die durch die Zauberwimperntusche tatsächlich größer wurden.

»Das verblüfft mich immer wieder«, sagte Barry. »Und du erzählst mir was von Lügen! Ist deine Schminkerei nicht ganz genauso unehrlich wie mein Versuch, als sensibler Typ zu erscheinen?«

Hermeline würdigte diese Frage keiner Antwort. Vielleicht wusste sie aber auch keine. Ein Tiegel auf ihrem Schminktisch zog Barrys Blick auf sich. Er nahm ihn in die Hand.

»Was ist das?«, fragte er. »›Lamer‹? Hör zu, Hermeline, als dein Freund muss ich dir sagen, dass du lieber keine Produkte benutzen solltest, die dich noch lahmer machen, als du ohnehin schon bist.«

»Das heißt La Mer, du Schwachkopf«, sagte Hermeline. »Das ist Make-up, und zwar ein sehr teures. He, solltest du nicht die Augen geschlossen halten?«

Jennifer bewarf ihn mit einem weiteren zaubernussgetränkten Wattebausch. Barry duckte sich, und seine strassbesetzte Brille fiel herunter. Dann verrutschte seine Perücke, und eine falsche Brust glitt aus seiner Bluse zu Boden. *Dameedna* gehörte nicht gerade zu seinen Lieblingszaubern.

»Weißt du, wenn du hin und wieder mal deine Zunge in deinem Mund behalten und ein vernünftiges Gespräch mit einem deiner Opfer anfangen würdest, könntest du vielleicht etwas lernen«, sagte Hermeline.

»Was denn?«

»Etwas über Mädchen zum Beispiel. Oder über das Leben.«

Barry winkte ab. »Das Einzige, was ich zu wissen brauche, ist wann und wo, Baby.«

»Und Bumblemore hat dir die Antwort darauf gegeben, nicht wahr? Niemals und nirgends«, sagte Hermeline lachend. »Na ja, dir bleiben ja noch deine Erinnerungen.«

»Immer noch besser, als von Geburt an in einem osteuropäischen Quaddatsch-Gulag dahinzuvegetieren.«

Hermeline, die gerade mit einem winzigen Zauberstab ihre Lippen umrandete, hielt inne. »Victor ist Künstler.«

»Das sehe ich«, sagte Barry. An einer Ecke ihres Spiegels steckte ein kleines Porträt von Hermeline. »Keine Sorge, Hermi: Dein Hintern ist nicht annähernd so dick.«

Hermeline stieß einen entnervten Seufzer aus. »Victor ist ein magisch-erotischer Realist.«

»Victor ist ein Pervertist.«

»Wenigstens ist er kein Muddel«, schnaubte Hermeline.

»Na, na. Und das aus deinem Munde, Muddeline Muddington!«, sagte Barry. »Hast du etwa von Drafis Kool-Aid getrunken?«

»Das ist lediglich eine Feststellung«, sagte Hermeline trotzig. Sie hatte langsam genug von Barrys ständigen Hänseleien.

»Ich hau ab«, sagte Barry und stand auf. Auf dem Weg hinaus riss er die Augen extra weit auf.

»Du Schwein!«, brüllten die Mädchen. Jennifers Galoppierende-Skrofulose-Fluch verfehlte ihn nur um wenige Zentimeter.

Zurück in seinem Zimmer, wählte Barry sorgfältig jedes einzelne Kleidungsstück aus, bis hin zu seinen Festtags-Boxershorts mit den gekreuzten Zuckerstangen auf rotem Untergrund. Fast jedes Outfit aus seinem Kleiderschrank probierte er mehrfach an. Er zog alle Register. Er hatte sich für diesen Anlass sogar eine hübsche neue Krawatte gekauft. Vorn war sie seriös gestreift, aber auf der Rückseite war zu sehen, wie Art Valumord, der Sänger von Valid Tumour Alarm, einer Mücke den Kopf abbiss.

Doch Barry war nicht der Einzige, der nervös war. Mrs. McGoogle hatte die beiden Grauensschüler von Grittyfloor, Lon und Hermeline, gebeten, sich um die Vorbereitung der Party zu kümmern. Lon musste sich aufgrund seiner Verletzung darauf beschränken, die Gäste nach Drogen (oder auch nach etwas Essbarem) abzusuchen. Aber von Hermeline erwartete McGoogle mehr.

Die alte und die junge Frau waren in gewisser Weise seelenverwandt. Mrs. McGoogle sah in Hermeline insgeheim einen Protegé, der das Banner der nächsten stolzen Generation von unverheirateten Pädagoginnen hochhielt. Aber irgendwann im Herbst hatte McGoogle Wind davon bekommen, dass ausgerechnet Hermeline einen Freund hatte. Und da der Schmuklapp im Ruf stand, eine einzige wüste Orgie zu sein, war McGoogle entschlossen, Hermeline anderweitig zu beschäftigen. Daher rief sie sie Anfang Dezember eines Nachmittags in ihr Büro.

»Der Direktor ist ein Perverser, wusstest du das?«, pöbelte sie über ihren Schreibtisch hinweg.

»Wirklich?«, stellte Hermeline sich dumm.

»Ach, hör doch auf, Mädel«, sagte McGoogle spitz. »Deine Eltern sind Ärzte. Die werden dich ja wohl vor dem unersättlichen sexuellen Verlangen der Männer gewarnt haben.«

»Sie sind Zahnärzte«, sagte Hermeline. »Alles, was unterhalb des Kinns passiert, ist für sie ein Buch mit sieben Siegeln.« Sie betrachtete den goldenen Keuschheitsgürtel an der Wand – den vom *Schmirror* verliehenen »Orden für eiserne Jungfräulichkeit«.* Das Blatt hatte Mrs. McGoogle ungefähr zehn Jahre in Folge zu seinem »Anti-Pin-up-Girl« gekürt. Auch wenn es McGoogle ein bisschen peinlich zu sein schien, war sie irgendwie aber auch stolz darauf.

»Wir wollen jetzt nicht über den Beruf deiner Eltern streiten, Cringer ... Wie ich sehe, bestaunst du meinen Orden.«

»Ja, Mrs. McGoogle. Er ist sehr schön.« In Wirklichkeit war es ein billig wirkender, mit Glitzersteinchen besetzter, bruchbandähnlicher Apparat, der für niemanden, der unter hundertdreißig Kilo wog, ein Hindernis darstellte. Hermeline konzentrierte sich allerdings weniger auf den Gürtel als darauf, den Gestank des Katzenklos in der Ecke auszublenden. Das Leben als Animagus stellte einen vor einige wirklich unangenehme hygienische Probleme.

»So was wird nicht einfach an jeder Straßenecke verteilt«, sagte McGoogle streng. »Man muss etwas dafür tun. Selbstkasteiung, Cringer. *Jahrzehnte* der Selbstkasteiung und Verbitterung stecken da drin ... Ein bisschen Angst kann auch nicht schaden. Und die Überzeugung, dass man zu gut ist für die Welt, in die man geboren wurde.« McGoogle schaute Hermeline durchdringend an. »Gehe ich recht in der Annahme, dass dir Letzteres nicht ganz fremd ist, Cringer? Hm? Sei ehrlich. Hältst du dich nicht für ein kleines bisschen besser als alle anderen?«

»Nein, Mrs. McGoogle, ich strenge mich bloß etwas m...«

»Sei nicht albern, Cringer. Es kann jedenfalls nicht schaden, eine hohe Meinung von sich zu haben«, sagte McGoogle. »Aber irgendwann kommt der Moment, wo man sie durch Taten untermauern muss.«

---

* Alle, die diese Auszeichnung erhielten, bekamen zugleich den Ehren-»Mrs.«-Titel verliehen. Verheiratet waren sie mit dem »beispielhaften Einsatz für die unverrückbaren Werte der Ehelosigkeit«.

»Ach ja?«, fragte Hermeline mit leuchtenden Augen. Sie war geradezu süchtig danach, sich vor allen hervorzutun. Für sie war es keine Schande, als eine Streberin zu gelten.

»Cringer, ich möchte, dass du Grittyfloor im Schmuklapp-Planungskomitee vertrittst. Da Lon mehr Hund als Mensch ist, wirst du auf dich allein gestellt sein«, sagte sie. »Die anderen Häuser nominieren ebenfalls ihre Grauensschüler. Du musst also mit Drafi Malfies zusammenarbeiten. Traust du dir das zu?«

»Ja«, sagte Hermeline etwas atemlos. Mit der Verantwortung für etwas betraut zu werden versetzte ihr immer einen ungeheuren Adrenalinschub.

»Fein. Ihr trefft euch an den nächsten vier Montagen jeweils um sechzehn Uhr mit dem Geisterkomitee der Schule.«

Hermeline machte ein langes Gesicht. »Die mischen auch mit?« Das Geisterkomitee der Schule setzte sich aus sämtlichen Gespenstern zusammen, die untätig in Hogwash herumlungerten. Seine Aufgabe bestand (offiziell) darin, dafür zu sorgen, dass Veranstaltungen wie der Schmuklapp nicht total ausarteten. Das war einer von Alpo Bumblemores zahlreichen idiotischen Einfällen gewesen. Der Direktor hatte jahrelang versucht, die Geister hinauszuwerfen, aber sie schwebten jedesmal wieder ins Gebäude zurück. Daher gab er ihnen Arbeit.*

---

* Da sie keinen Körper hatten, konnten sich die meisten von ihnen nicht mehr so recht daran erinnern, wie es war, am Leben zu sein. Aber die, die es noch wussten, hegten einen tiefen Groll gegen die Lebenden und nutzten das Komitee bei jeder Gelegenheit, um ihnen eins auszuwischen. Anstatt dafür zu sorgen, dass Tanzveranstaltungen oder Ähnliches zu gelungenen Abenden wurden, tat das Komitee alles, damit sie noch trostloser wurden. Es sei denn, es waren genug Menschen zugegen, die die Geister in Schach halten konnten: »Wir erheben Einspruch gegen den Antrag des Blutigen Laien, ›I Won't Survive‹ zum Titelsong des Balles zu machen ...«

»Aber natürlich. Das Geisterkomitee der Schule ist ein sehr nützliches ...« McGoogle verstummte mitten im Satz, denn eine Maus huschte über den Boden. Blitzschnell hatte sich die Hauslehrerin von Grittyfloor in eine Katze verwandelt und stürzte sich auf sie. In dem Moment, als sie sie berührte, explodierte die Maus jedoch mit einem lauten Knall.

Der Geruch von Schießpulver und verbranntem Fell stieg Hermeline in die Nase, und draußen vor der Tür hörte sie Ferds und Jorges ersticktes Lachen. Johlend und einander abklatschend liefen die beiden davon. McGoogle, die inzwischen wieder menschliche Gestalt angenommen hatte, lag auf dem Boden und murmelte zusammenhangloses Zeug vor sich hin. Hermeline sah, dass sie sich ins Kleid gemacht hatte.

Sie sammelte ihre Bücher ein und schlüpfte leise aus dem Zimmer. Wenn jemand dem Wahnsinn verfällt, möchte er vielleicht nicht gestört werden.

Im Laufe der folgenden Wochen hatte Hermeline die Organisation des Schmuklapps an sich gerissen, wie es bis dahin nur wenige Schüler getan hatten. Mit beängstigender Effizienz hatte sie große Teile der Schule zur Arbeit abbeordert: Eine Gruppe bastelte die Dekorationen, während eine andere für die Spiele zuständig war. Hermeline selbst kümmerte sich um das Unterhaltungsprogramm. Wie man sich denken konnte, hoffte sie, die Beatles dafür verpflichten zu können. Sie war ein Riesenfan der Pilzköpfe und sehnte sich danach, ein oder mehrere Bandmitglieder mehr oder weniger für immer zu entführen.

Eines Samstags schlenderte Hermeline, die Taschen voller Gallonen und den Kopf voller Träume davon, Paul

McCartney zu küssen, in das Büro einer Agentur zur Herbeizauberung prominenter Künstler namens Hall of Fame, das sich günstigerweise an der Corleone Street in der heruntergekommenen Innenstadt von Hogsbleede befand.

»Womit kann ich Ihnen helfen?«, fragte ein etwas leichenhafter Mann. Er trug seine Haare nach hinten an den Kopf geklatscht und hatte einen bleistiftdünnen Schnurrbart.

»Ich würde für unseren Schulball gern die Beatles buchen«, sagte Hermeline selbstbewusst.

»Das wird aber teuer«, sagte der Mann und nahm eine Heftmappe mit Preislisten in die Hand. »Wie viel können Sie denn ausgeben?«

»Hundert Gallonen«, erklärte Hermeline.

Er lachte. »Sie scherzen! Dafür kann ich Ihnen vielleicht die Hälfte der Monkees besorgen«, sagte er. »Oder haben Sie schon mal etwas von den Troggs gehört? Die sind gar nicht so schlecht, wenn die Party richtig im Gange ist.«

Hermeline schaute ihn fragend an.

»Ich meine, wenn die Leute betrunken genug sind.«

»Ach so«, sagte sie. Da sie nicht bereit war, so schnell aufzugeben, fragte sie: »Wie viel kosten denn die Beatles?«

Er sagte es ihr, woraufhin Hermeline kurzzeitig das Bewusstsein verlor. Als sie wieder zu sich kam, erklärte der Mann gerade: »Wissen Sie, es sind nicht nur die Honorare. Es sind auch der Transport und die Abwicklung: erst zu uns in die Gegenwart, dann wieder zurück in die Vergangenheit, und das alles, ohne dass die Künstler etwas davon mitbekommen und deswegen durchdrehen. Wenn der Künstler den Verstand verliert, hat das meistens etwas mit verpfuschten Zeitreisen zu tun.«

»Ich möchte ihnen auf keinen Fall Schaden zufügen«, sagte Hermeline geknickt. »Aber ich hatte mich wirklich darauf gefreut ...«

Der Mann schien Mitleid mit ihr zu haben. »Ich sag Ihnen was«, sagte er leise. »Für den Preis kann ich Ihnen zwar nicht die Beatles von 1964 anbieten, aber wie wär's mit derselben Band, bevor sie berühmt wurde? Vielleicht kann ich die Hamburger Beatles besorgen. Die sind zwar etwas rüpelhaft, aber es sind trotzdem die Beatles, nicht wahr?«

»Okay!«, sagte Hermeline. Die Beatles waren die Beatles. Was sollte da schon schief gehen?

Noch Tage nach ihrem Coup schwebte Hermeline im siebten Himmel. Jedem, der es hören wollte, erzählte sie, dass die Beatles auf dem Schmuklapp spielen würden. Doch es gab in Hogwash mindestens einen Schüler, der über diese Nachricht alles andere als erfreut war – und dabei war er derjenige, der dafür bezahlt hatte!

Der Popularitätsschub, den Barry Trotter durch J. G. Rollins' Bücher erfuhr, hatte Drafi Malfies gezwungen, drastische Maßnahmen zu ergreifen: Er hatte eine Rockband gegründet. We Hate Music bestand aus Drafi, Patsy Parkinson, Flabbe und Oyle. Durch Einschüchterung und Bestechung hatte das Quartett sich innerhalb des Hauses Silverfish ein gewisses Standing erarbeitet, aber der Rest der Schule konnte die Band nicht ausstehen. Das einzig Gute an ihr war, dass sie im Gegensatz zu den Who ihre Instrumente zu *Beginn* des Auftritts zerstörten anstatt am Ende. Drafi hatte sich überhaupt nur dazu herabgelassen, am Planungskomitee teilzunehmen, um We Hate Music einen Gig zu sichern. Hermeline wusste das und nutzte es für sich aus.

»Drafi, kannst du mir Geld geben?«, fragte sie vor einer Zauberschwänke-Doppelstunde.

»Wie viel?«, fragte Drafi auf seine typische farblos spitze Art.

»Fünfhundert Gallonen«, sagte Hermeline und versuchte, dabei nicht mit der Wimper zu zucken. »Ich möchte eine Band für den Schmuklapp engagieren.«

»Warum sollen wir Geld dafür ausgeben, wo doch We Hate Music die ganze Nacht durchspielen können?«, fragte Drafi.

»Weil ...«, Hermeline rang nach einer überzeugenden Ausrede, »weil ich will, dass ihr Jungs einen guten Eindruck macht. Woher sollen die Leute wissen, wie toll We Hate Music sind, wenn sie nicht eine andere Gruppe zum Vergleich haben? Aber ich verspreche, dass ich eine besorge, die nichts taugt. Und euch machen wir zum Headliner. ›We Hate Music‹ wird in ganz großen Lettern auf den Plakaten stehen, und darunter ganz klein ›Wer auch immer‹.«

»Wie wär's mit ›Drafi Malfies' We Hate Music‹?«

»Ganz wie du möchtest«, sagte Hermeline. Dieser Junge hatte ein unglaubliches Ego, es war fast so groß wie Barrys.

Drafi dachte kurz nach. »Nein«, sagte er dann. »Wir spielen die ganze Nacht durch.«

»Okay ...«, sagte Hermeline. »Aber dann sehe ich mich gezwungen, dem *Schmirror* zu erzählen, dass dein Pimmel nur einen halben Zoll[*] lang ist.«

Drafi erbleichte. Ihm kam sogar ein bisschen die Galle hoch. »Das würdest du nicht wagen!«

»Doch.«

»Aber das stimmt überhaupt nicht!«

»Zum Glück werde ich das nie herausfinden«, sagte Hermeline. »Also, was ist?«

---

[*] 1,27 cm

Drafi handelte sie auf hundert Gallonen herunter. Sie wollte die Beatles unbedingt haben, damit alle sahen, wie mies seine Band war. Und sie glaubte, die Hamburger Beatles wären dafür allemal gut genug. Außerdem brachte sie Drafi dazu, das Formular zu unterzeichnen, das ihr der Mann von der Agentur mitgegeben hatte. Damit schützte sich diese gegen Schadenersatzforderungen wegen »etwaiger Sachschäden, die an der Bühne, der Bar, dem Club oder seiner Umgebung entstehen könnten, etwaiger Personenschäden, die die Künstler, das Publikum oder das Personal erleiden könnten sowie aus Klagen gegen das Unternehmen oder den Veranstalter wegen unzüchtigen Benehmens, Drogenkonsums oder übereifriger Roadies«. Es waren zehn in winziger Schrift gesetzte Seiten. Aber Hermeline machte sich keine Sorgen, schließlich hatte sie fünfmal »A Hard Day's Night« gesehen. Was konnte da schon schief gehen?

Als Drafi Malfies hinter das Mikrofon trat, sah er sich mit einer Mischung aus Feindseligkeit und Desinteresse konfrontiert. Die Vorgruppe, The S. Meekings Experience, hatte mit einem mit einer Klarinette, einem Verzerrerpedal und hundert Kilo Bühnenfeuerwerk bewaffneten Silverfish-Siebtklässler bestanden. Er war nicht besonders gut angekommen.

»Hallo«, sagte Drafi. Diese zwei Silben strotzten dermaßen vor widerlicher Selbstgefälligkeit, dass sie das Publikum sofort gegen ihn aufbrachten. »Wir sind We Hate Music ...«

Zaghaftes Klatschen wurde von einer Kanonade von Buhrufen übertönt. »We hate *you*!«, brüllte jemand.

»Danke«, sagte Drafi, doch dann brachte ihn eine ohrenbetäubende Rückkopplung aus dem Konzept. Aus dem

Publikum ertönten Schmerzensschreie. »Äh, unsere erste CD, ›We Can't Play‹, die von Professor Snipe produziert wurde, ist am Silverfish-Kiosk erhältlich.«

»Die ist total scheiße!«, brüllte eine andere Stimme. Daraus entstand prompt ein Sprechchor: »*Die – ist – scheiße! Die – ist – scheiße!*«

Ob aus Ignoranz oder aus Trotz, Drafi ließ sich nicht beirren. »Danke«, sagte er. »Wir möchten jetzt einen Song spielen, den mein Dad für mich geschrieben hat. Er heißt ›Soon There Will Be a Cleansing‹.«

Sie konnten ihre Instrumente gar nicht schnell genug zerstören: Noch vor der zweiten Strophe des dritten Songs wurden We Hate Music von Mistgabeln und Fackeln schwenkenden Zuschauern von der Bühne getrieben.

Zehn Minuten später saß Drafi in der Ecke und drückte auf Patsy Parkinson Zigaretten aus. Die Beatles, ganz in Leder gekleidet, kloppten gerade eine völlig unbekannte Ballade herunter. Einer von ihnen hatte eine Klobrille um den Hals.

»Gott, was für'n grässlicher Schmalz«, schäumte Drafi. »Patsy, wenn du nicht still hältst, drück ich keine Zigaretten mehr auf dir aus.«

»Tschuldigung, D-D-Drafi«, sagte Patsy. »Uh! Ich glaube, P-P-Paul hat mich grad ange-ge-geguckt!«

Als der Song zu Ende war, sagte George: »Das nächste Lied, das wir spielen, heißt ›Besame Mucho‹ ...«

»... was auf Spanisch ›Ich hab keinen Schlüpfer an‹ heißt!«, meldete sich Lennon zu Wort.

Paul begann zu singen, und Patsy schmolz dahin.

»Herrje, ihr ekelt mich an.« Drafi hatte die Schnauze voll. Er fuchtelte mit seinem Zauberstab, und der Song veränderte sich. Plötzlich kam die avantgardistische Tonbandcollage »Revolution 9« aus den Boxen gewabert. Das blieb nicht ohne Folgen. Die Musiker, die sich mit Amphetaminen aufgeputscht hatten, begannen, ihre Instrumente anzuschauen, als wären sie Verräter, an Knöpfen herumzufummeln und an Kabeln zu reißen. Das Publikum hörte prompt auf zu tanzen und begann zu buhen. Jemand fing an, mit Weihnachtsgebäck zu werfen, und ein Keks traf George. Das war der Startschuss für eine ausgewachsene Keilerei, bei der Beatles Schüler verprügelten und Schüler Beatles bissen.

Im Raum nebenan bekam Hermeline von alledem nichts mit. In einem Anfall von Übermut hatte sie zugelassen, dass der Punsch mit ein wenig eingeschmuggeltem Knutsch-Grog versetzt wurde, und nun leitete sie eine Massenküsserei, wie es sie seit der Zeit des alten Rom nicht mehr gegeben hatte.* Von ständigem Knutschen unterbrochen, hatte Victor gerade geäußert, er würde sie gern einmal nack malen, und Hermeline, schon immer eine Förderin der schönen Künste, stellte fest, dass ihr der Gedanke durchaus gefiel. Dieses leidenschaftliche Tête-à-tête wurde von einem Schüler gestört, der von Lennon durch eine geschlossene Tür geschleudert wurde. Hermeline löste sich aus Victors Armen und drängelte sich zum Großen Saal durch, wo die Hölle los war. Fäuste und Zaubersprüche flogen hin und her.**

---

* Wenn das Oma wüßte!
** Was niemand weiß (noch nicht einmal die Beatles selbst), ist, dass dieser Ausflug nach Hogwash immense Auswirkungen auf die Geschichte der Band hatte. Inmitten des Trubels verwandelte ein Muffelpuff-Zehntklässler ihren Schlagzeuger, Pete Best, in einen Dachs. Schwester Pommefritte brauchte mehrere Monate, um den Zauber – eine billige Raubkopie – rückgängig zu machen. Bumblemore suchte einen Freiwilligen, der bereit war, so lange Bests Platz in der Gruppe einzunehmen. Die Wahl fiel auf einen Muffelpuff-Neuntklässler namens Starkey. Bumblemore pickte aufs Geratewohl

»Bitte tut den Musikern nicht weh!«, sagte Hermeline über die uralte PA. »Ich habe eine Kaution für sie hinterlegt!«

Aber es war verlorene Liebesmüh. Schließlich wusste sie sich nicht mehr anders zu helfen, als Mrs. McGoogle zu suchen.

»Wie konnte die Feier denn derart aus dem Ruder laufen?«, fragte diese. »Warum hast du dir den Auftritt nicht angesehen? Wo bist du gewesen?«

Hermeline wurde rot.

»Das hätte ich mir denken können«, sagte die miesepetrige alte Schachtel. »Von dir hätte ich das nicht erwartet.«

Während Hermeline heulte, rief McGoogle die Polizei. Bald darauf kam eine Spezialeinheit in magischen Kampfanzügen auf Thestralen hereingaloppiert. Mit ihren Zauberknüppeln stellten sie die Ordnung wieder her, bevor irgendetwas allzu Wertvolles Schaden nahm.

»Vorsicht!«, rief Cyril Broadbottom einem der Cops zu. »Der verdammte Thestral knabbert das Gebälk an! Pass auf, Hermeline, du trittst gleich in einen Thestral-Apfel.«

Cyrils Warnung kam zu spät: Hermeline stellte fest, dass ihr linker Fuß bis zum Knöchel mit unsichtbarer Kacke beschmiert war. Zwar sind die Tiere und ihre Ausscheidungen für alle unsichtbar, die noch nie dem Tod ins Auge gesehen (oder zumindest einen richtig schlechten Film bis zum Ende durchgestanden) haben, aber unriechbar sind sie nicht.

Wie furchtbar, dachte Hermeline. Ich stinke, ich habe versagt, und meine Hauslehrerin hasst mich. Wenigstens

einen Namen aus einer Nacktpostille mit dem Themenschwerpunkt »Western« heraus, und »Ringo Starr« war geboren. Da die anderen ihn mochten, blieb er ein Beatle. Pete Best traf die Trennung sehr hart, aber wenigstens blieb er nicht für immer ein Dachs.

bleibt mir noch Victor. In dem Moment sah sie Victor mit einem Radishgnaw-Flittchen knutschen.

»Äh, Erm'lin', das is sich nicht, wie aussieht«, sagte Victor. »Ich kann erklären. Ich sie wolle nur ganz genau anschau'n ...«

Hermeline suchte verzweifelt nach Worten. »Du ... du ... Deine Comics sind sexistisch!«, brüllte sie und rannte aus dem Zimmer. Das war die schlimmste Nacht ihres Lebens! Bitterlich weinend, lief sie nach oben. Sie fühlte sich von allen verraten: Victor war ein gemeiner Hund, genau wie Barry – und Lon! Sie hatte Victor wirklich sehr gern gehabt, aber für ihn war sie nichts weiter als ein austauschbares Sexobjekt, das er nach Belieben abservieren konnte. Sie hatte immer versucht, ein guter Mensch zu sein und das Richtige zu tun, und nun musste sie sich so etwas bieten lassen. Na schön, dachte Hermeline unter Tränen, wenn das Spielchen so läuft, dann spiele ich eben mit. Und ich werde gewinnen. Und so ward Hermeline Cringer, die abgebrühte, sexuell freizügige Herzensbrecherin, geboren.

Einen Stock höher erlebte Barry einen weitaus erfreulicheren Schmuklapp – zumindest noch. Er hatte den Krawall unten ausgenutzt, um Bea aus dem Großen Saal in sein Zimmer zu zaubern. Nicht zum ersten Mal dankte er dem lieben Gott dafür, dass er immer wieder solche Extrawürste wie das Einzelzimmer bekam.

»Bist du sicher, dass das erlaubt ist?«, fragte Bea beklommen. »Hier oben ist ja gar keiner.«

»Aber klar doch«, sagte Barry und hoffte, dass es überzeugend klang. »Es ist nicht mehr weit.«

Schließlich gelangten sie zu seinem Zimmer. An der Tür hing eine abwischbare Tafel, auf der stand: »Bea, ganz gleich, was Barry dir erzählt, geh da NICHT rein!!! Hermeline.« Und darunter, in frischer Tinte: »Ach, vergiss es! Hermi.«

Rasch wischte Barry mit der Hand die Schrift ab, die einen schwarzen Fleck auf seinem Handteller hinterließ. Doch Bea hatte die Warnung bereits gesehen.

»Typisch Hermeline«, sagte Barry, »immer zu Scherzen aufgelegt!«

»Ich weiß nicht, Barry«, sagte Bea, und Zweifel klang aus ihrer Stimme. »Vielleicht ist das keine so gute Idee ...«

»Komm schon, Bea«, sagte Barry. »Du magst mich doch, oder?«

»Schon, aber ...«

»Und horch doch mal, was da unten los ist.« Sie konnten hören, wie Möbelstücke zertrümmert wurden, Zaubersprüche hin- und herzischten und George Harrison fluchte. »Du willst doch nicht, dass dein neues Kleid was abkriegt, oder?« Barry übertrieb schamlos. Seine Hormone ließen ihm keine andere Wahl. »Wir können ja wieder runtergehen, wenn der Krawall vorbei ist ...«

Barry öffnete die Tür, und der Geruch von altem Schweiß wehte ihm entgegen. Vielleicht ist das wirklich keine so gute Idee, dachte er. »Wenn du wirklich unbedingt wieder nach unten willst ...«

In dem Moment traf die Polizei ein, was ein großes Geschrei auslöste. »Ach, was soll's«, sagte Bea und folgte ihm ins Zimmer.

Barry schnippte mit den Fingern, woraufhin sich mehrere schwebende Kerzen von selbst entzündeten. Das war Hermelines Idee gewesen. »Erstens ist es romantisch«, hatte sie gesagt, »und zweitens sieht man dann nicht so viel von deinem grässlichen Zimmer.«

Barrys Zimmer war tatsächlich grässlich, aber es lag nicht am Raum selbst, sondern daran, dass er ihn so hatte verkommen lassen. Die Hauselfen weigerten sich strikt, auch nur einen Fuß hineinzusetzen, und nannten es »das Scheißhaus«. Überall lagen Zeitschriften, Zettel und unbezahlte Rechnungen herum, die Hertha heruntergeschmissen und zerfetzt hatte. Apropos Hertha: Barrys Eule hatte eine Ecke für sich erobert und füllte sie nach und nach mit ausgefallenen Federn und Zigarettenstummeln, die sie aus der Gosse aufgesammelt hatte. (Hertha behandelte Tabakprodukte wie ein Falke seine Beute: Mehr als einem Hogwash-Schüler hatte sie bereits mit ihren gierigen Klauen eine Kippe aus dem Mund geschnappt.) Haufen von schmutziger Wäsche – einschließlich Unterhosen – lagen schon so lange herum, dass sie angefangen hatten zu vermodern. Leere Verpackungen und Lebensmittelreste boten Bakterien aller Arten einen reichen Nährboden. Es war, kurz gesagt, ein ziemlich durchschnittliches Zimmer.

»Setz dich«, sagte Barry.

Bea zögerte, denn auf jeder horizontalen Fläche stapelte sich irgendwas.

»Oh, Entschuldigung, ich werd mal eben ...«, sagte Barry und nahm seine Quaddatsch-Umhänge vom Bett. Als er sie in die Ecke pfefferte, stieg ihm etwas in die Nase. In viereinhalb Jahren schweißtreibender sportlicher Betätigung waren diese prächtigen Gewänder nie mit Seifenwasser in Berührung geraten.

»Danke«, sagte Bea und setzte sich auf die Bettkante.

»Also denn«, sagte Barry und nahm neben ihr Platz.

»Also denn«, sagte sie.

Sie starrten einander an, bis das Schweigen unerträglich wurde. Barry versuchte, etwas zu sagen, doch seine Stimme versagte. Beim zweiten Anlauf brachte er heraus: »Darf ich dich küssen?«

»Na gut, wenn dir so viel daran liegt«, sagte Bea.

Barry stürzte sich auf sie. Etwas erschrocken machte Bea eine Bewegung, und Barry drückte ihr einen Schmatzer aufs Nasenloch.

»Hoppla.« Mehr fiel ihm dazu nicht ein. »Das wollte ich nicht. Entschuldige.«

»Schon gut«, sagte Bea. »Ich hab mich ja auch bewegt. Können wir es noch mal probieren, ohne dass du mit so einer Wucht über mich herfällst?«

Barry wäre vor Scham am liebsten im Erdboden versunken. »Ja. Klar. Tut mir Leid. Das wollte ich nicht.«

Sie taten es noch einmal, diesmal mit Erfolg. Barry stellte fest, dass sie ein bisschen nach Fleisch schmeckte. Er hatte Fleisch schon immer gemocht, aber von nun an mochte er es noch lieber. Nach einer halben Stunde entzog sich Bea ihm und sagte: »Mir tun langsam die Lippen weh. Können wir mal eine Pause machen?«

»Okay«, sagte Barry. »Mache ich irgendwas falsch?«

»Kann ich nicht genau sagen«, sagte Bea. »Ich betrachte mich nicht gerade als Expertin in solchen Dingen.«

»Deine Lippen sehen geschwollen aus«, sagte Barry.

»Hast du einen Spiegel?«, fragte Bea.

»Nein.«

»Also, ehrlich, Barry, du lebst wie ein verdammter Höhlenmensch, weißt du das?«

»Ich kann immerhin Feuer machen«, sagte Barry verlegen. Um zu zeigen, dass er auch praktisch denken konnte, sagte er: »Draußen ist es kalt. Du könntest deinen Kopf aus dem Fenster stecken. Vielleicht geht die Schwellung dann zurück«.

Bea betastete prüfend ihre Lippen und zuckte jedes Mal ein bisschen zusammen. »Ich werd mal so tun, als ob ich das überhört hätte«, sagte sie.

Das läuft ja nicht so besonders, dachte Barry. Wie viel einfacher war es doch gewesen, Doris eine Entschuldigung zu schreiben, und die Sache war erledigt. Je mehr man einen Menschen mochte, desto nervenaufreibender wurde das Ganze. Dann kam ihm eine Idee.

»He, ich hab noch ein Geschenk für dich«, verkündete er stolz.

»Wirklich?«, sagte Bea lächelnd. »Das wäre aber nicht nötig gewesen, Barry.«

»Also«, sagte Barry, »rutsch mal ein bisschen rüber. Schubs einfach die Zeitschriften da vom Bett.«

Bea hielt eine Ausgabe der Satirezeitschrift *Viz* hoch. »Sag bloß! Ein Abo?«

»Nein, noch viel besser«, sagte Barry. Er öffnete seinen Umhang, zog sein Hemd aus der Hose und begann, es aufzuknöpfen. Bea wurde es äußerst mulmig.

»Barry, mir gefällt nicht, wie sich das hier entwickelt«, sagte sie. »So gut kenne ich dich doch noch gar nicht.«

»Wie?«, fragte Barry. »Oh! Nein, entschuldige, Bea. Ich wollte nicht ... Ich meine, ich will schon, aber ich würde niemals ... Ich meine, wollen ja, aber nicht ... Ach, verdammt, guck einfach her ...«

Barry zog sein Hemd hoch. Darunter, irgendwo in der Nähe seines Herzens, stand in extrem krakeliger Schrift das Wort »Bea«.

»Oh, mein Gott«, lachte Bea leicht entsetzt. »Das geht doch wohl wieder ab?«

Barry wusste nicht, welche Antwort sie hören wollte, daher blieb er bei der Wahrheit. »Ja. Ich hab's heute Nachmittag mit einem Filzmarker und einem Spiegel gemacht. Ich war echt nervös und musste mich irgendwie beschäftigen.«

»Das seh ich«, sagte Bea.

»Wie auch immer, Bea ... Ich wollte dir nur sagen, dass ich dich wirklich gern hab.«

»Ich hab dich auch gern, Barry«, sagte Bea.

»Ich meine, du bist so lustig und klug und hübsch und ...« Barry stopfte sein Hemd wieder in die Hose. »Du hast noch ganz viele andere tolle Eigenschaften, die mir gerade nicht einfallen, aber wenn du nicht da bist, denke ich an kaum etwas anderes ...« Er öffnete seinen Gürtel, um sein Hemd richtig hineinzustecken.

»Bea, du machst ja so ein komisches Gesicht. Stimmt was nicht?«

Ein ohrenbetäubendes, nebelhornähnliches Geräusch erfüllte den Raum, und es kam aus Beas Mund. Barry hielt sich die Ohren zu, musste die Hände aber gleich wieder herunternehmen, um ihr den Mund zuzuhalten. Ihr Kiefer war vollkommen starr und unbeweglich. An ihren Augen konnte Barry Bea ansehen, dass sie nicht wusste, was los war, und Angst hatte. Er versuchte, den Lärm mit einem Handtuch zu dämpfen, aber das funktionierte nicht. Sie würde bloß daran ersticken. Ein Kissen war noch schlimmer.

»Halt durch, Bea, hab keine Angst. Mir fällt schon was ein!«, sagte Barry. Offensichtlich war es der Pettingalarm, aber das würde bedeuten ...

Draußen begann jemand, an die Tür zu hämmern.

»Mach auf!«, schrie Bumblemore. »Pack schon mal deine Koffer, du Mistkerl!«

Die Tür bebte in den Scharnieren, und Bumblemore stieß einen Schmerzensschrei aus.

»Hol jemand Hafwid«, hörte Barry den alten Zauberer sagen. »Vielleicht kann er die Tür umhauchen!«

Hektisch kramte Barry seinen Zauberstab hervor. »Rühr dich nicht vom Fleck, Bea. Alles wird gut. Ich werde dich einfach drei Minuten in die Vergangenheit zurückversetzen«, sagte er. »Aber versuch, mit dem Geschrei aufzuhören, ich muss mich nämlich konzentrieren.« Bekam er den Zauberspruch noch zusammen? Barry hoffte es inständig. Ein paar gemurmelte Worte und einen kleinen Veitstanz später ...

Die Tür gab nach. Hafwid taumelte herein und rieb sich die Schulter.

»Es ist vorbei, Trotter«, sagte Bumblemore triumphierend, doch dann verstummte er. Im Zimmer war niemand außer Barry.

Kapitel elf
LAUFE NIEMALS MIT DEM ZAUBERSTAB

»… und Sie sind wach. Wie fühlen Sie sich?«

»Was ist mit ihr passiert?«, fragte Barry und setzte sich auf.

»Mit wem?«

»Mit Bea, Sie Vollidiot! Wo ist sie hin?«, sagte Barry ungeduldig. »Sie ist verschwunden. Ich muss den Zauberspruch falsch aufgesagt haben.«

»Vielleicht haben Sie sie in die Zukunft anstatt in die Vergangenheit versetzt. Das kann passieren. Ich weiß das aus eigener Erfahrung.«

»Nein«, sagte Barry. »Dann wäre etwas übrig geblieben. Knochen, Asche, irgendwas. Da war aber nichts.«

»Vielleicht wurde sie zu weit zurückversetzt«, sagte Ritalin. »Vielleicht ist sie vor ihrer Geburt gelandet.«

»Das klingt aber gar nicht gut.«

»Ist es auch nicht«, sagte Ritalin. »Eine solche Belastung hält der menschliche Körper nicht aus. Er gerät durcheinander. Und wenn der Körper zu sehr durcheinander gerät, schaltet er sich ab.«

»Oh, Gott«, sagte Barry. »Ich habe sie umgebracht.«

»Schon möglich. Und was empfinden Sie dabei?«

Barry war so außer sich, dass er losplapperte wie ein Wasserfall. »Ich wollte sie nicht umbringen! Aber offenbar hab ich's getan – aus Versehen. Warum fällt mir das jetzt erst wieder ein? Es ist, als hätte ich es verdrängt, sobald mir klar geworden ist, was ich angerichtet habe.«

»Das wäre nur allzu verständlich. Wenn ich so etwas getan hätte, wüsste ich vor lauter Schuldgefühlen und Entsetzen weder ein noch aus«, sagte der Doktor. »Aber natürlich geht jeder anders mit so etwas um.«

Barry war verstummt. Schließlich räusperte sich Ritalin nervös und sagte: »Also, Ihre Zeit ist noch nicht um.«

Barry reagierte nicht. Er blickte zu Dr. Ritalin auf und fragte: »Glauben Sie, dass das der Grund ist, weshalb ich nicht älter werde?«

»Ja, allerdings«, sagte der Doktor. »Und ich glaube auch zu wissen, was Sie jetzt tun müssen. Ich bin nicht der Ansicht, dass Sie sie umgebracht haben, Barry ...«

Barrys Miene hellte sich auf. »Nein?«

»Ich meine, sie kann trotzdem tot sein ...«

Barrys Miene verfinsterte sich wieder.

»Aber ich glaube, Sie haben sie in einen todesähnlichen Zustand versetzt. Sie ins Jenseits geschickt, wenn man so will.«

»Sie meinen, in den Himmel?«

»Keine Ahnung«, räumte Ritalin ein. »Ich bin noch nie gestorben. Aber Sie müssen sie im Jenseits suchen. Oder in einem früheren Leben. Aber ich bin ohnehin der Meinung, dass beides miteinander verbunden ist. Sie müssen ins Jenseits reisen, sie finden und die Sache wieder in Ordnung bringen. Holen Sie sie zurück.«

»Aber wie soll ich das tun?«

»Wie gesagt, ich kann da nur mutmaßen, aber ich glaube, Sie müssen den Löffel abgeben«, sagte Dr. Ritalin, als wäre das die natürlichste Sache der Welt.

»Wie, jetzt?«

Ritalin dachte nach. »In der Vergangenheit, schätze ich.«

»Ich bin verwirrt«, gestand Barry.

»Versuchen Sie, sich zu entspannen«, sagte Ritalin. »Es ist ganz einfach: Wir führen Sie unter Hypnose in die Situation zurück, an die Sie sich gerade erinnert haben. Und wenn Bea dann abgekratzt ist, müssen Sie ebenfalls sterben – und ihr folgen.«

»Moment«, sagte Barry. »Wenn ich unter Hypnose sterbe, bin ich dann auch im wahren Leben tot?«

»Nein, nein, nein«, sagte Dr. Ritalin leise glucksend. »Ebenso wenig, als wenn Sie in einem Traum sterben.«

»Okay«, sagte Barry. »Und dann? Wie soll ich sie denn finden oder gar zurückholen?«

»Keine Ahnung«, sagte Ritalin. »Ich weiß nur, dass Sie irgendwie über den Jordan gehen müssen. Danach sind Sie auf sich gestellt.«

»Das wird Hermeline nicht gefallen. Immerhin ist Bea meine Exfreundin.«

»Na, das kann man wohl kaum sagen«, meinte Ritalin. »Die paar Küsse ...«

»Halten Sie die Klappe«, sagte Barry beleidigt. »Sind Sie sicher, dass das die einzige Lösung ist?«

»Ich glaube schon, aber Sie müssen bedenken, dass ich fachlich eine glatte Null bin«, sagte Ritalin. »Barry, nach all unseren Sitzungen, nach all dem, was Sie ein zweites Mal durchlebt, und nach allem, was ich von ihnen gehört habe, glaube ich, dass Sie Bea suchen müssen, Ihre erste Liebe.«

»Aber das war sie eigentlich gar nicht«, sagte Barry. »Freundin schon. Aber Liebe? Nein. Ich meine, vielleicht, wenn wir noch länger zusammen gewesen wären, aber so, wie die Dinge standen ... Wir haben uns ja nur wenige Male getroffen.«

»Schon gut, schon gut! Sie reden ja schon fast wie ein Anwalt«, sagte Dr. Ritalin. »Immer wenn es in diesem Buch irgendwie spannend wird, machen Sie alles kaputt.«

»Tschuldigung«, sagte Barry. »Ich werd einfach die Klappe halten.«

Ritalin fuhr fort: »Sie ist der Schlüssel, um Sie aus diesem Dilemma zu befreien. Mächte, auf die wir keinen Einfluss haben – der liebe Gott, Ihr Unterbewusstsein oder der Autor – haben Sie als Strafe für das, was Sie diesem armen Mädchen angetan haben, zu einem Gefangenen der Zeit gemacht. Und Sie werden so lange jung bleiben, bis Sie in die Vergangenheit zurückkehren und alles wieder in Ordnung bringen. Nach meiner professionellen Überzeugung – und bedenken Sie, dass ich das nicht oft sage – können Sie nur wieder gesund werden, indem Sie sich umbringen. Barry Trotter, Sie müssen sterben.«

»Kann ich dazu noch eine zweite Meinung einholen?«, fragte Barry. »War nur ein Witz. Hypnotisieren Sie mich wieder und dann los!«

Im Handumdrehen fand Barry sich in dem Zimmer wieder, das er in der neunten Klasse bewohnt hatte. Ein Wäschehaufen lag dort, wo Bea eben noch gesessen hatte. Von ihrem Gebrüll alarmiert, hämmerte jemand an die Tür.

»Trotter, lass mich rein«, sagte Bumblemore. »Ich weiß, dass du ein Mädchen bei dir hast!«

»Hab ich nicht!«, sagte Barry. »Ich bin schwul geworden!«

Nach einer kurzen Pause folgte die Antwort: »Dann hast du eben einen Jungen da drin! Egal, lass mich rein!«, sagte Bumblemore. »Macht mal Hafwid Platz.«

Barry blieb nicht viel Zeit: Wenn sie Beas Sachen bei ihm fanden, würden sie ihn mindestens eine Stunde lang verhören. Bis dahin konnte sie sonstwo sein. Er musste sterben, und zwar schnell.

»Terry, bist du hier?«, rief Barry. Er schaute unters Bett. Dort lag ein Zettel, auf dem stand: »Hatte keine Lust mehr zu warten. Bring dich morgen um, L. V.«

»Na toll! Wenn man dich *einmal* br...« Barry verstummte und dachte angestrengt nach. Hektisch suchte er nach einer Methode, sich umzubringen. Es musste schnell gehen und idiotensicher sein. Er hatte keine Lust, in zwei Tagen benommen und übellaunig auf der Krankenstation aufzuwachen und sich irgendeinen Quark als Erklärung dafür ausdenken zu müssen, was er mit Beas Klamotten wollte. Dann wäre er erstens noch am Leben, und zweitens würden ihn alle für einen Transvestiten halten.

Moment ... Hatte Serious nicht immer gesagt, man solle niemals mit seinem Zauberstab laufen? Prompt zog er ihn aus der Tasche, nahm ihn in die rechte Hand und rannte los. Er lief immer im Kreis herum und wartete darauf, dass etwas Tödliches passierte.

»Ob's ein Er ist, eine Sie oder ein Es, spielt keine Rolle, Trotter. Fang einfach an zu packen!« In der Stimme des Direktors lag eindeutig etwas Triumphierendes.

Barry lief schneller. Er kam sich total blöd vor.

Die Tür sprang auf. Hafwid kam, sich die Schulter reibend, hereingetaumelt. Bumblemore folgte ihm auf dem Fuße. Das Schlusslicht bildete Colin Creepy, der Chefredakteur des *Hogwash-Telepath*.

»Lächeln, Barry!«, sagte Colin und machte ein Foto. Barrys Rausschmiss würde der größte Knüller aller Zeiten werden.

»Hä?« Durch das Blitzlicht irritiert, stolperte Barry über die Teppichkante und fiel vornüber. Na super, dachte Barry im letzten Sekundenbruchteil. Jetzt stichst du dir das Auge aus!

Doch es geschah noch etwas viel Schlimmeres (oder in diesem Fall noch sehr viel Besseres): Als Barry hinfiel, durchbohrte der Zauberstab nicht nur sein rechtes Auge, sondern drang ins Hirn und machte ihn mausetot.

»Los, schieß noch mehr Fotos, Creepy«, sagte Bumblemore, als er sah, wie Barry in sich zusammensackte. »Beim Verkauf der Rechte machen wir halbe-halbe.«

Unterdessen lag Barry reglos auf der Couch in Dr. Ritalins Büro. Nachdem er geschildert hatte, wie der Zauberstab sein Gehirn durchbohrt hatte, erstarb Barrys Stimme. Er atmete immer flacher und dann gar nicht mehr.

»Barry, was sehen Sie jetzt?«, fragte Dr. Ritalin. Es kam keine Antwort.

»Barry, sind Sie tot?« Als er immer noch keine Antwort erhielt, beugte sich Dr. Ritalin über Barry und lauschte auf seinen Atem. Stille. Lächelnd nahm der Doktor Barrys rechtes Handgelenk und befühlte es. Er hatte auch keinen Puls.

Dr. Ritalin sprang auf und begann ein kleines Tänzchen durch das enge Büro zu vollführen, wobei er Bücher und Papiere, die im Weg lagen, mit Fußtritten beiseite beförderte.

»Er ist tot! Er ist tot! Endlich hab ich ihn umgebracht! Ich werde reich! Oder sogar noch reicher«, trällerte Dr. Ritalin zu einer spontan improvisierten Melodie. »Erst kommen die Sonderhefte mit seiner Lebensgeschichte, dann die limitierten Buchausgaben. Und dann all die T-Shirts und Teller und Gott weiß was. Ich werde Milliarden verdienen!

Barry Trotter ist endlich tot, und wer freut sich ein Loch in den Bauch? Ich! Ich! Ich!«

Ritalin schnappte sich seinen Zauberstab, richtete ihn auf seinen Kopf und murmelte eine Zauberformel. Langsam verwischten sich seine Züge und fügten sich dann neu wieder zusammen. Und auf einmal stand da, mitten im Raum und in vollem Ornat: Lord Valumart.

Kapitel zwölf
BARRY TROTTER GIBT DEN LÖFFEL AB

Trotz aller Bemühungen des Direktors, die Beerdigung halbwegs ruhig und gesittet über die Bühne zu bringen, wurde ein unglaublicher Zirkus darum gemacht. Überall in der Schule wurden schwarze Flaggen gehisst, die Fledermäuse durften nach Herzenslust durch die Gegend flattern, und die Geister schlossen fröhlich Wetten darauf ab, wann Barry zum ersten Mal erscheinen würde.

»*Natürlich* wird er in der Schule spuken«, sagte der Beinahe Hirnlose Bill eines Abends beim Essen. »An dem einen Ort werden sie ihn nicht haben wollen, und selbst Hogwash ist besser als der andere.«

Noch bevor der Leichnam erkaltet war, hatte Bumblemore Colin Creepy dazu genötigt, eine Fünf-Sickie-»Gedenkausgabe« des *Telepathen* zusammenzuschustern, die Valumarts Lakaien allerorten an den Mann zu bringen suchten. Neben lachhaften Artikeln wie »Trotter, der Musterschüler – ein Vorbild für die Jugend von heute« und einem Buchstabenrätsel, das grausige Einzelheiten von Barrys Tod enthüllte, enthielt sie einen Lageplan der Schule sowie alle Termine der Trauerfeiern. In Erwartung eines gigantischen Ansturms von Trotter-Fans verkündete die Handelskammer von Hogsbleede, einen Festumzug veranstalten zu wollen. »Etwas Geschmackvolles, Dezentes«, sagte der Bürgermeister von Hogsbleede, »wie der Karneval in Rio.«

Während daraufhin die Schreie von tausenden von Menschen durch die schottischen Berge gellten, die sich die Bikinizone mit Wachs enthaaren ließen, arbeitete Lord Valumart, das Funkeln der Gier in den Augen, rund um die Uhr. Zunächst verwandelte er den magischen Bus in einen Shuttleservice, der Besucher aus London nach Hogwash brachte. Dann pflasterte er sämtliche Rasenflächen der Schule mit Verkaufsständen, um den Trauergästen das Geld aus der Tasche zu ziehen. Dort konnten die Fans ihren Kummer mit Andenken vom Schnapsglas bis hin zum »Originalsplitter des Todes-Zauberstabs« lindern.

Als der Tag näher rückte, bekam Bumblemore kalte Füße. Er fürchtete, dass seine gespielte Betrübnis den prüfenden Blicken der Welt nicht standhalten und herauskommen könnte, welch diebische Freude er in Wirklichkeit empfand. In einem letzten, verzweifelten Versuch, das Unheil abzuwenden, veröffentlichte der Direktor folgende Erklärung: »Wie wir alle wissen, war Barry ein sehr schüchterner Mensch, dem viel an seiner Privatsphäre lag, also bleibt der Beerdigung verdammt noch mal fern!« Niemand hörte darauf, und am Tag der Beisetzung trabten über 250 000 Trotter-Fans durch den Großen Saal und besichtigten im Laufschritt den Leichnam. Wie ein Diktator oder ein Heiliger war er unter Glas aufgebahrt.

Bumblemore hatte sich die Herrichtung von Barrys sterblicher Hülle nicht einen Penny kosten lassen. Auf dem Gesicht des jungen Zauberers lag noch immer der »Ach, du Scheiße!«-Ausdruck seines letzten Augenblicks, und selbst der Todes-Zauberstab ragte nach wie vor trotzig aus der Augenhöhle des Jungen. (In dem kläglichen Versuch, ihren

Freund ein letztes Mal aufzubrezeln, hatte Hermeline einen kleinen Wimpel gestrickt und ihn daran gehängt.* Ungefähr jeder tausendste Trauergast – männlich wie weiblich – warf sich hysterisch schluchzend auf den Katafalk und behauptete, Barry habe ihm die Ehe versprochen – bevor oder nachdem er ihm ein Kind gemacht habe.

Nach ein paar Stunden war absehbar, dass die Sargkonstruktion den heftigen Erschütterungen nicht mehr lange standhalten würde. Damit sie nicht zerbrach – und dann vermutlich stank – wie ein faules Ei, wurde eine Absperrkordel aus Samt aufgestellt. Neben der Bahre baute sich Hafwid auf. »He, du Freak«, knurrte er einen asiatischen Jungen an, der die Kappe eines Filzstifts abgezogen hatte und sich zielstrebig dem Sarg näherte. »Mal da bloß nichts drauf. Solche Knirpse wie dich verspeise ich zum Fünf-Uhr-Tee.«

»Schnauze«, blaffte der Junge und streckte ihm die Zunge heraus.

Hafwid machte einen Schritt auf ihn zu. Der Junge schrie auf und rettete sich zur Tür hinaus.

Doch das machte Hafwid gar keinen Spaß, denn er hatte einen furchtbaren Kater. »Hat jemand was zu trinken dabei?«, fragte er in die Menschenmenge hinein. Viele Leute bejahten. Hafwid trank alles aus und übergab sich dann geräuschvoll.

»Ist sicher der Kummer«, sagte ein Fan zu einem anderen.

Barry sah sich das Affentheater um seinen Tod nicht an. Er war ... Nun, wo genau er sich befand, will ich noch nicht verraten. Aber eins steht fest: Er war nicht allein. Tag für

---

* Darauf stand in kleinen, knubbeligen Buchstaben »Wir vermissen dich«.

Tag sterben viele Menschen. Tatsächlich leistete ihm jedoch niemand anders als sein Kumpel Lon Measly im Jenseits Gesellschaft.

Und das kam so: Mehrere Tage vor dem Begräbnis hatte Bumblemore mit der systematischen Plünderung von Barrys Eigentum begonnen.

»Oh, Mann, der Kram ist ja *wie geschaffen* für eBuy!«, sagte er. »Hör auf zu weinen, Cringer. Da, wo er hinkommt, braucht er keine Gallonen.«

»Aber ... Aber können wir von dem Geld nicht wenigstens einen Preis stiften oder so was?«, schniefte Hermeline.

»Wofür? Für den ›Größten Schwachkopf‹?« Ein Hauself versuchte Bumblemores Aufmerksamkeit zu erregen. »Mein Gott, ja, nun filz den Leichnam schon!«

Da der Direktor mit seiner Gier und Hermeline mit ihrem Kummer beschäftigt waren, konnte Lon unbeaufsichtigt durch Barrys ehemaliges Zimmer streifen.

»Nicht den Blutfleck auflecken, Lon!«, schalt Hermeline. »Das tut man nicht.«

So wie jeder Dreijährige im Nu sämtliche Steckdosen in einem Raum entdeckt, stöberte Lon sofort den Schokoladenzauberstab auf, den Bea Barry zu Weihnachten geschenkt hatte. Innerhalb weniger Minuten hatte der Hundejunge so viel Schokolade gefressen, dass der hündische Teil seines Körpers den Geist aufgab. Leider war das sein Gehirn.[*]

Dass er im Jenseits Gesellschaft hatte, war ebenso ein Trost für Barry wie der Umstand, dass er den Rest der neunten Klasse verpasste, vor allem die D.-N.-W.-Prüfung. Nutz-

---

[*] Immer, wenn jemand nach Lon fragte, erzählte Bumblemore, er hätte ihn »auf eine Schule weit draußen auf dem Lande geschickt, wo er viele andere Hundejungen zum Spielen hat und sehr glücklich ist«.

loses Wissen hatte er in seinem Leben zuhauf erworben, aber detaillierte Kenntnisse über Valid Tumour Alarm waren dabei nun einmal nicht gefragt. Und stattdessen den E.-A.-Z.-Test zu machen – die Prüfung zu Einer Art Zauberer – wäre ihm einfach zu peinlich gewesen. Alles in allem fuhr Barry mit dem Tod also ziemlich gut.

Mehrere Wochen vor seinem Ableben hatte sich Barry im Wahrsageunterricht die Zeit damit vertrieben, einen kleinen Smiley auf die Spitze seines Zauberstabs zu malen. Das war das Letzte, was er in seinem Leben sah. Das winzige Gesicht grinste ihn höhnisch an, zerschmetterte seine Brille und vereinigte sich mit seinem rechten Auge. Dann wurde alles schwarz.

Barry schwebte durch die Dunkelheit. Irgendwoher schien seichte Hintergrundmusik zu ertönen, Songs wie »Theme from ›A Summer Place‹« und »Girl from Ipanema«. Barry stellte fest, dass er das Tempo der Songs mit seinen Gedanken steuern konnte.

Nach einer Pause von unbestimmbarer Länge begann ein Film abzulaufen. Zwei total unbekannte Schauspieler alberten herum und rissen Witze.

»Nun, da du ins Jenseits eintrittst«, sagte der Blonde, »benimm dich anständig. Vergiss nicht, dein Handy auszuschalten! Und rede nicht während der Vorstellung!«

»Genau!«, sagte der Brünette mit aufgesetzter Fröhlichkeit. »Lass dir das von zwei Typen aus dem Fegefeuer gesagt sein ...«

»Na ja, eigentlich kommen wir aus Los Angeles«, flachste der Blonde.

»Schweigen ist Gold, Höflichkeit alles!«, sagten sie unisono und trippelten dann aus dem Bild.

Dann gab es einen Kurzfilm, in dem die Höhepunkte in Barrys Leben nachgestellt wurden. Der Schauspieler, der Barry spielte, schwitzte stark und vergaß andauernd seinen Text.

»Buh! Verpiss dich von der Leinwand, du Schwachmat!«, rief Barry. Im Kino herumzupöbeln war eine altehrwürdige Tradition.

»Psst!«, zischte jemand. Wer war das? Wer schaute sich *sein* Leben an? Barry blickte sich um, konnte aber in der Dunkelheit niemanden entdecken, daher wandte er sich wieder dem Film zu. Der einzige Trost war, dass das Mädchen, das Hermeline spielte, sogar noch schlechter war. Das muss ich Hermi erzählen, beschloss Barry, ohne darüber nachzudenken, wo er sich befand. Lon, der von einem Stoff-Yorkshireterrier dargestellt wurde, hatte ein paar unglaublich komische Momente. Merkwürdigerweise war der Film so geschnitten, dass Terry Valumart die Hauptfigur war. Am Ende des Films erfuhr Barry auch, warum: Terrys Firma, Valumart Enterprises, hatte ihn produziert.

Als der Film über Barrys Leben vorbei war und das Licht wieder anging, fand Barry sich in einem Kino wieder. Außer ihm saßen noch ein paar weitere versprengte Zuschauer im Saal.

»Was wollen Sie denn hier?«, fragte Barry einen etwas einfältig wirkenden Mann, der Popcorn aß. In seinem Brustkorb war eine riesige Wunde, aus der hin und wieder etwas Popcorn rieselte. Igitt, dachte Barry.

»Ich schau mir gern Filme an«, sagte der Mann. »Als meiner vorbei war, bin ich einfach sitzen geblieben.«

»Ich auch«, sagte eine Frau mit langen, schwarzen Haaren, die neben ihm saß. »Weißt du, jedes Mal, wenn ich deine Brust sehe, bin ich froh, dass ich Tabletten genommen habe.«

»Meine Brust wäre noch heil, wenn du nicht draufgeschossen hättest!«, sagte der Mann.

»Lass uns nicht streiten. Dieses Gezanke hat uns doch überhaupt erst hergebracht. Der letzte Film hat mir nicht besonders gefallen«, sagte die Frau. »War das deiner?«

»Ja«, sagte Barry.

»Mein Beileid«, sagte der Mann. »Das war ja ganz schön langweilig.«

»Jedem seine Meinung.« Barry stapfte den Gang hinauf – wohin, wusste er nicht.

»Siehst du? Er hält dich auch für ein Arschloch!«, sagte die Frau. Das Licht ging langsam aus, aber Barry hatte genug gesehen.

In dem Moment, als er am Ende des Gangs durch die Tür trat, wurde alles wieder schwarz. Minuten (Stunden? Tage?) später fand er sich am Ende einer endlosen Menschenschlange wieder. Das konnte man ihm doch nicht antun. Wussten diese Leute denn nicht, wer er war? Offenbar nicht.

Er befand sich in der größten Halle, die er je gesehen hatte. Sie wirkte wie eine Art elysischer Bahnhof: trist, düster und zweckmäßig. Die Decke – falls es überhaupt eine gab – war so hoch, dass man sie bei der schummrigen Beleuchtung nicht sehen konnte. Die Halle war vom Gemurmel einer großen Menschenmenge erfüllt, die leise zu sein versuchte. Ihr Husten, Kichern und Flüstern vermischte sich zu einem einzigen sanften Summen.

Die mehrere tausend Menschen lange Schlange und fünf andere, die genauso lang waren, strebten strahlenförmig von der Mitte der Halle weg wie die Arme eines sechsarmigen Seesterns. An ihrem Ende stand, unglaublich weit entfernt, offenbar ein rundes, verglastes Schalterhäuschen.

Darüber hing ein Schild, dessen Aufschrift Barry nicht erkennen konnte. Dafür hätte er näher herangehen müssen, aber bei dem Tempo, mit dem die Schlange sich bewegte, konnte das Tage dauern.

Sein rechtes Auge juckte. Barry hob die Hand, um sich zu kratzen, und stieß gegen seinen Zauberstab. Ohne nachzudenken, packte er den Stab und zog. Mit einem weichen Ploppen rutschte er aus seiner Augenhöhle. Hätte das nicht wehtun müssen?, dachte Barry und hielt nach irgendetwas Ausschau, woran er das Stabende abwischen konnte. Er entschied sich für das rosafarbene Leinensakko des Mannes direkt vor ihm. Es war bereits durch einen Haufen rosenblütenähnlicher Schusswunden verunziert. Barry konnte praktisch zusehen, wie sie sich langsam schlossen.

Plötzlich standen mehrere Leute hinter ihm. Obwohl die Schlange immer noch sehr langsam vorwärtskam, fühlte er sich allein durch den Umstand, dass er nicht mehr der Letzte war, schon besser. Er trat einen Schritt nach rechts und versuchte, vorn etwas zu erkennen. Wo war er? Wofür stand er da an? Konnte er sich vordrängeln?

»Wenn das hier der Himmel ist, ist der Himmel scheiße«, murmelte Barry in sich hinein.

Der Mann in dem rosa Leinensakko drehte sich halb um und sagte einfach: »Das hier ist nicht der Himmel, sondern bloß die Anmeldung. Du solltest auf die Lautsprecherdurchsagen achten.«

Barry spitzte die Ohren, und tatsächlich wiederholte eine angenehme, Autorität ausstrahlende weibliche Stimme vom Band immer wieder die Worte: »Willkommen. Das hier ist die Anmeldung. Bitte haben Sie Geduld, und halten Sie Ihren Ausweis bereit, wenn Sie zum Schalter gelangen.« Barry tastete nach seinem Portemonnaie. Es war noch da.

»Und warum dauert das hier so lange?«

Der Mann lachte. »Hast du etwa noch was vor?«

Der Typ ging Barry auf die Nerven. Er beschloss, ihm mit Augenblut »Tritt mich!« auf die Jacke zu schreiben. Das würde eine ruhige Hand und viel Fingerspitzengefühl erfordern, aber er hatte ja ewig Zeit.

Barry schaute sich um. Er sah ein paar Babys. Sie taten ihm Leid. Zu seiner Freude entdeckte er auch Lon. Der stand mit schokoladenverschmiertem Mund zwei Schlangen weiter und ein Stück weiter vorn. Barry beschloss, sich zu ihm zu gesellen.

»Bis später«, sagte Barry.

»He!«, sagte der Mann. »Auf Vordrängeln stehen fünf zusätzliche Jahre Fegefeuer, Junge!«

Als Barry endlich bei Lon angekommen war, begann sein alter Freund, Freudensprünge zu vollführen und ihm das Gesicht abzulecken.

»Ruhig, Lon. Ich freu mich auch, dich zu sehen«, sagte Barry und dann zu den Leuten, die die beiden angafften: »Er ist bloß ein bisschen aufgeregt.«

»Barry, Barry, Barry, Barry!«, sagte Lon. »Ich bin ja so froh, dass du da bist! Aber ...«

»Aber was?«, fragte Barry.

»Versprichst du mir, dass du nicht wütend wirst?«

»Ich versprech's«, log Barry.

»Ich hab deinen Schokoladenzauberstab aufgegessen, Barry«, sagte Lon.

»Das macht nichts Lon, wirklich ...«

»Doch, Barry. Das war böse von mir.« Lon öffnete seinen Hosenstall.

»Nein, Lon! Du *sollst* dich nicht vollpinkeln.«

»Aber ich will! Ich muss zeigen, wie Leid es mir tut!«

»Vielleicht später«, sagte Barry. »Es ist wirklich nicht schlimm.«

Lon hielt inne. »Bist du sicher?«

»Ja, bin ich. Ist schon okay.«

»Na gut«, sagte Lon. Dann schaute er sich um und fragte: »Barry, wo sind wir?«

»Bei der Anmeldung, was auch immer das bedeuten mag.« Er hörte wieder die Durchsage und fragte: »Hast du die Erkennungsmarken dabei, die Schwester Pommefritte dir verpasst hat?«

»Ja«, sagte Lon. Darauf stand sein Name, die Adresse von Hogwash und der Tag, an dem er seine letzte Impfung bekommen hatte.

»Gut. He, schau dir das an«, sagte Barry und deutete mit dem Finger auf das Schalterhäuschen. »Das erinnert mich ans Zauberallerleiministerium.« Sie waren dicht genug herangekommen, um zu sehen, dass sich auf dem Dach des Häuschens ein prächtiger, goldener Springbrunnen befand. Wasserfontänen umsprudelten eine Gruppe miteinander verbundener Statuen. Die größte, offensichtlich ein Zauberer, versetzte gerade einem Hauselfen einen Tritt in den Hintern, und dieser trat wiederum einem Muddel in den Allerwertesten.

»Oh, wie schön!«, sagte Lon mit bebender Unterlippe.

»Weißt du noch, wie wir mal im Ministerium waren, bevor du zum Hund wurdest? Und wie du dich da ans... Lon, warte ... Was tust du ...«

Lon preschte mit solch einem Affenzahn auf den Springbrunnen zu, dass Barry nicht hinterherkam. »Lon! Komm zurück!« Als Lon auf das Schalterhäuschen kletterte und sich ins Wasser stürzte, wurde Barry klar, was er vorhatte: Er wollte in den Wasserstrahl beißen.

»Lon, hör auf! Das *ist* nichts Lebendiges! Wir verlieren noch unseren Platz in der Schlange!« Die Menschenmenge, dankbar für jede Zerstreuung, begann, zu johlen und zu klatschen, während Lon sich voller ungestümem Hundeglück im Brunnen wälzte.

Endlich erreichte Barry das Schalterhäuschen. Die Menschen darin bemühten sich, den Jubel um sie herum ebenso zu ignorieren wie das Poltern von oben. Barry schob sich vor den Mann, der der Erste in der Schlange war.

»Entschuldigen Sie«, sagte er zu der Frau am Schalter. »Ich will mich ja nicht vordrängeln, aber mein Freund ist gerade in Ihren Springbrunnen gesprungen. Darf ich ihn herunterholen?«

»Kommt daher dieses Gepolter?«, fragte die Frau. »Ich dachte schon, das wäre ein Erdbeben.« Als sie über Barrys Schulter schaute, konnte sie sehen, dass die eben noch ruhigen Menschenschlangen dabei waren, sich aufzulösen. Mit jedem Plantschen von Lon und jedem Johlen der Zuschauer schien es in der Halle ein wenig heller und bunter zu werden, und die Leute im Schalterhäuschen waren schlicht besorgt, was wohl noch alles passieren würde. Im Jenseits muss nun mal Ordnung herrschen. Aber wenn die Leute erst mal anfangen, über die Stränge zu schlagen …

»Danke«, sagte Barry und wuchtete sich aufs Dach. Lon hockte auf allen vieren im Becken, biss in die Fontänen und bellte.

»Komm schon, Lon!«, brüllte Barry. »*Komm!*« Sehr zur Freude aller Anwesenden außer ihm selbst jagte er Lon eine Weile durch den Brunnen. Völlig durchnässt, bekam er schließlich Lons Halsband zu fassen und zerrte ihn hinaus. Als die beiden wieder unten waren, klatschten die vielen tausend Menschen in der Schlange spontan Applaus.

Barry lächelte und winkte. Dann schüttelte sich Lon und bespritzte etliche Leute mit Wasser.

Während sie Lon beschimpften, klopfte im Schalterhäuschen ein Mann mit schütterem Haar und einem Charlie-Chaplin-Bärtchen mit einer Münze an die Scheibe.

»Sie da! Kommen Sie mal her!«, sagte er. Barry und Lon stellten sich vor ihm auf. Barry wrang einen Hemdzipfel aus.

»Das geht nicht, dass die Leute hier durchdrehen«, sagte der Mann durch ein Loch in der Scheibe. »Wir sind auf einen reibungslosen Ablauf angewiesen, sonst haben die Zauberer und Hexen keinen Ort, an den sie gehen können, wenn sie sterben. Und dann werden sie zu Gespenstern, aber das wollen wir nicht«, sagte er. »Gespenster sind ein Indiz dafür, dass das ganze System marode ist. Sie verursachen eine Menge Papierkram. Wenn ich Sie beide jetzt abfertige, setzen Sie sich dann ganz ruhig in den Wartebereich und hören auf, so ein Tohuwabohu zu veranstalten?«

»Okay«, sagte Barry.

»Und was ist mit ihm?«, fragte der Mann.

»Der tut, was ich ihm sage. Meistens.«

»Na gut. Kann ich Ihren Ausweis haben?«

Barry zog sein Portemonnaie hervor. Zu seinem Entsetzen enthielt es genau drei Dinge: die falsche Tausendpfundnote, die er aus Bumblemores Büro geklaut hatte, ein Foto von Bea und eine Scherz-Visitenkarte mit der Berufsbezeichnung: Facharzt für Frauenheilkunde. »Äh, Mister ...«

»Abercrombie«, sagte der Mann.

»Mr. Abercrombie, ich habe leider nur das hier«, sagte Barry und reichte ihm die Karte.

Abercrombie seufzte. »Ist es denn zu viel verlangt, beim Sterben einen Ausweis bei sich zu tragen?«, sagte er müde. »Okay, dann machen wir's über die Fingerabdrücke.« Er kratzte sich am von Rasierpickeln verunzierten Hals und schob die Visitenkarte in ein Gerät. Dann schaute er auf einen Computerbildschirm und drückte einen Knopf. Irgendwo im Schalterhäuschen erwachte mit einem Surren ein Drucker zum Leben.

»Darf ich fragen ...«

»Tut mir Leid«, sagte Abercrombie, »aber wenn wir auch noch Fragen beantworten, kriegen wir hier nie jemanden abgefertigt.« Er deutete an Barry vorbei. »Ihr Freund leckt an der Kopfwunde der Frau da drüben.«

Barry wäre am liebsten im Erdboden versunken. »Lon!«, zischte er. Lon hörte auf und kam zu ihm. »Hiergeblieben, Lon«, sagte Barry. »*Bei Fuß!*«

Eine Frau, die neben Mr. Abercrombie saß, fluchte heiser. »Bernard, mein Nummernstanzer ist kaputt. Darf ich Ihren benutzen?« Sie war klein und rosig, und ihr Alter ließ sich schwer schätzen, aber aufgrund ihres süßlichen Parfüms hielt Barry sie für nicht mehr ganz jung.

»Gewiss, Loretta«, sagte Mr. Abercrombie. »Unter der Bedingung, dass Sie niemals neben jemand anders als mir arbeiten.«

Lorettas Lachen klang überraschend mädchenhaft. »Ach, Mr. Abercrombie, Sie sind ja ein ganz Schlimmer.«

»Welche Nummer brauchen Sie?«

»Neunundsechzig«, kicherte Loretta. »Aber ich schwör's, das war keine Absicht.«

Er gab ihr einen kleinen goldenen Gegenstand. Sie nahm ihn und zog am Rollo. Mit einem Knall schnellte es hoch. »V. Nemeth! Victoria Nemeth!«, sagte sie über den Lautsprecher.

Na, so was, dachte Barry. Ein Flirt im Fegefeuer. Ich frage mich, ob die Leute ...

»Also gut, Mr. Trotter«, sagte Mr. Abercrombie. Der Haufen von Druckseiten war zu einem beachtlichen Stapel angewachsen. Abercrombie hatte die Blätter mit drei goldenen Ringen zusammengeheftet. »Sie haben auf der Erde keine Zeit verschwendet, was? Eine ziemlich dicke Akte für jemanden in Ihrem Alter«, sagte er.

»Ein bisschen komplizierter ist es schon. Aber danke.«

»Bedanken Sie sich nicht, bevor die Akte nicht ausgewertet ist. Womöglich steht nur Schlimmes drin, und wir wissen beide, wo Sie dann landen.« Ein weiteres Bürogerät surrte, und dann reichte Abercrombie Barry ein Namensschild: »Trotter, B.« Und darunter: »Erwartet letzte Bestimmung«.

»Stecken Sie sich das ans Hemd und nehmen Sie im Wartebereich Platz«, sagte Mr. Abercrombie, wobei er auf eine keilförmige Phalanx unbequemer, kittfarbener Stühle hinter Barry deutete. »Und achten Sie auf die Lautsprecherdurchsagen. Ihr Name wird aufgerufen, sobald Ihre Akte ausgewertet wurde.«

»Danke«, sagte Barry, und der Schweiß brach ihm aus. Es muss doch einen Weg hier raus geben, dachte er. Wenn sie alles gelesen haben, wandere ich direkt in ... Außerdem musste er Bea suchen.

»Mr. Trotter!«, rief Abercrombie ihm hinterher. »Warten Sie auf Ihren Freund.«

Barry und Lon fanden zwei leere Stühle und setzten sich.

»Habe ich dir eigentlich schon erzählt, wie ich mal eine Nacht in Heathrow verbracht habe?«, fragte Barry Lon. »Das hier ist noch viel deprimierender.« Lon antwortete nicht. Er vertrieb sich die Zeit damit, ein hart gewordenes Kaugummi von der Unterseite des Plastikstuhls abzupulen.

Barry begann sich genauer umzuschauen. Der Wartebereich war, genau wie der Rest der Halle, voll von Menschen, deren Verletzungen sich in verschiedenen Stadien des Heilungsprozesses befanden. Alle warteten geduldig, bis sie an der Reihe waren. Ungefähr alle zehn Sekunden wurde ein Name aufgerufen. Der Betreffende trat dann ans Schalterhäuschen, wo er eine goldene Marke mit einer Nummer bekam. Dann ging er zu der Türöffnung in der Außenwand, die diese Nummer trug, trat durch den Vorhang und verschwand.

Mit Hilfe der »Addition«, die Bea ihm beigebracht hatte, zählte Barry leise. Zweiundsiebzig von einem Vorhang verhüllte Türöffnungen säumten die düstere, staubige Halle. Wenn es einen Weg hier heraus gab, dann musste er dort hindurchführen.

»Bleib hier, Lon. Ich vertret mir mal ein wenig die Beine«, sagte Barry.

»Okay, Barry«, sagte Lon. Er steckte sich das uralte Kaugummi in den Mund. »Mjam, Traube!«

Barry ignorierte die Galle, die ihm hochkam, und ging die Stuhlreihe bis zum Gang und dann den Gang bis zur Rückwand der Halle hinunter. Dabei tat er so, als würde er die finsteren Blicke und die abfälligen Bemerkungen der Leute, an denen er sich vorbeidrängelte, gar nicht bemerken. Ihm fiel auf, dass uniformierte, mit Knüppeln bewaffnete Männer mit winzigen, verschrumpelten Flügeln entlang der Hallenwände patrouillierten. Auf den ersten Blick sah es aus, als würden die Polizisten (offenbar so etwas wie Engel-Azubis) kleine Trippelschritte machen, aber bei näherem Hinsehen stellte Barry fest, dass sie mit Hilfe ihrer winzigen Flügel ein paar Zentimeter über dem Boden schwebten. Es schien so, als sei es ihre Aufgabe, genau das zu verhindern,

was er vorhatte. Draußen muss es ja echt toll sein, dachte er.
Am hinteren Ende jedes Bereichs befanden sich Getränke- und Snack-Automaten und ein Zeitschriftenstand. Leider waren die Zeitschriften alle unglaublich zerlesen, und die Süßigkeiten in den Automaten waren sogar noch älter. Barry blätterte eine Weile in den Magazinen, die voll waren von brandheißen Meldungen wie der Nachricht von Elizabeth Taylors dritter Vermählung (»Liz: Dieses Mal ist es ernst!«) und Artikeln über den neuesten Modetrend, den Minirock.

Er lehnte sich mit dem Rücken an den Stand und lugte verstohlen über den Rand seiner Zeitschrift hinweg. Über dem Ausgang direkt gegenüber stand in kleinen goldenen Lettern »Asgard«. Ein paar Meter weiter links las er »Limbus«. Und über dem rechts stand einfach »Hölle«. Von dem werde ich mich besser fern halten, dachte Barry.

Ein Polizist kam auf ihn zu. »He, Bürschchen«, sagte er. »Trödel da nicht rum. Nimm einfach deine Zeitschrift, und geh zurück zu deinem Platz.«

»Entschuldigung«, sagte Barry. »Ich bin zum ersten Mal hier. Was ist das da drüben?« Er deutete nach links auf eine Wand mit einem großen Baugerüst, das zur Eindämmung des Mörtelstaubs mit blauen Plastikplanen verhüllt war.

»Der Wartebereich wird vergrößert«, sagte der Polizeiengel. »Irgendwann in nächster Zeit erwarten wir hier einen mächtigen Ansturm von Verstorbenen. Und jetzt geh wieder auf deinen Platz.«

»Danke.« Viele weitere tote Zauberer? Barry schlenderte gemächlich zum nächsten Gang. Als er sich nach der Baustelle umschaute, sah er, dass über dem Ausgang daneben »Die Unterwelt« stand. Wenn es ihm gelingen würde, sich hinter die Plane zu schleichen, konnte ihn auf den zwei oder drei Metern, die zwischen dem Rand des Gerüsts und dieser ominösen Unterwelt lagen, kein Polizeiengel mehr schnappen. Vielleicht bin ich da ja genau richtig, dachte Barry. Die Unterwelt war bestimmt voller Verbrecher, und vielleicht konnte er sich mit der gefälschten Tausend-Pfund-Note brauchbare Informationen über Beas Aufenthaltsort beschaffen.

Als Barry zu seinem Platz zurückkehrte, hatten sich dort noch mehr Leute eingefunden. Das war nicht weiter verwunderlich, schließlich musste jeder Zauberer und jede Hexe der Welt irgendwann mal hier durch.

»Beany!« Das war Serious Blech, der sich immer noch nicht Barrys Namen gemerkt hatte. Barry sah sich um und reckte den Hals, um an dem Pferd vorbeizuschauen, das vor ihm stand.

»Baggy, ich bin's! Serious!«

»Wo denn?«, fragte Barry. »Wink doch mal.«

»Kann ich nicht. Ich bin das Pferd!«

»Na, da bin ich aber gespannt, wie das passiert ist«, sagte Barry, obwohl ihn das eigentlich gar nicht interessierte.

»Komm her, dann erzähl ich's dir«, sagte Serious.

»Serious«, hakte Barry nach, »wie kannst du reden, ohne den Mund zu bewegen?«

»Ich spreche mit dem anderen Ende«, sagte Serious. »Zunächst einmal muss ich dir zu meinem großen Bedauern mitteilen, dass ich all dein Geld verloren habe ...«*

---

* Barry war der erste und, wie sich herausstellte, einzige Großaktionär der Spukspachtel GmbH. Mit dieser Firma hatte Serious aus seinem Ruhm (als Wirtschaftsverbrecher, aber immerhin) Kapital schlagen wollen. Ihr einziges Produkt war das allererste Spielzeug für lethargische, trübsinnige Kinder: Spukspachtel. Das Zeug war beige, bar jeglichen Zaubers und zu nichts zu gebrauchen. Es roch sogar langweilig.

»Überleg doch mal, Barry«, hatte Serious gesagt. »Die Welt ist voll von lang-

»… und dann kam Big Julie eines Morgens vorbei und sagte: ›Wenn du Jesus Frankenstein nicht bis zum Ende des heutigen Tages das Geld zurückzahlst, das du ihm schuldest, komme ich wieder und zerschmettere dir die Kniescheiben!‹ Gruselig, was? Ich hab das ganze Haus auf den Kopf gestellt und ungefähr sieben Gallonen gefunden. Fehlten also noch 449 993«, sagte Serious. »Nachdem ich mir ein paar Bier hinter die Binde gekippt hatte, war ich schon am Überlegen, ob ich wohl ohne Kniescheiben leben könnte. Doch dann hatte mein Hauself, Quietscher, eine großartige Idee: Ich bräuchte nur meine Organe zu verkaufen«, sagte Serious. »Und das hab ich auch gemacht. Alles lief bestens, bis …«

»Bis was?«, fragte Barry. Mit dem Hinterteil eines Pferdes zu reden war unglaublich irritierend.

»Nun ja, ich hab's ein wenig übertrieben. Als ich mir die Preisliste anschaute, dachte ich mir: Dann nehmen wir doch gleich die Teile, die richtig was bringen. Verstehst du? Alles in einem Aufwasch, ohne großes Gedöns.«

»Du bist so was von bescheuert«, stöhnte Barry.

»Ich hab mein Gehirn, mein Rückgrat und mein Herz verkauft. Als mir klar wurde, was ich getan hatte, lag ich schon auf dem OP-Tisch, und Quietscher sägte an mir herum«, sagte Serious. »Merk dir eins, Barry: Lies immer das Kleingedruckte.«

»Wozu?«, fragte Barry. »Ich bin doch schon tot.«

»Du musst mir unbedingt erzählen, wie das passiert ist«, sagte Serious. »Jede Leiche hat etwas Aufregendes zu be-

weiligen Leuten – die alle selbst einmal Kinder waren. Aber trotzdem wollen alle Spielsachen immer amüsant und spaßig sein. Was die Welt heute braucht, ist ein wahrhaft ödes Spielzeug!« Das war jedoch ein Irrtum, und so verlor Barry sein ganzes Geld.

richten. Auf jeden Fall ist es eine einmalige Chance, dass wir hier gelandet sind. Das ist ein noch völlig unerschlossener Markt, Bogey. Mit deinem Kapital und meinem Köpfchen. Du hast doch Kapital, oder?«

Barry wich der Frage aus. »Und wie bist du dann zum Pferd geworden?«

»Tja, das ist eine interessante Geschichte. Als uns klar wurde, was geschehen würde, hat Quietscher mir von einem Zauberspruch erzählt, mit dem er meine Seele quasi in das nächstbeste Lebewesen verpflanzen konnte. Ich fand, das klang viel versprechend«, sagte Serious. »Schließlich blieb mir kaum etwas anderes übrig. Quietscher hielt seit geraumer Zeit ein Pferd in seinem Zimmer. Er holte es herein, und nachdem ich ihm das Haus überschrieben hab ... Moment mal!«

»Quietscher hat dich reingelegt, was?«

Serious stampfte mit dem Fuß auf und wieherte.

»Na ja, immerhin bist du mal ein Pferd gewesen«, sagte Barry. »Das war doch sicher lustig.«

»Hätte es vielleicht sein können, aber leider war ich innerlich nach wie vor ein Mensch und fühlte mich immer noch von Frauen angezogen. Quietscher hat mich kurz darauf an einen Bauern verkauft«, sagte Serious. »Als ich mich an dessen Frau heranmachte, ließ er mich notschlachten. Er dachte, ich wäre vom Teufel besessen.« Serious gluckste und fragte dann: »Und wie bist du gestorben?«

»Ach, das war nicht so spannend«, sagte Barry. »Ich hab mir den Zauberstab ins Auge gebohrt.«

»Ich hab dir doch gesagt, du sollst nicht damit laufen«, sagte Serious.

»Es war Absicht«, sagte Barry trotzig. »Ich muss eine tote Freundin von mir finden.«

»Natürlich – ein Mädchen«, sagte Serious, und Barry nickte. »Und – schuldet sie dir Geld?«

»Nein«, sagte Barry säuerlich. »Du bist der Einzige, der mir Geld schuldet.«

»Ja, ich weiß. Und ich werd's dir zurückzahlen – mit Zinsen –, sobald wir unsere Firma gegründet haben«, sagte Serious. »Wir müssen uns nur irgendetwas ausdenken, was wir verkaufen können.«

»Serious«, sagte Barry, »wenn du glaubst, dass ich noch mal in irgendeins deiner hirnrissigen Projekte investiere ...«

»Ich denke, das wäre eine überaus weise Entscheidung«, sagte Serious. »Wie ist denn der Hundejunge hier gelandet?«

»Durch Schokolade«, sagte Barry. »Hör zu, wir machen einen Deal: Wenn du mir hilfst, meine Freundin zu finden, denke ich darüber nach, ob ich dir etwas Geld gebe.«

»Wie heißt sie denn?«, fragte Serious.

»Bea Thompson.«

»Vom Vornamen weißt du also nur den Anfangsbuchstaben? Das könnte schwierig werden«, sagte Serious. »Aber ich mach's. Unter uns gesagt: Ich glaube nicht, dass allzu viel Positives in meiner Akte steht. Wenn man so viel Geld verdient und verloren hat wie ich, ist es schwer, in den Himmel zu kommen. Hast du einen Plan?«

Barry sagte: »Ich dachte, man könnte sich vielleicht hinter dem Gerüst da drüben verstecken.«

Serious warf einen Blick auf die von der Plane verkleidete Wand hinter Barry. »Aha. Und dann?«

»Und dann, wenn die Wachleute gerade nicht hinsehen, verschwindet man unauffällig durch den Ausgang da.« Barry zeigte verstohlen darauf.

»Was ist denn so Besonderes daran?«

»Er führt in die Unterwelt«, sagte Barry.

»Oh, das klingt aber gar nicht gut«, sagte Serious. »Und was, wenn wir Big Julie dort treffen? Oder Jesus Frankenstein?«

»Was können die dir schon tun?«, fragte Barry. »Und selbst wenn sie in diesem Moment sterben, müssen sie erst mal jahrzehntelang hier draußen warten. Guck mal.« Barry zeigte auf eine Frau, die ein paar Meter entfernt saß. Eine Spinne hatte zwischen ihrem Kopf und der Armlehne der Bank ihr Netz gesponnen.

»Verstehe, Breathy. Und was ist mit den Wachposten?«

»Die müssen ja irgendwann Schichtwechsel machen«, sagte Barry. »So steht's im Tarifvertrag. Also, wir machen Folgendes ...«

Genau wie Barry vorhergesagt hatte, begannen die Polizeiengel pünktlich zur vollen Stunde mit der Wachablösung.

»Los«, sagte Barry. »Lon, halt dich an Serious' Schwanz fest.«

Betont lässig schlenderten die drei zum Gang hinunter und dann hinüber zu den Süßigkeitenautomaten, die sich am dichtesten neben der eingerüsteten Wand befanden. Sie wussten nicht, welche Strafe auf einen Fluchtversuch stand, aber da sie bereits tot waren, hatten sie nicht allzu viel zu befürchten. Nachdem sie sich vergewissert hatten, dass niemand guckte, schlüpften sie einer nach dem anderen hinter die Plastikplane, zuerst Serious, dann Lon, dann Barry.

»Boah«, sagte Serious. Trotz der Wolken von Mörtelstaub konnte man sehen, dass der Anbau riesig war – mindestens doppelt so groß wie der jetzige Wartebereich. Und dabei war nicht mal zu erkennen, wo er endete. Kleine Trupps von Engeln mit Schutzhelmen auf dem Kopf liefen herum. Manche bedienten Presslufthämmer, andere betätigten sich als Zimmermänner und verwandelten den neu gewonnenen Raum in eine richtige Halle.

»Wir haben keine Zeit zum Gaffen«, sagte Barry. »Jemand könnte uns sehen.«

Rasch schoben sich die drei ans andere Ende der Plane. Barry setzte sich an die Spitze. »Wenn ich losrenne«, sagte er, »dann folgt ihr mir.« Vorsichtig reckte er den Kopf nach draußen. Die Wächter standen in Position, aber keiner war nahe genug, um ihn aufzuhalten – und so preschte er los.

Ein Wachmann bemerkte ihn. »Stehen bleiben!«, brüllte er und stieß dann in eine Trillerpfeife. Plötzlich war die Halle von lautem Flügelschlagen erfüllt.

Barry holte tief Luft und tauchte zwischen den Vorhängen hindurch. Lon folgte ihm. Während die Wachen immer näher kamen, dachte Serious einen Moment lang nach. Es gab hier so viele Möglichkeiten, Geld zu verdienen: all die gelangweilten Leute, die hier festsaßen und nichts zu tun hatten. Aber auf der anderen Seite des Vorhangs gab es womöglich noch mehr Leute ...

Wie üblich siegte die Gier. »Ach, was soll's«, sagte Serious und trabte auf die andere Seite hinüber, was auch immer die für ihn bereithalten mochte. Die Hand eines Polizeiengels verfehlte seinen Schwanz nur um wenige Zentimeter. Serious bedachte ihn mit einem verächtlichen Schnauben seines Pferdehinterns.

Kapitel dreizehn
Ah, Unterwelt!

Was Barry auf der anderen Seite am allerwenigsten erwartet hatte, waren noch mehr Menschen. Und doch herrschte dort ein großes Gedränge. Schweißgestank und unablässiges Genörgel erfüllten die Luft. Eine Gruppe von Leuten, die wie Beas Oma mit Toga und Sandalen bekleidet waren, schlurfte mosernd durch die Gegend. Um vom Eingang wegzukommen, mischte sich Barry unter die Menge, denn er wollte vermeiden, dass ein Polizeiengel durch den Vorhang griff und ihn zurückzerrte.

Das Licht war schummrig, als würde der Abend dämmern, und sie standen am Ufer eines dampfenden, brodelnden Flusses. Die Luft war drückend – feucht und schwül wie in der Londoner U-Bahn im August oder im Innern eines besonders streng riechenden Komposthaufens. Barry zog seinen warmen Umhang aus, und darunter kamen Jeans und ein »Neben mir steht ein Dummkopf«-T-Shirt zum Vorschein.

»Was ist denn hier los?«, fragte Barry den nächstbesten Typen. Er war durchsichtig, was hoffen ließ, dass er etwas wusste.

»Du trägst aber merkwürdige Kleider«, sagte der Mann. »Warum nennst du mich einen Dummkopf?«

»Äh ... So begrüßt man sich in meinem Land.« Barry war

nicht in der Stimmung, sich von Geistern irgendwelchen Mist anzuhören. Er sah Lon hereinkommen und fragte sich, wie er sich wohl bei einer Schlägerei bewähren würde.

»Lächerlich!«, schnaubte der Mann. »Absurd! Wie kannst du es wagen, du unverschämter junger Narr, der eben noch im Leichenschauhaus lag, jemanden zu beleidigen, der die Tracht des altehrwürdigen Roms auf dem Leib trägt?«

Volltreffer! Barry konnte sein Glück kaum fassen. »Sie haben Recht. Tut mir Leid. Ich würde sagen, daran ist die Neuzeit schuld.«

»Ich nehme deine Entschuldigung an. Ist es denn noch schlimmer geworden?«, fragte der Mann schadenfroh.

»Sie würden es nicht glauben«, sagte Barry. »Was wollen all die Leute hier?«

»Keiner von uns hat Geld für die Fähre«, sagte der Mann. »He!« Offenbar war es für einen durchsichtigen Menschen keineswegs angenehmer, von Lon in den Po gestupst zu werden.

»Wer hat hier was zu sagen?«, fragte Barry.

»Der Mann da, schätze ich.« Der Geist zeigte auf einen hippiemäßig aussehenden Typen, der am Bug einer Barke lehnte. Er war extrem ungepflegt und kratzte sich permanent, während er in einem Buch las.

Barry sah Serious durch den Vorhang ins Dämmerlicht treten. Er winkte.

»He, Lassie! Komm her!«, rief er. Serious trottete auf ihn zu.

»Lassie war ein Hund«, sagte Serious, als er bei ihm ankam. »Ich bin ein Pferd.«

»Entschuldigung.« Der Typ, mit dem Barry gesprochen hatte, zupfte ihn am Ärmel. »Das Pferd redet mit seinem ...«

»Das wissen wir«, sagte Barry.

»Mister, haben Sie vielleicht ein Kaugummi?«, fragte Lon. Barry tastete nach seiner Geldbörse. »Kommt mit, Jungs«, sagte er. Mit Lon und Serious im Schlepptau drängelte sich Barry bis nach vorn durch. Der Tod hatte ihm noch mehr Selbstbewusstsein verliehen, als er ohnehin schon hatte. Die Menschen in der Menge gaben allerlei Protestlaute von sich. Barry nahm sein Portemonnaie und zog die Tausend-Pfund-Note heraus.

Der Fährmann, der offensichtlich daran gewöhnt war, den Lärm um sich herum auszublenden, las ein Buch mit dem Titel *Grundlagen der Datenbankverwaltung für Tote*. Doch Barrys Geld erregte seine Aufmerksamkeit.

Flinker als jeder Sterbliche schnappte er sich mit einer geübten Bewegung den Geldschein und steckte ihn in die Tasche. »Steig ein«, sagte er.

»He, Sharon«, sagte ein Toter, »das reicht doch dicke für uns alle.«

»Ich heiße Charon, du Schwachkopf«, sagte Charon. »Frag den Typen hier. Es ist sein Geld.«

»Kann ich nicht lieber was rauskriegen?«, fragte Barry Charon. Buhrufe ertönten, und jemand brüllte: »Los, wir schmeißen ihn in den Fluß!«

Zufälligerweise sah Barry gerade in diesem Moment einen skelettierten Piranha aus dem Wasser springen, der mit den Zähnen klapperte wie mit Kastagnetten. »Okay, okay!«, sagte er. »Ich lad euch ein!«

Während des darauf folgenden Schulterklopfens konnte Barry nur hoffen, dass Charon sich die Queen auf dem Schein nicht allzu genau ansehen würde – zumindest nicht, bevor sie drüben waren.

Das Wasser des Styx war total verdreckt, brackig und von fast puddingartiger Konsistenz. Hühnerknochen, Chipstüten und gebrauchte Kondome trieben darauf herum. Dann und wann quälte sich eine Blase an die Oberfläche hoch, und der Fluß gab einen fetten, stinkenden Rülpser von sich. Lon bellte diese Blasen in einem fort an.

»He, Mann, sag deinem Hund, er soll damit aufhören«, verlangte Charon.

»Halt's Maul, Charon!«, sagte ein Schatten. »Er hat genau wie alle anderen für die Überfahrt bezahlt. Bell ruhig weiter, absonderliche Person!« Die Toten waren ein demokratisches Völkchen.

Charon grummelte etwas wenig Schmeichelhaftes in sich hinein und redete dann weiter mit den Schatten, die sich um ihn scharten. »Ja, es ist ein sicherer Job, aber man kann nirgends hin. Man hat keine Bewegungsfreiheit. Glaubt ihr vielleicht, dass Pluto bald stirbt?« Charon produzierte mit Spucke und den Zähnen ein Geräusch des Abscheus. »Keine Chance. Deshalb beschäftige ich mich mit Computern.«

Ein paar Schatten lachten.

»Oh, ja«, sagte Charon. »Lacht ihr nur. Aber damit kann man Karriere machen, und nicht, indem man euch armselige Geschöpfe hin- und herschippert. Man arbeitet in einem Büro mit Klimaanlage und frischem Wasser. Da gibt es keine Piranhas mit unendlich vielen Zähnen und nur sehr wenige erwähnenswerte Dämonen. Außerdem kann man ein- oder zweimal im Jahr zu einem Kongress fahren. Wisst ihr, wie viele Leute bei einem Kongress der Unterweltsfährleute erscheinen würden?«

»Wie viele denn?«, fragte Barry. Offenbar gab es in der Unterwelt keine spannenderen Themen.

»Einer!«, sagte Charon verbittert. »Aber nur, wenn er in Las Vegas stattfindet! Sonst fahre ich nämlich nicht hin!«

Barry, Lon und Serious stiegen aus dem Boot. Charon hielt die Hand auf. »Es ist hier üblich, Trinkgeld zu geben.«

Barry schaute ihn an. »Sind Sie bekloppt? Ich habe tausend Pfund bezahlt!«

»Geizhals«, murrte Charon und schob ab. Kurz darauf ertönte eine sich entfernende Stimme: »Leute wie du haben dieses Geschäft kaputtgemacht!«

»Schnauze!«, riefen Barry und Serious wie aus einem Munde.

»Der Typ war ja echt zum Brüllen, was?«, sagte Barry. Lon bellte, und sie drehten sich um.

»Jetzt wird's noch lustiger«, sagte Serious.

Vor ihnen stand ein riesiger schwarzer Hund, der sie mit aufgestellten Nackenhaaren anknurrte. Jeder seiner drei grobschlächtigen, muskulösen Köpfe war mit einem ganzen Maul voller Reißzähne ausgestattet. Die Furcht erregende Bestie sabberte stinkende, neongrüne, vermutlich giftige Spucke und starrte die drei Zauberer mit einem Blick an, aus dem unmissverständlich sprach: »Wen von euch dreien soll ich zuerst fressen?«

»Was zur Hölle ...?«, murmelte Barry.

»Allerdings«, sagte Serious.

»Wir haben unser Fahrgeld bezahlt!«, sagte Barry zu dem Hund. Dieser rührte sich nicht, sondern überlegte weiter, wer von ihnen wohl am saftigsten sein mochte.

»Er lässt uns nicht rein, weil wir keine alten Griechen oder Römer sind«, sagte Serious. »Und wir haben keine Marken. Ich hab mal was über ihn gelesen. Er heißt Zerumen oder so ähnlich.«

»Mist!«, sagte Barry. Da waren sie nun aus dem Wartezimmer entkommen und hatten den Styx überquert, nur um als Hundefutter zu enden ... Dieses Buch entpuppte sich langsam als herbe Enttäuschung.

»Ich bin bestimmt schneller als der«, flüsterte Serious.

»Sprich lauter«, sagte Barry. »Ich steh ganz vorn.«

»Ich sagte: Ich bin bestimmt schneller als der«, sagte Serious und machte einen Satz nach rechts. Zerumen stellte sich ihm derart flink in den Weg, dass es schien, als könne die Kreatur sich selbst teleportieren.

»Also gut, bin ich nicht«, räumte Serious ein.

»Das ist nicht fair!«, sagte Barry, wobei er versuchte, nicht in die drei funkelnden gelben Augenpaare zu schauen und die Reihen von Reißzähnen zu ignorieren, von denen Zerumen mehr zu haben schien, als die Polizei erlaubt. »Ich meine, wenn du uns fressen willst, okay, aber wo bleibt da der Spaß? *Du* weißt, dass du es kannst. *Wir* wissen, dass du es kannst. Warum gibst du uns nicht eine faire Chance?«

»Ist dir eigentlich klar, dass du da mit einem Hund redest?«, sagte Serious.

»Hast du eine bessere Idee?«, sagte Barry gereizt, und dann setzte er seine Litanei fort. »Also echt, denk doch mal nach: Wir sind bloß ein paar Typen, die versuchen, in die Unterwelt zu gelangen ... Wir wollen nicht etwa daraus flüchten, nein, wir wollen *rein!* Wenn wir uns ewigen Qualen aussetzen wollen, was kümmert's dich? Vielleicht sind wir Masochisten. Ich finde es ganz schön intolerant von dir, uns wegen unserer sexuellen Vorlieben zu verurteilen.«

»Genau«, sagte Serious halbherzig. Was auch immer Barry vorhatte, er glaubte nicht, dass es funktionieren würde. Aber immerhin atmeten sie noch.

Barry fuhr zwar mit seiner Exegese der gesellschaftlichen

Bedeutung des Masochismus fort, doch einen Plan hatte er nicht. Aber wenigstens lenkte sein Geschwafel die Bestie ein bisschen ab. Während er redete, entdeckte Lon einen kleinen Quietscheknochen aus Weichplastik (ein griechischer Held hatte ihn liegen lassen) und stürzte sich auf ihn. Zerumen war wohl ein Höllenhund, aber eben auch ein Hund, mit all den Schwächen, die dieser Art seit jeher innewohnen. Er war genauso entzückt wie Lon und hechtete ebenfalls nach dem Knochen.

»Lon!«, brüllte Barry. »Nicht!«

Sein Aufschrei brachte den dreiköpfigen Wächter des Hades dermaßen aus dem Konzept, dass Lon tatsächlich als Erster den Knochen erreichte. Und nun, da er die Trophäe ergattert hatte, war er entschlossen, sie zu behalten, und das bedeutete Flucht. Also rannte er dorthin, wo sie hergekommen waren: zurück zum Fluss.

»Lon! Komm her ...«

Serious schlug Barry mit dem Schweif auf den Kopf.

»Spinnst du? Lass uns abhauen, bevor der Hund zurückkommt.«

»Aber Lon...« Barry schaute zum Fluss. Lon schien jedoch recht gut allein zurechtzukommen. Er und Zerumen liefen immer im Kreis herum, sprangen abwechselnd rein ins Wasser und wieder raus und spritzten dabei Charon nass, der gerade ein paar Neuankömmlinge brachte. Und gleich darauf ging es gar nicht mehr um das Spielzeug: Stattdessen drehten Lon und Zerumen Achten umeinander. Sie hatten beide einen Spielgefährten gefunden.

»Du hast Recht!«, sagte Barry. »Lass uns gehen.«

Nun, da der Weg frei war, traten Barry und Serious durch ein gewaltiges Ebenholztor in die Unterwelt ein. Sie fanden sich auf einer aschgrauen Wiese wieder, die sich unter einem bleifarbenen Himmel meilenweit in alle Himmelsrichtungen erstreckte.

Barry schaute auf seine Hand – und irgendwie auch durch sie hindurch. Je länger er hier war, desto stärker verblasste er. »Ich fühl mich so farblos«, sagte er.

»Ich auch«, erwiderte Serious.

Sie bahnten sich ihren Weg durch die grauen Felder, bis sie schließlich einen Pfad fanden, auf dem es sich leichter ging. Überall um sie herum rotteten sich Geister zusammen und trennten sich wieder. Sie durchschnitten die Luft wie ein Schwarm Fledermäuse. Bald schien das Gras etwas schütterer zu werden. Von seiner erhöhten Position auf Serious' Rücken aus entdeckte Barry etwas Interessantes: Ein Stück voraus trafen drei Wege aufeinander.

»Eine Kreuzung«, sagte Barry. »Dahin stellt man sich wohl, wenn man seine Seele für ein paar coole Gitarrenakkorde oder so was an den Teufel verkaufen will.«

»Der Teufel hat uns doch längst am Kanthaken«, sagte Serious düster. »Hätte er zumindest, wenn wir in der christlichen Hölle wären und nicht in der römischen.«

In dem Moment, als die beiden die Wegkreuzung erreichten, ließ eine kleine Explosion sie zusammenschrecken.

»Schatten!«, dröhnte eine Stimme, während der Rauch zu einer menschlichen Gestalt gerann. »Ich bin Hekate, Göttin der Hexen und Bewohnerin der Unterwelt. Eure merkwürdigen Kleider werden euch nicht retten. Macht euch darauf gefasst, eurem Verderben ins Auge zu sehen!«

»Was haben Sie denn vor? Wollen Sie uns umbringen?«, murmelte Serious.

»Das habe ich gehört, du Schlaumeier«, sagte die Göttin, die die Gestalt eines runzligen, aber immer noch seltsam attraktiven, in schwarzen Samt gehüllten alten Weibes angenommen hatte.

»Äh ... Oh, Hekate, lassen Sie uns leben«, sagte Barry, stieg von Serious herunter und verbeugte sich. »Wir sind auf der Suche nach jemandem, einer jungen Hexe, die viel zu früh aus der Oberwelt gerissen wurde ... Ein Mädchen reinen Herzens, das zu Unrecht hier gelandet ist ...«

Hekate unterbrach ihn. »Moment mal. Ich *kenne* dich doch«, sagte die Göttin. »Du bist doch der Zauberer, der unsere Tarnung hat auffliegen lassen! Barry Dingsbums.«

Vor Angst öffneten sich all seine Poren auf einmal. »Oh, nein, das war ich nicht«, stammelte er. »Sie müssen mich mit jemandem verwechseln.«

»Das glaube ich nicht«, sagte sie. »Es dauert eine Weile, aber irgendwann werden die Papiere hier unten ankommen. Lass mich mal unter deinen Haarschopf gucken.«

»Muss das sein?«, fragte Barry, doch ihr finsterer Blick ließ ihn verstummen. Er lupfte seinen Pony.

»Aha! Dachte ich's mir doch, dass du dieser Schwachkopf bist«, sagte Hekate. »Auf dich habe ich gewartet, du ruhmverwöhntes Bürschchen! Deinetwegen war nach tausenden von wunderbaren Jahren, in denen wir ungestört machen konnten, was wir wollten, auf einen Schlag Schluss mit lustig! Jetzt wird jede Hexe und jeder Zauberer von einer ganzen Horde von Muddeln belästigt, die ebenfalls zaubern lernen wollen. Man findet nicht mal mehr die Zeit, in Ruhe eine Formel zu sprechen. Ständig beschwört mich jemand herbei, der sich über irgendwen oder irgendwas aufregt. ›Hekate, kannst du bitte die nervige Schulfreundin meiner Tochter mit einem Fluch belegen, damit ich endlich mal zum Arbeiten komme?‹ – ›Hekate, bitte bring die Kinder aus der Nachbarschaft dazu, dieses Jahr zu Halloween ihre brennenden Tü-

ten voller Hundekacke woanders zu deponieren.‹ Dieses Buch hat uns einen Haufen Ärger bereitet, mein Lieber.«
Hekate zauberte einen Gummihandschuh herbei und zog ihn sich mit einem schmatzenden Geräusch über die Hand. Sofort begann er zu glühen wie geschmolzener Stahl. »Mach dich bereit, dafür zu zahlen, mein Lieber. Hose runter, bitte.«
»Moment mal!«, rief Barry entsetzt. »Das war nicht meine Schuld! Was ist mit der Autorin?«
Hekate winkte ab. »Buchkritiken sind Strafe genug.« Sie kam einen Schritt auf ihn zu. »Wappne dich für eine Prostatauntersuchung, die du nie vergessen wirst.«
»Warten Sie!«, sagte Barry und versteckte sich hinter Serious. »Bei Ärztinnen bin ich immer so gehemmt!«
»Netter Versuch«, sagte die Göttin. »Aber daran hättest du denken sollen, bevor du berühmt wurdest.«
Barry kauerte sich hinter Serious' Hinterteil, um weniger Angriffsfläche zu bieten und etwas Pferdefleisch zwischen sich und den glühenden Handschuh der zornigen Göttin zu bringen. Gerade als er alle Muskeln zur Flucht angespannt hatte, räusperte sich Serious und wieherte. Da er kein richtiges Pferd war, fiel das Resultat jedoch ziemlich armselig aus. Außerdem kam das Geräusch vom falschen Ende, woraufhin die Göttin ausrief: »Du unverschämtes Tier! Mit dir befasse ich mich als Nächstes!«
Als Barry Serious' Gesichtsausdruck sah, sagte er: »Nein, Göttin. Ich glaube, er wollte Sie besänftigen.«
»Furzen ist kein geeignetes Mittel, um die Götter zu besänftigen, du Wurm«, sagte Hekate. »Wenn dem so wäre, würden die Christen ihren Gottesdienst nach dem Brunch abhalten und nicht vorher. Und jetzt hör auf, da herumzukriechen. Das, was dir gleich widerfährt, wird dir sehr viel mehr wehtun als mir.«

In einem Aufflackern von Wut stand Barry auf. »Woher wollen Sie das wissen?«

Serious versuchte derweil, ein möglichst verführerisches Pferdegesicht zu machen, doch da er einerseits zu einer anderen Spezies gehörte und andererseits seine Züge vom falschen Ende aus kontrollierte, gelang ihm das nicht besonders gut. Aber er hatte Hekates Aufmerksamkeit erregt. Er wieherte erneut.

»Dein Pferd hat definitiv Blähungen«, sagte sie. »Guck dir mal an, was es für ein Gesicht zieht.« Hekate deutete auf Serious, dessen Miene tatsächlich Verlegenheit und/oder gesundheitliche Probleme vermuten ließ. Doch irgendetwas reizte die Göttin an dieser Mischung.

Nachdenklich musterte sie Serious eine Weile. »Ich sag dir was, Junge«, sagte sie. »Ich biete dir einen Tausch an. Dieser Hengst hier gegen dein ...«

»Ja!«, sagte Barry und versuchte zu lächeln. »Sie können ihn haben! Legen Sie bloß den heißen Handschuh da weg!«

Der Handschuh hörte auf zu glühen, und Hekate zog ihn mit einem neuerlichen Schmatzgeräusch aus.

»Barry!«, zischte Serious. »Komm mal her!«

»Was?«, fragte Barry, dessen Gesicht zu einem Lächeln erstarrt war.

»Ich habe noch nie als Pferd Sex gehabt! Was, wenn ich schwul bin?«

»Gibt es ein Problem?«, fragte Hekate.

»Ja!«, sagte Serious laut.

»Nein!«, sagte Barry noch lauter. »Er hat nur eine kleine Kolik.«

»Hat er irgendwelche Papiere?«, fragte Hekate.

»Natürlich«, sagte Barry. »Aber ich hab sie verloren. Er

ist ein Vollblut, das sieht man doch. Nehmen Sie ihn, er gehört ganz Ihnen.«

»Na schön. Ich werde dieses Wesen in meinen Harem aufnehmen, damit es mich verwöhnt, wenn ich die Gestalt einer Stute annehme.«

»Ganz, wie Sie meinen«, sagte Barry. »Ich bin sicher, er ist sehr, äh, qualifiziert.« Serious zog Barry mit dem Schweif eins über.

»Woher willst du das wissen?«, sagte Hekate, zauberte einen Zuckerwürfel herbei und gab ihn Serious.

»Ähm ...« Barry suchte nach Worten. »Ich hab ihm früher immer aus dem *Kamasutra* vorgelesen.«

»Barry, ich kenne das *Kamasutra* doch gar nicht«, sagte Serious leise.

»Sei still! Dir fällt schon was ein«, murmelte Barry, das Gesicht dicht am Hinterteil des Pferdes.

»Nun denn, Schatten. Hinfort mit dir, bevor ich es mir anders überlege«, sagte Hekate.

»Aber Göttin ... Könnten Sie mir, bevor ich gehe, vielleicht helfen, die Person zu finden, die ich suche?«

Hekate fasste sich an die Stirn. »Weißt du was? Du bist eine noch größere Nervensäge, als die Leute, die mich ständig um Hilfe bitten, immer behaupten. Gib mal das Bild her.« Barry gehorchte.

»Die ist vor nicht allzu langer Zeit hier vorbeigekommen«, sagte Hekate. »Natürlich kenne ich sie, sie ist eine Hexe. Eine der wenigen, die so nett ist, mich nicht permanent zu belästigen.«

»Eine reinblütige, oder kommt sie aus einer Muddel-Familie?«, fragte Barry. »Nur so aus Neugier.«

»Reinblütig. Sie ist ein *echtes* Vollblut.«

Barry sagte: »Wissen Sie, wo sie jetzt ist?«

»Wende dich an Persephone. Sie mochte dieses Mädchen. Die beiden haben sich über Bücher und so was unterhalten«, sagte Hekate. »Mich interessiert solcher Quatsch nicht. In sämtlichen Büchern, die ich gelesen habe, werden Hexen negativ dargestellt. Irgendwann hat man diese Klischees mal satt. Wie auch immer, geh da lang«, Hekate zeigte auf einen der drei Wege, »und frag Persephone. Soweit ich weiß, ist das Mädchen gerade bei ihr.«

Und mit diesen Worten verschwanden die Göttin und ihr neuer Gespiele. »Wiederseh'n, Serious«, sagte Barry im Vertrauen darauf, dass sein Patenonkel ihn schon irgendwie hören würde, und setzte sich in Bewegung.

Auf dem Gipfel eines Hügels blieb Barry stehen und schaute sich um: Affodill, so weit das Auge reichte. In der Ferne graste eine Herde ungetaufter Babys. Nur so zum Spaß stieß Barry einen Schrei aus. Erschrocken krabbelten die Babys mit halsbrecherischem Tempo davon, so dass bald nur noch eine große Staubwolke über der Steppe hing.

Barry lachte in sich hinein und stieg den Hügel hinab. An seinem Fuß gabelte sich der Weg. Auf dem einen der beiden Wegweiser stand: »Selbstmörder hier entlang«.

Barry zögerte. Wenn man es genau nahm, *hatte* er sich umgebracht. Aber nicht aus Lebensmüdigkeit oder so. Außerdem stellte er es sich nicht besonders amüsant vor, mit Selbstmördern herumzuhängen. Barry beschloss, auf der Hauptstraße zu bleiben und gegebenenfalls irgendeine Ausrede zu erfinden.

Barry war noch nicht weit gegangen, als ein Schatten auftauchte, der ihm mit aller Gewalt etwas verkaufen wollte.

»Hör zu, Kumpel«, sagte der Schatten zu Barry, während er neben ihm herging. »Ich hab gerade eine Ladung Seelen reingekriegt. Garantiert echt. Sind von 'nem Lastwagen gefallen.«

»Ach ja?«, sagte Barry. »Klingt aber ziemlich illegal.«

»Nein, nein, nein, nein, nein, nein«, sagte der Schatten. Barry sah ihn durchdringend an. »Okay, ich geb's zu.«

Barry ging ein bisschen schneller, doch der Schatten hielt Schritt. »Ich habe einen Freund in der Oberwelt, der ... Also, das Ding ist, wenn man vorzeitig zurückkehren möchte – und wer möchte das nicht, was? –, dann muss man eine von diesen Seelen haben. Du kannst entweder tausend Jahre warten wie all die anderen Wichser, oder ...«

»Pass mal auf, Alter«, sagte Barry. »Spar dir deine Worte. Ich bin ja nicht von gestern. Ich suche ein Mädchen namens Bea Thompson.« Barry zog sein Portemonnaie hervor und zeigte dem Schatten Beas Foto.

»Die sieht aber jung aus«, sagte dieser.

»Sie ist fünfzehn, genau wie ich. Gewissermaßen.«

»Wie soll ich das verstehen?«, fragte der Schatten.

»Also, in Wirklichkeit bin ich neununddreißig, aber im Geiste bin ich wieder fünfzehn, und ich suche hier unten nach einer anderen Fünfzehnjährigen, damit ich endlich wieder neununddreißig sein kann. Eigentlich bin ich nämlich noch am Leben.«

»Das sagen sie hier unten alle.« Der Schatten rümpfte die Nase. »Ein ganz alter Hut.«

»Denk doch, was du willst.« Barry nahm ihm das Bild wieder weg.

»Viel Glück«, sagte der Schatten. »Ich hoffe, du findest sie. Das Leben nach dem Tod ist zu lang, um es allein zu verbringen. Und falls du dir das mit den Seelen anders überlegst, weißt du ja, wo du mich findest.«

Barry legte einen Zahn zu. Bloß weil er eine Ewigkeit Zeit

hatte, um nach Bea zu suchen, wollte er noch lange nicht länger bleiben als nötig. Es war gruselig hier. Grau. Aschgrau. Und alle gingen ihm auf die Nerven.

Überall um ihn herum wuchs Affodill, der ihm bis zu den Augen reichte. Gerade als Barry sich zu fragen begann, ob er Bea überhaupt sehen würde, wenn er sie je finden sollte, begann der Bewuchs wieder spärlicher zu werden. Hier und da hatten sich Schwarzpappeln breit gemacht, und ein paar Stellen sahen sogar frisch gemäht aus. Das Gelände war leicht wellig und von sanften Hügeln durchsetzt. Die Gegend wirkte fast besiedelt und für Unterwelt-Verhältnisse geradezu idyllisch. Auf einmal sah er am Wegesrand einen Wasserspender. Daneben standen zwei Schatten, zapften Wasser in Pappbecher und tranken. Das sah verlockend aus. Nach dem langen Marsch hatte Barry Durst.

»Hat einer von euch noch einen Becher?«, fragte er. Einer der Schatten gab ihm einen. »Danke«, sagte Barry. Er holte das Foto von Bea heraus und gab es ihm. »Ich suche dieses Mädchen. Habt ihr sie gesehen? Sie heißt Bea Thompson.«

»Ach, hier benutzt niemand einen Namen«, sagte der zweite Schatten.

»Hier geht es sehr zwanglos zu«, sagte der erste.

»Kommt sie euch vielleicht bekannt vor?« Barry begann, seinen Becher zu füllen.

»Oje«, sagte der erste Schatten. »Ich wünschte, das hättest du uns vor fünf Minuten gefragt, bevor ich was getrunken habe.«

»Wieso?«, fragte Barry und hob den Becher an die Lippen.

»Das ist ein besonderes Wasser«, sagte der zweite Schatten. »Es löscht all deine Erinnerungen aus.«

»Genau!«, sagte der erste lachend. »Wir trinken, um zu vergessen.«

Barry, der bereits beide Backen voll Wasser hatte, spuckte prompt alles wieder aus. Dabei spritzte er die Schatten nass.

»So funktioniert das nicht«, sagte der zweite. »Man muss es runterschlucken und nicht ausspucken. Glaube ich zumindest. Ganz sicher bin ich allerdings nicht.«

»Trotzdem danke«, sagte der erste. »Es war sicher nett gemeint, was auch immer es war.«

Voller Grausen nahm Barry das Foto wieder an sich und machte sich schnell auf den Weg, wobei er fieberhaft versuchte, sein Gedächtnis wachzurütteln.

»Netter Typ«, sagte der erste Schatten.

»Was denn für ein Typ?«, fragte der zweite.

»Hab ich vergessen«, sagte der erste.

Barry konnte sich noch an alles erinnern. Während er seine Wanderung fortsetzte, stellte er fest, dass ihm, wenn er sich richtig konzentrierte, sogar Dinge wieder einfielen, die gar nicht wirklich passiert waren. Das war aber ganz normal.

Er dachte gerade daran, wie er Sex mit sieben knackigen Supermodels gehabt hatte, als er um eine Ecke bog und Bea entdeckte, die im Schneidersitz unter einem Baum saß.

Plötzlich waren Barry seine Gedanken peinlich. Während er auf sie zulief, versuchte er an junge Hunde zu denken. »Bea!«, rief er.

Bea, die gerade ein Buch las, drehte sich um und sah ihn. »Oh, hi«, sagte sie.

Das ließ Barry sein Vorhaben, sie zu umarmen, noch einmal überdenken. »Das ist alles? ›Hi‹, sonst nichts?« Er blieb in angemessener Entfernung stehen und setzte sich hin. »Ich hab überall nach dir gesucht.«

»Ich bin nirgendwo anders gewesen, seit ich hier gelandet bin«, sagte Bea, »… dank deines Zaubers.« Sie klappte das Buch zu und legte es auf einen kleinen Bücherstapel, der neben ihr lag. »Und, bist du tot?«, fragte sie, und Barry glaubte, einen kleinen Hoffnungsschimmer aus ihrer Stimme herauszuhören.

»Nein«, sagte er. »Ich meine, ja. Im Geiste zumindest. Ich glaube, ich lebe noch. Andererseits bin ich hier, also … Ich weiß es wirklich nicht.«

»Ich versteh nur Bahnhof«, sagte Bea.

»Dann sind wir ja schon zwei«, erwiderte Barry. »Ich habe herausgefunden, dass es hilft, wenn man einfach sein Gehirn abschaltet … Hier sieht es ja ganz nett aus«, sagte Barry, während er sich umschaute. »Wenigstens gibt es keine Insekten.« Bea reagierte nicht, daher stellte Barry ihr eine Frage. »Was liest du da?«

»Das ist ein Buch über das Multiversum«, sagte Bea. »Es gibt in der Physik eine Theorie, nach der es vierundsechzig Paralleluniversen gibt, die alle gleichzeitig existieren.«

»Klingt ja toll«, sagte Barry voller ungenierter Ahnungslosigkeit. »Das Einzige, was ich noch von Physik weiß, ist, dass Italiener keine Radiosendungen hören können oder so ähnlich … Boah«, sagte Barry, als er versuchte, das Buch hochzuwuchten, »das ist aber schwer!«

»Ist mir gar nicht aufgefallen«, sagte Bea.

Okay, dachte Barry, sie ist definitiv verrückt. »Und … liest du viel?«

»Ja«, sagte Bea. »Wie dir vielleicht aufgefallen ist, gibt es hier nicht viel zu tun. Wenn ich eins ausgelesen hab, werfe ich es einfach in die Luft, und dann fällt ein anderes vom Himmel.«

»Häm…«, murmelte Barry und suchte nach weiteren

Small-Talk-Themen. Plötzlich kam ihm das Leben nach dem Tod sehr lang vor.

Bea hatte sich verhört. »Genau, wie geht's Hermi? Ich bedaure, dass ich nie Gelegenheit hatte, mich richtig mit ihr zu unterhalten ... Schien ein interessantes Mädchen zu sein.«

»Oh, der geht's bestens.« Jetzt wurde es heikel. »Sie ist übrigens mit mir verheiratet.«

»Diese beiden Aussagen scheinen mir unvereinbar«, sagte Bea. »Übrigens, bist du nicht ein bisschen zu jung für die Ehe?«

»Nein ... Ich meine, ja. Ich meine ... Was meine ich eigentlich? Ich meine, mir ist klar, dass man denken könnte ... Ich bin nicht so alt, wie ich aussehe. Ich habe eine Krankheit ...«

»Ja, und die heißt Beschränktheit.«

Barry schluckte seinen Protest hinunter. »Okay. Was ich sagen will, ist, dass ich in Wirklichkeit neununddreißig bin. Mein Arzt hat mir geraten, Selbstmord zu begehen ...«

»Schöner Arzt«, sagte Bea kühl.

»... und dann hierher zu kommen und dich zu holen, damit ich wieder anfangen kann, älter zu werden«, sagte Barry. »Mein Gott, ist das schwer zu erklären.«

»Zumal mit deinen begrenzten Fähigkeiten.«

Barry steckte auch das einfach ein. »Ich würde dich also gern wieder ... äh ... nach oben holen«, sagte Barry. »Bist du dabei?«

»Ich glaube kaum, dass du dazu in der Lage bist«, sagte Bea. »Ich fürchte, von hier gibt's kein Zurück.«

»Komm schon, Bea«, sagte Barry. »Lass es uns versuchen! Es kann doch nicht schaden.« Als Barry sah, dass sie überlegte, bearbeitete er sie weiter. »Du bist so jung und auf so dumme Weise gestorben, ohne jemals Zeit gehabt zu haben, irgendwelche tollen Sachen zu machen. Ich meine, wer will schon ganze tausend Jahre darauf warten?«

Bea stand auf. »Na gut, wir können es ja probieren«, sagte sie und klopfte ihre Hose ab. »Ich glaube zwar nicht, dass du irgendwas ausrichten kannst, aber ich hab das Lesen momentan ein bisschen satt.«

»Lässt du die Bücher einfach da liegen?«, fragte Barry.

»Ja«, sagte Bea. »Ab und zu kommt die Göttin Persephone mit einem kleinen Bollerwagen vorbei.«

»Sag mal, sind sie und Hekate, äh, lesbisch?«

»Wieso fragst du? Aus reiner Sensationsgier, oder würdest du gern mit ihr gehen? Denn falls sie mich nach meiner Meinung fragen sollte«, sagte Bea, »könnte ich ihr nur davon abraten. Nur dass du's weißt.«

»Nein. Wir haben Hekate bloß gerade getroffen, und sie kam mir irgendwie ... geil vor. Experimentierfreudig«, sagte Barry. »Sie hat sogar meinen Freund als Lustsklaven behalten.«

»Tja, Zauberer und Hexen haben unterhalb der Gürtellinie nun mal keinerlei Verantwortungsgefühl«, sagte Bea, »... wie ich zu meinem Leidwesen feststellen musste.«

Um das Thema zu wechseln, deutete Barry auf die Bücher. »Ist da auch ein Band über Computer dabei?«

»Nein, warum?«

»Können wir einen besorgen?«, fragte Barry. »Vielleicht brauchen wir ihn irgendwann noch.«

»Klar«, sagte Bea. »Hol dir einfach einen runter.«

»Das ist nicht dein Ernst«, sagte Barry.

»Herrje«, sagte Bea, »ich hatte vergessen, auf was für ein Niveau man sich begibt, wenn man sich mit dir unterhält, Barry. Ich meine, du sollst dir ein Buch runterholen, indem du ein anderes in die Luft wirfst.«

Das taten sie. Ungefähr fünf Minuten später fing Barry *Reich werden mit C++* auf, und damit machten sie sich auf den Rückweg.

Ungefähr auf halber Strecke sagte Barry zu Bea: »Ich nehme an, du bist ganz schön sauer auf mich?«
»Du nimmst es an?!«
»Also, ich möchte mich entschuldigen.«
»Du möchtest dich entschuldigen?«, sagte Bea. Nun, da es mit der gespielten Höflichkeit vorbei war, schäumte sie plötzlich vor Wut. »Das will ich doch hoffen! Da komme ich in deine Schule, um einen netten Abend zu verleben, und dann verpasse ich nicht nur das Tanzen und die Beatles, die ich sehr mag, sondern bin auch noch tot, bevor die Nacht auch nur halb rum ist! Und als wäre das noch nicht schlimm genug, muss ich auch noch Gott weiß wie lange auf einem Acker sitzen!« Sie gab Barry eine Ohrfeige.
»Aua!«, sagte Barry. »Scheiße, Bea! Das hat echt wehgetan!«
»Na und? Sollte es ja auch«, sagte sie. »Was hat meine Oma gesagt?«
»Ich hab ihr einen gefakten Brief von dir geschickt, in dem stand, dass du von zu Hause weggelaufen bist und dich den Westgoten angeschlossen hast.«
»Das würde ich nie im Leben tun«, sagte Bea. »Dafür liegt mir zu viel an Körperpflege. War sie traurig?«
»Ich glaube nicht. Ich denke, sie wusste, dass ich dich irgendwann zurückholen würde«, sagte Barry. »Bei all den Prophezeiungen.«
»Nun, ich find's gut, dass du versuchst, die Sache ins Reine zu bringen, aber trotzdem bist du ein Wichser«, sagte Bea.

»Ich wette, jetzt glaubst du mir endlich, dass ich zaubern kann«, sagte Barry, um wenigstens einen Triumph davonzutragen.

Bea schnaubte. »Ich wusste von Anfang an, dass du zaubern kannst, du Dumpfbacke. Ich hab dich bloß verarscht. Und jetzt, wo ich weiß, dass ich selbst Zauberkräfte hab, beeindruckt mich das erst recht nicht.«

»Ach komm, Bea. Was ich hier tue, ist bei weitem die reifeste Leistung meines Lebens«, sagte Barry. »Das musst du schon anerkennen.«

»Das mache ich, wenn wir hier rauskommen«, sagte Bea.

»Hat hier etwa jemand von ›rauskommen‹ gesprochen?«, fragte eine geisterhafte Stimme.

Barry und Bea drehten sich um. Vor ihnen stand eine schöne Frau, die ungefähr doppelt so groß war wie ein normaler Mensch. Sie wirkte alles andere als erfreut.

Barry setzte zum Sprechen an.

Bea rammte ihm den Ellbogen in die Rippen. »Sei still«, flüsterte sie. »Oh, hallo, Göttin. Das hier ist ein Freund von mir, Barry Trotter. Barry, Persephone. Persephone, Barry.«

»Angenehm«, sagte die Göttin. »Bist du der Bursche, auf den Hekate so wütend ist? Sie sagt, das Pferd, das du ihr angedreht hast, hat Erektionsstörungen.«

Bea kam ihm zuvor. »Hören Sie, Göttin: Barry ist schuld daran, dass ich hier bin. Wir hatten ein Date, und ... Na ja, ich erspar Ihnen lieber die Einzelheiten. Ich bin gestorben. Er hat mich umgebracht.«

»Männer«, murmelte Persephone verbittert.

»Genau«, gluckste Bea. »Was soll man machen?«

»Den kleinen Scheißer zu Brei schlagen«, sagte Persephone. »Soll ich das übernehmen?« Barry brach der Schweiß aus.

»Ich versichere Ihnen, dass das auch mein erster Gedanke war«, sagte Bea. »Aber dann hat Barry mir erklärt, dass er sich selbst umgebracht hat, nur um hier runterzukommen und mich zurückzuholen. Seitdem empfinde ich anders. Ein bisschen.«

»Verstehe«, sagte Persephone. »Na ja, besser zu spät als nie.«

»Das hab ich auch gesagt!«, rief Barry aus. Persephone lächelte, und Barrys Magen rutschte wieder an seinen angestammten Platz zurück. Dann verschwand das Lächeln.

»Aber du kennst die Vorschriften, Bea. Wenn man einmal hier ist, darf man nicht vorzeitig wieder gehen. Es sind noch«, Persephone zählte an den Fingern ab, »neunhundertsechsundsiebzig Jahre, bis du wieder zurückdarfst. Noch nicht mal ich darf hier früher weg.«

»Ich weiß, Göttin«, sagte Bea, »und normalerweise würde ich auch keinen Gedanken daran verschwenden. Aber als Barry hier ankam und mir seinen total beknackten Plan aufgetischt hat ...«

»*Total* beknackt«, sagte Persephone lachend.

»... da dachte ich: Gibt es eine bessere Möglichkeit, Pluto eins auszuwischen, als aus der Unterwelt zu flüchten? Was halten Sie davon? Wir wollten gerade zu Ihnen«, schwindelte Bea.

Persephone überlegte kurz, wobei sie immer noch ein Lächeln auf den Lippen hatte. »Das würde ihm *gewaltig* auf den Sack gehen«, sagte sie.

»Könnten Sie das nicht als einen Triumph für das weibliche Geschlecht verbuchen?«, fragte Barry. Bea trat ihm kräftig auf den Fuß. Als Persephone das sah, musste sie wieder lachen.

»Du weißt offensichtlich mit Frauen umzugehen, junger

Zauberer«, sagte sie. »Aber du hast Recht. Es wäre schon ein gewisser Triumph. Und offen gesagt, glaube ich, dass Hekate dich hier nicht haben will.« Sie rückte ihr Gewand zurecht. Barry fluchte in sich hinein: Er hatte die ganze Zeit ein Stück Titte sehen können. »Ich lasse euch bis zum Fluss gehen. Von dort aus müsst ihr allein zurechtkommen.«

»Was ist mit Pluto?«, fragte Bea. Pluto führte die Aufsicht über die Unterwelt und hatte Persephone mit unlauteren Methoden dazu gezwungen, einen Teil jedes Jahres dort zu verbringen. Es war eine Art Anti-Urlaub.

»Macht euch wegen dem keine Sorgen«, sagte Persephone. »Den werde ich schon beschäftigen.«

»Wie denn?«, fragte Bea.

»Liebes«, sagte Persephone leicht genervt, »wenn du das nicht weißt, bin ich froh, dass du zurückgehst. Du hast beim ersten Mal nicht genug Spaß gehabt. Lauft ihr nur so schnell wie möglich zum Styx, und ich werde daliegen und an Rom denken.«

»Wir kommen schon klar«, sagte Barry und hielt das Buch hoch.

»Das ist gut«, sagte Persephone. »Denn ich kann euch nicht über den Fluss helfen. Charon ist ein alter Trauerkloß. Aber wer seit einer Ewigkeit im Dienstleistungsgewerbe tätig ist, wird zwangsläufig so … Jetzt aber los«, sagte Persephone. »Weißt du was, Barry Trotter? Für einen Versager hast du etwas erstaunlich Anziehendes.«

Kapitel vierzehn
Die Stunde der Wahrheit

Barrys Glück hatte sich eindeutig gewendet: Zerumen, der bestimmt irgendwo mit Lon herumtollte, war nirgends zu sehen. Und dank des Computerbuchs war Charon nur allzu gern bereit, ihn und Bea zurück über den Styx zu bringen.

Während sie sich noch den Staub von der Kleidung klopften, traten Bea und Barry aus der Unterwelt in die Zauberer-Wartehalle.

»Was zur Hölle ...?«, sagte der Polizeiengel, der ihnen am nächsten stand. »Ich hab da noch nie jemanden rauskommen sehen.«

Das hatte Barry gehört. »Kein schöner Urlaubsort«, sagte er zu dem Polizisten, »und dort zu leben kann ich auch nicht empfehlen.«

»Ach, hören Sie nicht auf ihn. So schlimm ist es gar nicht«, sagte Bea. »Man gewöhnt sich dran.«

Sie suchten sich zwei leere Plätze und setzten sich.

»Und jetzt?«, fragte Bea.

»Jetzt warten wir«, sagte Barry. »Sie fällen ein Urteil über alles, was ich auf Erden getan habe.«

»Dafür bin ich aber nicht verantwortlich!«, beeilte sich Bea zu sagen.

»Ich weiß. Nur die Ruhe, Doofie«, sagte Barry. »Wenn

ich dran bin, erzähle ich ihnen von dir und sage ihnen, dass das Ganze ein einziges Missverständnis ist.«

»Ich würde lieber für mich selbst sprechen, wenn du nichts dagegen hast«, sagte Bea.

»Von mir aus«, sagte Barry. »Ich hol mir ein paar Zeitschriften. Möchtest du auch eine?«

»Sind die immer noch so alt?«

»Vermutlich noch ein bisschen älter.«

»Nein, danke«, sagte sie. »Es sei denn, du findest eine mit Kreuzworträtseln drin.«

Während Barry sich auf den Weg zum Zeitschriftenstand machte, fand er die Vorstellung, dass gerade über ihn gerichtet wurde und er womöglich seine letzten Minuten außerhalb der Hölle genoss, gar nicht so beängstigend. Ich meine, niemandem *gefällt* die Vorstellung, bis in alle Ewigkeit in der Hölle zu schmoren, aber dass er in die Vergangenheit zurückgekehrt war, um Bea zu holen, würde sicher auf der Habenseite verbucht. Und was den Rest seines Lebens anging ... Er war nun mal der, der er war, und wenn man ihn deshalb für alle Zeiten verdammte, nun, dann musste er eben böse Briefe an die zuständigen Behörden schreiben, wenn er nicht gerade mit geschmolzenem Blei gurgelte.

Nach einer Weile, die ihm wie eine Ewigkeit vorkam (vielleicht war's auch eine), hörte Barry eine Stimme aus dem Lautsprecher: »Barry Trotter ... Barry Trotter, bitte zum Schalter vierzehn.«

»Komm«, sagte Barry zu Bea. Nervös strich sie sich die Haare glatt, während sie den Gang entlangschritten.

Es war wieder Mr. Abercrombie. »Mr. Trotter«, sagte er. »Eigentlich soll ich ja keinen Kommentar zu den Akten abgeben, aber ich muss sagen, Sie haben bekommen, was Sie verdient haben.«

Barry wusste nicht, was er darauf antworten sollte. »Danke?«

Mr. Abercrombie schaute Bea an. »Miss, Sie müssen warten, bis Sie dran sind. Das hier ist eine äußerst vertrauliche Angelegenheit.«

Bea machte kehrt, um sich wieder hinzusetzen. »Moment mal!«, sagte Barry. »Mr. Abercrombie, das ist Bea Thompson.«

»Ist sie Ihre Schwester?«, fragte Mr. Abercrombie.

»Um Gottes willen, nein!«, sagte Bea.

»Sie war meine Freundin. Kann man das sagen?« Barry schaute Bea an.

»Ja, ungefähr zwei Monate lang. Bis du mich umgebracht hast!«

»Aus Versehen! Aus Versehen!«, sagte Barry. Er wandte sich Mr. Abercrombie zu. »Darf sie hierbleiben, bis ich erfahre, wo ich hinkomme?«

»Warum gerade sie? Von all den unzähligen Mädchen ...«, fragte Mr. Abercrombie. »›Nach all den Doktorspielchen könnte er Chirurg werden.‹« Er kicherte. »Dieser Alpo Bumblemore kann wirklich gut mit Worten umgehen.«

Die Erwähnung seines alten Feindes brachte Barry in Wallung. »Hören Sie, sagen Sie mir einfach, dass ich in die Hölle komme, dann haben wir's hinter uns. Ich bin durch die gesamte Unterwelt gelatscht, um Bea da rauszuholen, und ...«

»Freut mich zu hören, dass Sie sich in Ihr Schicksal fügen. Die meisten Leute machen ein fürchterliches Theater darum«, sagte Mr. Abercrombie. »Moment mal. Was haben Sie da gerade von der Unterwelt gesagt?« Mr. Abercrombie runzelte die Stirn. »Sagen Sie bloß nicht, dass Sie es waren, der unbefugt dort hinabgestiegen ist. Einige Kollegen haben deswegen ihren Job verloren.«

»Wissen Sie, Mr. Abercrombie, die Geschichte ist ziemlich kompliziert.«

»*Quelle surprise*«, witzelte Bea.

Mr. Abercrombie saß bloß da und schaute die beiden an.

»Ich bin Römerin«, sagte Bea, als würde das alles erklären.

Mr. Abercrombie wandte sich wieder an Barry. »Okay, Mr. Trotter. So gern ich auch noch ein paar Stunden mit Ihnen plaudern würde …«

Abercrombies Finger lag auf dem Nummernstanzer. Jetzt oder nie, dachte Barry. »Bea ist eine Exfreundin von mir. Ich musste sie verzaubern, aber dabei hab ich was falsch gemacht, weil ich im Unterricht nie aufpasse, wie Sie aus meiner Akte sicher schon wissen. Es war ein Zeitumkehrzauber, und ich hab sie zu weit in die Vergangenheit geschickt. Nicht viel, nur … na ja, mindestens sechzehn Jahre.«

»Hoppla«, sagte Mr. Abercrombie.

»Ja, ohne Scheiß! Ich kam mir vielleicht bescheuert vor! Bea ist jedenfalls gestorben, und da sie Römerin ist, landete sie in der Unterwelt«, haspelte Barry. »Wenn wir jetzt vierundzwanzig Jahre in die Zukunft springen …«

»Holla«, sagte Mr. Abercrombie.

»Nein, warten Sie, das macht durchaus Sinn«, sagte Bea staunend. »Sie müssen einfach Ihr Gehirn abschalten.«

»… dann bin ich neununddreißig, sehr berühmt, Bumblemore ist nicht mehr da, ebenso wie Valumart, und das Leben ist großartig. Ich bin verheiratet, habe zwei Kinder, die meistens ganz toll sind – na ja, manchmal –, aber ich habe so eine ätzende Krankheit, die verhindert, dass ich älter werde.«

»Sie Glückspilz«, sagte Mr. Abercrombie. Angesichts der Umstände beschloss Barry, die Bemerkung zu übergehen.

»Sie heißt Infantilismus. Ich gehe also zu einem Arzt, und durch Hypnose finden wir heraus ...«

»Moment mal«, sagte Mr. Abercrombie und blätterte in Barrys Akte. »Das war doch nicht etwa Ernst Ritalin, oder? Ich war schon sehr beunruhigt, als ich seinen Namen in Ihrer Akte sah. Diese Halle ist praktisch voll von Leuten, die er behandelt hat. Es wird kein Spaß für den Mann, wenn er an der Reihe ist, das kann ich Ihnen sagen.«

»Doch, der war's«, sagte Barry. »Er war der Meinung, wenn ich zurückgehen und wieder gutmachen würde, was ich Bea vor all den Jahren angetan habe, könnte ich vielleicht wieder älter werden.«

Mr. Abercrombie hielt inne. »Sie haben sich also absichtlich umgebracht, sich in die Unterwelt eingeschlichen, Bea gefunden und wieder hergebracht?«

»Ja«, sagte Barry.

»Verstehe.«

Barry versuchte, ein möglichst gewinnendes Lächeln aufzusetzen. »Ich hab gehofft, Sie würden ihr vielleicht eine zweite Chance geben.«

»Und für sich selbst wollen Sie nichts?«

Barry überlegte. »Nein, eigentlich nicht. Ich habe ein ziemlich gutes Leben gehabt.«

Mr. Abercrombie dachte kurz nach. Dann drückte er ein paar Tasten auf seinem Nummernstanzer.

Er beugte sich dicht ans Fenster und sagte leise: »Ich denke, das ist eine Ausnahme wert. Und Miss Thompson trägt ja offenbar keinerlei Schuld an der ganzen Malaise.« Er reichte ihnen zwei perlmuttfarbene Marken. »Bitte sehr«, sagte er. »Für jeden eine. Damit kommen Sie wieder nach Hause.

Aber lassen Sie sich mindestens dreißig Jahre lang nicht hier unten blicken!«

»Vielen, vielen Dank!«, sagte Bea. Barry war sprachlos. Sein altes Problem machte ihm wieder zu schaffen: Leerlauf im Gehirn. »Bar-ry.« Bea betonte jede Silbe einzeln und stieß ihm mit dem Ellbogen in die Rippen.

»Tschuldigung«, sagte Barry. »Vielen Dank.«

»Nehmen Sie sie in die rechte Hand«, sagte Mr. Abercrombie.

Lächelnd nahmen Barry und Bea je eine perlmuttfarbene Marke und schlossen die Augen. Im Nu waren sie verschwunden.

Hinter der Glasscheibe sah Loretta den neben ihr sitzenden Mr. Abercrombie an. »Sie alter Softie«, sagte sie lächelnd.

»Tja, einem hübschen Gesicht kann ich nun mal nicht widerstehen«, sagte Mr. Abercrombie. »Ich mache Pause. Soll ich Ihnen was mitbringen?«

Kapitel fünfzehn
Das grosse Rennen rund um die Welt

Lord Valumart vollführte noch immer mit schlenkernden Gliedmaßen einen ekstatischen Freudentanz, als Barry sich unvermittelt aufsetzte.

Der ehemals junge Zauberer blinzelte, schnalzte mit den Lippen und kratzte sich heftig am Kopf, der nach wie vor der eines Neunjährigen war. Als seine Augen sich an das Licht gewöhnt hatten, war Barry ausgesprochen verblüfft, Lord Valumart vor sich zu sehen.

»Was machst du denn hier?«, fragte er. »Wo ist Dr. Ritalin?«

Überrascht drehte Valumart sich um. »Krrruzitürken!«, brüllte er mit erstickter Stimme. »Willst du denn nie sterrrben?« Mit einem Satz stürzte er sich auf Barry und schloss seine behandschuhten Hände um dessen Kehle.

»Gehört das zur Therapie?«, krächzte Barry. »Los, geh von mir runter.«

Abgesehen von Valumarts immer fester werdender Umklammerung erhielt er keine Antwort. Während die beiden Männer miteinander rangen, fuhr Valumart fort, sein Schicksal zu beklagen. »Von allen rrrotznäsigen Strrrolchen dieser Welt, mit denen man verrrfeindet sein kann, musste ich mir ausgerrrechnet den aussuchen ...«

Als Barry klar wurde, dass dieser Anschlag ernst gemeint

war, streckte er die Hand nach seinem Zauberstab aus, der knapp außer Reichweite auf einem Beistelltisch lag. Valumart bemerkte dies und würgte ihn noch fester. Die Geschmeidigkeit seines kindlichen Körpers erlaubte es Barry jedoch, sich noch ein bisschen weiter zu strecken. Endlich bekam er den Stab zu fassen.

»Oh-oh«, sagte Valumart und das mit gutem Grund. Gleich darauf kam ein großer Boxhandschuh aus rosafarbenem Qualm aus Barrys Zauberstab geschossen und traf Den-der-stinkt mitten in den Bauch. Valumart ließ Barry los und fiel nach Luft schnappend zu Boden.

Barry rieb sich die Kehle und keuchte: »Du kannst Dr. Ritalin sagen, dass ich für diese Sitzung nichts bezahlen werde!«

Valumart rappelte sich auf und wich zurück. »Du Schwachkopf«, sagte er mit erhobenem Zauberstab. »Es hat nie einen Rrritalin gegeben. Das warrr die ganze Zeit ich.«

»Du lügst«, sagte Barry. »Hermeline hätte dir nie erlaubt, in Hogwash zu arbeiten!«

»Ach, ich hab der dummen Kuh irgendeine rrrührselige Geschichte erzählt, von wegen ich sei arrrbeitslos und völlig am Ende. Ich hab ihr gesagt, Bellettrist L'étrange hätte mein gesamtes Verrrmögen veruntrrreut.« Valumart lachte. »Von wegen!«

»Wage es nicht, Hermeline zu beleidigen!«, schäumte Barry, der langsam seine Stimme zurückgewann. »Das darf keiner außer mir!«

»Dumme Kuh, dumme Kuh, dumme Kuh!«, sagte Valumart. »Deine Frrrau ist eine dumme Kuh!«

»Was bist du bloß für eine Niete«, sagte Barry. »Niemand mag dich, jedenfalls nicht wirklich. Alle wollen bloß dein Geld.«

»Musst du grrrad sagen!«, entgegnete Valumart. »Aber da du ohnehin gleich tot bist, scherrrt es mich nicht, was du denkst.«

»Typisch«, schnaubte Barry. »All das hast du nur gemacht, um mich umzubringen?« Er schüttelte den Kopf. »Wie bescheuert. Sag mal, hast du nicht manchmal selbst die Nase voll von dir? Ich und alle anderen jedenfalls schon.«

»Bescheuerrrt?« Valumart lächelte. »Du kapierrrst es immer noch nicht, was? Dank dieses geschickten Winkelzugs konnte ich Barry-Trotterrr-Merchandisingartikel im Wert von vierrr Millionen Muddel-Pfund verrrkaufen.« Er feixte übers ganze Gesicht. »T-Shirts, Kettenanhänger, Andenkenteller, eine Chrrristbaumkugel in Forrrm deines Kopfes, die den Grrroßen Zapfenstreich spielt, wenn man ihr auf die Nase drrrückt ... Das warrr ein Bombengeschäft. Und nachdem ich dieses Geld vierrrundzwanzig Jahre lang in die unmorrralischsten, umweltschädlichsten Prrrojekte investierrrt habe, die ich finden konnte, waren überrr hundert Millionen daraus geworrrden! Dein Tod war das Beste, was mir je passierrrt ist. Aberrr du musstest ja unbedingt wiederrr auferstehen und alles kaputtmachen.«

»Was kümmert's dich?«, sagte Barry, der auf eine Gelegenheit wartete, den Doofen Lord mit seinem Zauberstab ins Jenseits zu befördern. »Du bist doch trotzdem noch stinkreich.«

»Stimmt. Aber das ist nicht dein Verrrdienst!«, sagte Valumart. »Als ich dich in die Verrrgangenheit zurrrückversetzt und in die Unterrrwelt geschickt habe, hätte ich mir nie trrräumen lassen, dass du lebend zurückkommst und obendrrrein eine noch grrrößere Nerrrvensäge bist als je zuvor. Aber jetzt wirst du endlich sterrrben, und zwarrr für immerrr!«

Mit einer blitzschnellen Bewegung zeichnete Valumart mit dem Zauberstab etwas in die Luft. Plötzlich flogen all die Fotos, die Dr. Ritalin mit diversen geistesgestörten Berühmtheiten zeigten, von der Wand und schossen direkt auf Barry zu, wobei sie rotierten wie wütende Frisbees. Barry warf sich auf den Boden und hielt schützend die Hände über den Kopf, während die Bilder an der gegenüberliegenden Wand zerschellten. Dieser Zauber, *Lassbilderaufjemandenzufliegenunddannzerschellio* war nicht sehr verbreitet, konnte aber manchmal ganz nützlich sein.

Als keine Glassplitter mehr durch die Gegend flogen, warf Barry einen Blick auf das zertrümmerte, qualmende Sideboard. Dann wandte er sich wieder Valumart zu und sagte: »Sehr beeindruckend. Ein Bild sagt offenbar *wirklich* mehr als tausend Worte.«

Valumart zog eine Grimasse. »Deine Witzchen errrgeben noch nicht mal einen Sinn.«

Auf Barrys Gesicht machte sich ein süffisantes Grinsen breit. »Vielleicht tun sie das, vielleicht auch nicht. Aber wie schmeckt dir ... *das*?« Er richtete seinen Zauberstab auf Valumart und murmelte eine Beschwörungsformel. Ein klägliches Fähnchen mit dem Wort »PENG!« entrollte sich an der Spitze des Zauberstabs.

»Verdammt!«, sagte Barry. Er schob eine Plastik-Abdeckung an der Seite seines Zauberstabs auf und warf einen Blick auf die Batterieanzeige. Der Akku war fast leer. »Das gibt's doch nicht ...« Barry war fassungslos. Konnte er etwa, nur weil er sein Leben geändert hatte, plötzlich nicht mehr zaubern?

»Sieht ganz so aus, als würrrden deine viel gerrrühmten Zauberkrrräfte schwinden, Trotterrr«, sagte Valumart. »Ich fürrrchte, du bist einfach zu spießig geworrrden.«

Barry wusste, was er zu tun hatte: flüchten. »Okay, Valumart«, sagte er und schob sich dabei unmerklich näher an die Bürotür heran. »Du hast gewonnen. Aber bevor du mich umbringst, habe ich noch eine letzte Bitte.« Wenn er Valumart nur dazu bringen konnte, so lange weiterzureden, bis er die Hand am Türknauf hatte ... »Ich möchte, dass du das Wörterbuch aufsagst.«

»Netterrr Versuch, Trotterrr, aber darauf falle ich nicht rrrein, was auch immer das für ein Trick werrrden soll«, sagte der Doofe Lord. »Tja, es ist schon paradox. Dadurrrch, dass du in die Vergangenheit gerrreist bist und das Mädchen gerrrettet hast, ist aus dem verrrantwortungslosen Tölpel, den wir alle nicht ausstehen konnten, ein ganz anständiger Kerrrl geworden«, sagte Valumart und gestattete sich ein unbeschreiblich boshaftes Lachen. »Wenigerrr unbeherrrscht, wenigerrr habgierig, wenigerrr egoistisch ... Rrrichtig nett – und gleich rrrichtig tot.« Valumart stellte die Wählscheibe auf seinem Zauberstab auf »Töten«. »Na ja, wenigstens kommst du in den Himmel«, sagte er. »Halt mir einen Platz frrrei.«

»Für dich? Im Himmel?«, sagte Barry. »Da lachen ja die Hühner.«

»Das ist bereits arrangiert, Trotterrr«, sagte Valumart. »Ein kleiner Obolus an die richtige Adresse kann Wunderrr wirken. Hast du noch einen letzten Wunsch, den ich ignorrrieren soll?«

»Ja ... Beiß in die wächserne Kaulquappe!«[*], sagte Barry, riss die Tür auf und warf sich hinaus auf den Gang.

---

[*] Dieser Spruch basiert auf einer historisch verbürgten Anekdote, die ähnlich lustig ist wie die mit dem Fragerufzeichen. Als Coca-Cola einst versuchte, den eigenen Produktnamen lautmalerisch in chinesische Schriftzeichen zu übersetzen, führte das dazu, dass im ganzen Land dieser Satz plakatiert wurde. Ich fand immer, dass er sich prima als Beschimpfung eignet. Sie nicht?

»*Aveda Neutrrrogena*!«, schrie Valumart, doch er verfehlte sein Ziel. Gerade als Barry auf dem mit Linoleum bedeckten Steinfußboden aufprallte, klatschte eine Ladung grünlichen Schleims wirkungslos an die gegenüberliegende Wand. Während einige Schüler stehen blieben, um sich mit der Feuchtigkeitslotion die Hände einzureiben, tauchte Barry in dem Gewimmel von Teenagern unter. Um Valumart kein Ziel zu bieten, krabbelte er hektisch wie ein brünstiger Taschenkrebs auf allen vieren den Flur hinunter. Hinter ihm stieß Valumart die Kinder aus dem Weg.

»Weg da, ihrrr Schweinehunde!«, donnerte er.

»He, Alter, Finger weg!« Eine Radishgnaw-Achtklässlerin schleuderte dem Doofen Lord ihren Rucksack ins Gesicht, in dem sich ein faltbarer Kessel befand.

»Weg d...« Mit einer vorübergehenden Gehirnerschütterung kippte Valumart um.

Weiter vorn zermarterte sich Barry das Hirn. Was stimmte nicht mit ihm? Wieso konnte er nicht mehr zaubern? Hatte Valumart Recht? War er so anständig und so nett geworden, dass er sich die große, verantwortungslose Macht, die hinter jedem Zauber steckte, nicht mehr zunutze machen konnte? Als er einen schwächlichen Fünftklässler mit einem großen Stapel Bücher im Arm entdeckte, beschloss er, diese Theorie zu überprüfen. Mit einer Gewandtheit, wie man sie nur durch langjährige Übung erlangt, schlug Barry dem Jungen die Bücher aus der Hand. Die Hefte eines ganzen Schuljahrs flatterten ebenfalls zu Boden, und sogleich trampelten die allgegenwärtigen Menschenhorden darüber hinweg.

»Arschloch!«, rief der Junge ihm hinterher.

»Okay«, sagte Barry in vollem Lauf. Er richtete seinen Zauberstab auf die wandernde Treppe. »Das wird ja doch nichts.«

Wie durch ein Wunder glitt die Treppe dorthin, wo Barry sie haben wollte.

»Wer sagt's denn?«, lachte Barry. Er lief die Stufen hinunter und schaute sich dabei nach weiteren Möglichkeiten um, Unruhe zu stiften und seine Zauberkräfte wieder aufzuladen. Sobald sie ihn entdeckten, räumten die Schüler die Mitte der Treppe und drängten sich an die Ränder der Stufen.

»Trotterrr! Bleib stehen!«, rief Valumart von der obersten Stufe. Der-der-stinkt stützte seinen Zauberstab auf seinen Arm und feuerte auf Barry. Er verfehlte ihn, aber nur knapp. Barry konnte riechen, dass der Schnürsenkel seines rechten Schuhs brannte. Da er es nicht drauf ankommen lassen wollte, ein weiteres Mal beschossen zu werden, schlug Barry mit der Hand aufs Geländer, wie Ferd es ihm vor langer Zeit beigebracht hatte. Die Treppenstufen stellten sich schräg, bis sie eine einzige abschüssige Fläche bildeten, und Dutzende von Leuten verloren den Halt. Sie alle rutschten mit Barry zusammen nach unten und schirmten ihn so vor Valumarts Zauberstab ab.

Am Fuß der Treppe sah es aus wie nach einer kleinen, aber erbitterten Schlacht. Barry befreite sich aus dem jaulenden Durcheinander von verletzten Schülern und beschädigten Habseligkeiten und sprintete zum Haupteingang. Drei Stockwerke weiter oben schwang sich Valumart über das Geländer und schwebte unablässig feuernd nach unten. Als Barrys Hand den Türknauf berührte, zischte eine Ladung reiner nekrotisierender Magie haarscharf an seiner Schulter vorbei. Wenn er stehen blieb, um die Tür zu öffnen, war er geliefert.

Derart in die Enge getrieben, rannte Barry in den Großen Saal. Das Hauselfen-Personal aß gerade zu Abend und war nicht sonderlich erfreut über die Störung.

»Du kannst hier jetzt nicht rein!«, sagte Fistuletta. »Du kennst doch die Regeln. Wir essen gerade. Du musst noch eine halbe Stunde warten.«

Barry scherte aus und rammte dabei einen Elfen, der ein voll beladenes Tablett trug. Das Essen verteilte sich in alle Himmelsrichtungen. Barry lief in die Küche.

»Das hat er mit Absicht gemacht«, sagte der Hauself.

»Und er hat sich noch nicht mal entschuldigt«, motzte ein anderer.

»Ich fand schon immer, dass er ein Wichser ist«, sagte Fistuletta. Alle am Tisch stimmten ihr zu. »Wir sollten ihm Drachenkacke ins Essen mischen.«

Noch bevor jemand etwas in dieser Richtung unternehmen konnte, betrat Valumart den Saal. »Wo ist errr hin?« Dann sah er den Elfen, der bewusstlos in einer Lache aus verschüttetem Essen vor der Tür zur Küche lag. »Ah.« Auf dem Weg dorthin sagte Valumart: »Ich würrrde euch allen rrraten, hier drrraußen zu bleiben, ganz gleich, was ihr hörrrt. Ich erwarrrte ein ziemliches Geschrrrei und derrrgl.«

In der Küche bereiteten die Elfen das Abendessen. Köche mit schmutzverkrusteten Händen schnippten Zigarrenasche in Suppen, versetzten Salate mit großen, klebrigen Popeln und versteckten sorgfältig kleine Stückchen verdorbenes Fleisch in ansonsten genießbaren Vorspeisen.

Barry sauste mit einem Affenzahn an ihnen vorbei und versuchte dabei, so viele Töpfe und Pfannen wie möglich umzustoßen.

»He, du!«, brüllte ein Koch, der gerade eine Eule rupfte (ein Großteil des an der Schule verzehrten Fleisches stammte von entführten Hausgeistern). »Raus hier!«

Valumart erschien in der Schwingtür. Barry schnappte sich einen Teller und schleuderte ihn wie einen Diskus in

Valumarts Richtung. Er verfehlte ihn um Meilen, aber mit jedem bisschen Zerstörung füllten sich Barrys magische Energiedepots. Die einzige Frage war: Würde er es schaffen, *genug* zu zerstören?

»Verzeihung«, sagte Barry, packte die Hand einer Küchenhilfe, die neben ihm stand, und steckte sie in einen Topf mit kochender Spaghettisauce. Der Elf schrie vor Schmerz. Er würde seine Hand jedoch wiederherstellen können, und Barry war schließlich gezwungen, sich so abscheulich wie nur irgend möglich zu benehmen.

»Verschwindet hier!«, brüllte ein anderer Koch. »Kämpft draußen weiter!« Barry bewarf ihn mit einem Topflappen. (Kleinvieh macht auch Mist.)

Ein Blitz aus böser, violetter Energie schoss auf Barry zu und so dicht an ihm vorbei, dass er spürte, wie seine Haare sich elektrisch aufluden. Er ließ sich zu Boden fallen und versteckte sich in einem offenen Schrank.

»Mir reicht's! Ich kündige«, sagte ein Hauself angesichts von solch offensichtlich tödlicher Magie, und alle übrigen Anwesenden bis auf Barry und Lord Valumart taten es ihm nach.

»Barry, komm rrraus!«, sagte Valumart. »Ich ... Ich hab bloß Spaß gemacht.« Der Doofe Lord schlich in der Küche umher und horchte auf ein Geräusch, das ihm verriet, wo Barry sich versteckte. »Ich weiß, dass ich vorrrhin wohl ein bisschen unfrrreundlich rrrübergekommen bin, aber ich hatte bloß ... Ich hab verrrgessen, meine Tabletten zu nehmen ...«

Barry wurde klar, dass er handeln musste, doch der Raum war klein, und beide Türen befanden sich hinter Valumart. Er konnte versuchen zu evaporieren, aber was, wenn seine Zauberkräfte nicht reichten? Und was, wenn er es zwar schaffte zu evaporieren, dann aber nicht mehr kondensieren konnte? Als wandelnder Furz zu enden war bestimmt nicht gerade lustig.

Barry durchsuchte seine Taschen nach irgendetwas, das ihn retten konnte. Ein Portemonnaie, ein Schlüsselbund, das defekte Rückkehrschirmchen aus dem Tiki Shack ... Er hatte es mit zur Sitzung genommen, um sich besser an die Einzelheiten seines neunten Schuljahrs erinnern zu können ...

»Mensch, Trotterrr, ich hab langsam keinen Bock mehr«, sagte Valumart. »Warum können wir das nicht wie vernünftige Errrwachsene besprrrechen?« Dann verlor er die Contenance, schnappte sich einen Löffel und schleuderte ihn blind in die Gegend. »Damit ich DICH TÖTEN KANN!«

Der Löffel landete genau vor Barrys Schrank. Valumarts Schritte kamen näher ... und näher. Dann stand er direkt vor ihm. Durch die halb geöffnete Tür konnte Barry Valumarts Bein vom Knöchel bis zur Mitte der Wade sehen. Er musste ihn oberhalb des Stiefels treffen ...

»Ich spüre, dass du ganz nah bist, Trotterrr, sehrrr, sehrrr nah. Ich kann dich fast rrriechen«, sagte Valumart. »Übrrrigens, das wollte ich dirrr immer schon mal sagen: Ich bin nicht derrr Einzige, der unter Körrrpergerrruch leidet.«

Barry packte Valumarts Bein und rammte das Rückkehrschirmchen mit dem Zahnstocherende hinein.

»Ahhh!«, brüllte Valumart in der universellen Sprache des Schmerzes. Der Doofe Lord griff nach unten, um den Schirm herauszuziehen, öffnete ihn – und wurde mit einem lauten Krach durch die Decke in das Klassenzimmer darüber katapultiert.

»Cyril Broadbottom«, hörte Barry Snipe höhnen, »was fällt dir ein, dich von Lord Valumart, der zufällig gerade durch den Boden geschossen kommt, bis zur Unkenntlichkeit zermalmen zu lassen? Fünf Punkte Abzug für Grittyfloor!«

Barry wusste, dass er nicht viel Zeit hatte. Er huschte zu der kleinen Tür hinaus, die die Elfen immer benutzten, um niemanden zu stören. Kaum im Freien, rannte er los. Als er gerade Seitenstechen bekam, hörte er Lord Valumart mit einem dumpfen Aufprall irgendwo hinter sich landen. Verdammt, jetzt könnte er ein paar Zauberkräfte gebrauchen! Barry warf einen Blick auf die Batterieanzeige seines Zauberstabs: immer noch nicht viel, aber schon besser als vorher.

»Halt, du Schweinehund, bleib soforrrt stehen!«, schnaufte Valumart, der völlig außer Form war.

Ein paar Meter weiter traten gerade zwei Jungen in Silverfish-Quaddatsch-Trikots aus dem Haupteingang der Schule. Beide hatten einen Mopp dabei. Da Valumart rasch näher kam, stürzte sich Barry auf den kleineren der beiden.

»Her damit«, sagte er, schubste den Jungen grob zu Boden und nahm ihm den Mopp ab. Er stieß sich ab und schwang sich in die Luft.

»Ha, ha!« Der andere Junge zeigte auf seinen Mannschaftskameraden und lachte ihn aus. »So ein Weichei!«

Valumart schlug ihm so heftig auf den Hinterkopf, dass der Junge einen Zahn verlor. »Den Mopp nehme ich. Und glaub ja nicht, dass du ihn wiederrrkriegst.«

Barry flog zum Silverfish-Training. Er hoffte, dass Valumart ihn unter all den Spielern aus den Augen verlieren würde oder er wenigstens zwischen ihnen Schutz suchen konnte. Laute Buhrufe und wüste Beleidigungen erfüllten die Luft, während Barry auf und nieder sauste. Valumart hatte eine halbe Sekunde Rückstand, schließlich hatte sein

Mopp eine größere Last zu tragen. Verzweifelt schaute sich Barry um. Ihm brach der Schweiß aus. War das das Ende? Nein. Er sah etwas golden schimmern und stürzte sich darauf. Er packte den Schmatz, steckte ihn sich in den Mund – zum Fliegen würde er beide Hände brauchen – und holte das Letzte aus dem billigen Mopp heraus. Das gesamte Silverfish-Quaddatsch-Team verfolgte ihn. Die Kaution für einen Schmatz war hoch, und das wusste Barry. Er wusste auch, dass die Schüler besser fliegen konnten als Valumart und daher einen famosen Schutzwall bildeten.

Nach zehn Minuten musste Barry jedoch einsehen, dass er so nicht entkommen konnte. Valumart würde ihm immer weiter hinterherfliegen und ihn irgendwann mit einem Glückstreffer vom Mopp holen. Er blickte auf seinen Zauberstab. Mit jeder Sekunde, die das aufgebrachte Team ihn verfolgte, gewann er etwas Zauberkraft zurück. Als die Anzeige bis zu einem Sechzehntel angestiegen war, dachte Barry: Jetzt oder nie! Er schwang sich von seinem Mopp herunter, spuckte den Schmatz aus und begann zu fallen ... Jetzt kam es auf das Timing an. Kurz bevor er auf dem Boden aufschlug, schwenkte er seinen Zauberstab und evaporierte. Ein kurzes Quaken hallte durch den Wald.

Während das Silverfish-Team auseinanderstob, um den Schmatz zu fangen, und Barrys Mopp sich in einen entlegenen Teil des Vergessenen Waldes bohrte und explodierte, bremste Valumart in der Luft ab. Immer noch voller Mörtelstaub, zog Der-der-stinkt ein kleines Gerät hervor.

»Du kannst vorrr dem Doofen Lorrrd weglaufen, Barry, aberrr du kannst dich nicht ewig vor ihm verrrstecken.« Dann evaporierte auch er mit einem Quaken.

Barry Trotter kondensierte in einer Ecke des Schockraums 4, in dem gerade ein Chirurgenteam am Gehirn eines Unfallopfers arbeitete.

Eine Schwester kreischte auf und ließ einen Beutel Blut fallen.

»Was zum ...?«, sagte ein Chirurg, drehte sich um und stieß ein Tablett voller Instrumente herunter.

»Du hast hier keinen Zutritt!«, brüllte der Anästhesist.

»Bin nur auf der Durchreise!«, sagte Barry. Dann kam ihm eine Idee: Er beugte sich vor und spuckte dem Patienten in die offene Kopfwunde. Das würde ihm genügend Zauberkräfte für eine weitere Evaporation verleihen. Gerade als das Ärzteteam sich hasserfüllt auf ihn stürzen wollte, verschwand er.

Kurz darauf erschien Valumart, stolperte über ein Beatmungsgerät und riss den Stecker aus der Wand.

»Das ist er!«, rief die Schwester. »Er ist wieder da!«

»Guten Tag, ich wollte nurrr ...«

Die beiden Chirurgen, mehrere Schwestern und der Anästhesist fielen über den verblüfften Valumart her. Erst nachdem sie ihm ein paarmal die Gasflasche über die Rübe gezogen hatten, konnte sich der zerschundene Doofe Lord aus dem Raum retten und sich mittels Evaporation in Sicherheit bringen.

Um seinen Verfolger abzuschütteln, reiste Barry aufs Geratewohl durch die Welt, bis er schließlich auf dem Parkett der New Yorker Börse wieder auftauchte. Als er sah, wie der Sprung über den Atlantik seinen Zauberstab geschwächt hatte, wusste er, was er zu tun hatte.

Wild mit den Händen fuchtelnd und ohne Sinn und Verstand »Kaufen!« und »Verkaufen!« brüllend umrundete Barry zweimal das gesamte Parkett, bevor der Sicherheitsdienst ihn einkreiste. Bis dahin hatten Hunderte von Aktionären ihr gesamtes Vermögen verloren, ein großer Hedge-Fonds war Bankrott gegangen und zwei Vorstandsvorsitzende waren gefeuert worden. »Cool«, sagte Barry nach einem Blick auf die Anzeige an seinem Zauberstab. Als die Wachleute ihn aufforderten, mit erhobenen Händen hinter dem Trinkwasserspender hervorzukommen, evaporierte Barry erneut.

Wie das Schicksal es wollte, erschien Lord Valumart genau dort, wo Barry gestanden hatte.

»Guten Tag, die Herrrschaften«, sagte er. »Hat einerrr von Ihnen vielleicht einen Mann gesehen ...«

Vor lauter Nervosität eröffneten die Wachmänner das Feuer.

»Krrruzitürken!«, rief Valumart und evaporierte wieder.

»Verdammt noch mal!« Immer wieder sah Barry Valumart just in dem Moment auftauchen, in dem er selbst verschwand. Wie schafft er es bloß, an mir dranzubleiben?, dachte Barry. In seiner Verzweiflung trieb er die Verfolgungsjagd auf die Spitze.

Mit einem lauten Quaken platzte Barry mitten in eine Beschneidungszeremonie in der Türkei hinein. Durch das Geräusch erschreckt, rutschte der Beschneider mit dem Messer ab. Gerade als die Familie des Babys drohend auf Barry zukam, evaporierte er wieder.

»Glauben Sie mirrr«, sagte Valumart dreißig Sekunden später, »es kommt nicht darrrauf an, wie gut man bestückt ist, sonderrrn ...« Die Angehörigen des Jungen bewarfen ihn mit Steinen, und Valumart machte sich auf nach Äygpten zur Sphinx.

»Du hast ihn knapp verpasst«, sagte diese. »Er hat mir seinen Namen auf die Stirn geschrieben.«

»Das sieht ihm ähnlich. Und deswegen werrrde ich ihn umbrrringen.«

»Na, dann viel Glück«, sagte die Sphinx. »Ehrlich.«

Unterdessen materialisierte sich Barry in einem polnischen Kloster, in dem gerade eine Führung begann. »Vor rund siebenhundertfünfzig Jahren grassierte in dieser Gegend eine furchtbare Seuche. Binnen kürzester Zeit war die Kapazität des örtlichen Friedhofs erschöpft. Daher mussten die Mönche dieses Ordens sich etwas einfallen lassen ... etwas Neues, Bahnbrechendes«, sagte der Führer. Barry drängelte sich dichter an das Absperrgitter heran. »Sie beschlossen, dass ein Mönch, ein talentierter Künstler namens Bruder Balthasar, aus den Gebeinen der Toten ein Kunstwerk schaffen sollte. Balthasar ordnete sie zu einem geometrischen Gebilde an, das ebenso makaber wie schön ist, einer Skulptur, die einerseits schön anzusehen ist und den Betrachter gleichzeitig an den Tag des Jüngsten Gerichts erinnert.«

Eine ganze Batterie von Scheinwerfern erstrahlte, und tausende und abertausende von Knochen wurden sichtbar. Jeder einzelne war mit Bedacht und Akkuratesse so platziert worden, dass das Ganze einen fantastischen Anblick bot – ein so beeindruckendes wie bizarres Kunstwerk. »Es besteht aus fünfundneunzigtausend einzelnen Knochen«, sagte der Führer. »Balthasar hat fast dreißig Jahre gebraucht, um es fertig zu stellen, aber wie Sie sehen, hat es sich gelohnt.«

Ein staunendes Raunen erhob sich aus dem Publikum, das in Entsetzen umschlug, als Barry über das Absperrgitter sprang und auf das Kunstwerk zupreschte. Bevor der Führer oder einer der Mönche ihn daran hindern konnte, hatte Barry mehrere Oberschenkelknochen, ein für die Statik bedeutsames Schienbein und ein präzise ausbalanciertes

Schulterblatt aus der Skulptur herausgezogen. Das ganze Segment krachte zusammen, und die Erschütterung brachte auch die anderen Teile zum Einsturz. Sie kippten einer nach dem anderen um wie Dominosteine.

Als Valumart auftauchte, waren die Mönche in äußerst unchristlicher Stimmung.

»Meine lieben Frrreunde ... Ist hier zufällig ein Mann vorrrbeigekommen? Ungefährrr so groß, mit Brrrille ...«

»Ach, den kennen Sie?«, sagte ein besonders großer Mönch und ließ dabei seine Fingerknöchel knacken. »Ist er ein Freund von Ihnen?«

»Na ja, nicht dirrrekt, wissen Sie ...« Es fiel Valumart schwer, die komplizierte Beziehung zwischen ihm und Barry in Worte zu fassen.

»Da er unsere Knochen gebrochen hat, werden wir nun ein paar der Ihren brechen«, sagte ein anderer Mönch, der eine ähnliche Statur hatte wie der erste. »Stimmt's, Bruder Chaku?«

»Genau, Bruder Balisong.«*

Als Valumart ging, hatte er zwar sein Portemonnaie nicht mehr, dafür aber noch alle Knochen beisammen.

Irgendwann im Leben kommen wir alle an den Punkt, wo wir aufhören müssen, wegzulaufen, dachte Barry. Außerdem habe ich von der ganzen Evaporiererei schon furchtbar spröde Lippen. In seinem Zauberstab war zwar noch etwas Zauberkraft übrig, aber was nützte das schon?

Wenn Menschen darüber sprechen, wie sie am liebsten sterben würden, sagen sie immer: »Zu Hause.« Ganz meine

---

* Dieser Mönchsorden war vor allem bei ehemaligen Strafgefangenen sehr beliebt.

Meinung, dachte Barry und kondensierte zurück in die kleine Wohnung, die er in Hogwash mit Hermeline und Fiona teilte. Während er auf Valumart wartete, ließ Barry den Blick über seine gesammelten Andenken schweifen: Bilder vom Orden des Penis, dessen Mitglieder jung, geil und voller Erwartung in die Kamera blickten. Ein paar Fasern von seinem Mopp, den er zerstört hatte, als er zu tief über den Vergessenen Wald geflogen war. Der Nachttopf des Schreckens.

Lächelnd nahm Barry den Nachttopf in die Hand und wurde prompt in eine Drogerie in Hogsbleede teleportiert. Fluchend erinnerte er sich, dass Fiona ihn Anfang des Jahres heimtückischerweise in einen Teleporttopf verwandelt hatte. Inzwischen war so viel passiert, dass er ganz vergessen hatte, ihn zu deaktivieren.

Als er dort im Gang für Damen-Haarpflegeprodukte herumstand, kam Barry eine Idee. »Verdammte Scheiße!«, sagte er. »Das könnte funktionieren!« Eine korpulente ältere Muddelfrau gaffte ihn mit offenem Mund an. »Was gibt's denn da zu glotzen?«

Mit einem Quaken erschien er wieder im Schlafzimmer. Ob er noch genug Zauberkraft in seinem Zauberstab hatte? Doch ihm blieb keine Zeit, dieser Frage nachzugehen, denn prompt tauchte ein arg mitgenommener Lord Valumart auf.

»Okay, Trotterrr ... Schluss mit dem Unsinn ... Zeit, zu sterrrben«, keuchte er.

Barry antwortete nicht. Er hielt sich den Nachttopf vors Gesicht und murmelte leise etwas hinein.

»Was machst du da mit dem Nachtgeschirrr?«

Barry hob den Kopf. »Das möchtest du wohl gern wissen!«

»Ja, allerrrdings! Das möchte ich gerrrn wissen«, sagte Valumart. »Deshalb habe ich ja gefrrragt, du Dummkopf, weil ich es gerrrn wissen möchte.«

»Hier«, sagte Barry. »Ich zeig's dir.« Er begann, auf Valumart zuzugehen.

»Halt!«, sagte Valumart. »Keinen Schrrritt näher. Wirrrf ihn mir einfach zu.«

»Okay«, sagte Barry. »Aber wenn du ihn fallen lässt, wird Hermeline echt sauer.«

»Ich lasse ihn nicht fallen«, sagte Valumart. »Vor langerrr, langerrr Zeit war ich Kapitän des Rrrubgy-Teams von Hogwash.«

»Bist du *gaaanz* sicher?«, hakte Barry höhnisch nach.

»Ja, bin ich!«, sagte Valumart ungeduldig. »Nun wirrrf das Ding schon her!«

»Okay«, sagte Barry und schleuderte den Topf in die Luft.

»Ich lass ihn nicht f…« In dem Moment, als der Nachttopf Valumarts Hände berührte, wurde der Doofe Lord teleportiert. Barry hatte ihn jedoch nicht in die Damen-Haarpflege-Abteilung bei Boots geschickt, sondern den Nachttopf so umprogrammiert, dass Valumart im Zentrum des aktiven Vulkans direkt neben der Schule landete! Erstaunlicherweise ist diese fantastische geologische Erscheinung, die in Schottland äußerst selten vorkommt, noch in keinem Trotter-Buch erwähnt worden. Tja, das Ding hat eben bislang keine Rolle gespielt.

Barry lehnte sich aus dem Fenster und sah zu, wie die winzige Gestalt Valumarts schreiend in den Vulkan stürzte. Die Sonne glitzerte auf seinem Helm, dann fiel er hinein. Der-der-stinkt verschmurgelte im Handumdrehen.* Der Berg gab ein lautes Grollen von sich, spie eine große Aschewolke in die Luft und machte dann ein Geräusch, das einem Rülpsen nicht unähnlich war. Dann wurde es wieder still.

---

* Und sehr kinogerecht, wie wir hinzufügen möchten. Falls irgendjemand Interesse an den Filmrechten hat …

Obwohl reichlich Asche auf ihn niederregnete, beobachtete Barry den Krater noch eine Weile. Natürlich erwartete er, dass Lord Valumart wie im Zeichentrickfilm wutschäumend und rußverschmiert wieder herausklettern würde. Doch das hier war kein Zeichentrickfilm, es war die Realität. Langsam dämmerte es ihm: Der Doofe Lord war nicht mehr.

Barry empfand so gut wie nichts: weder ein Gefühl des Triumphs noch echte Trauer. Schon, Valumart hatte ganz schön genervt, aber was wäre Barrys Leben ohne ihn gewesen? Vermutlich gäbe es nicht ein einziges Barry-Trotter-Buch …

Fröhlich, aber völlig unmelodisch pfeifend, trat Barry aus dem Zimmer und ging den Flur hinunter, um Hermeline die Neuigkeit zu überbringen. Er freute sich schon darauf, sie darüber aufzuklären, dass sie ungewollt Valumart eingestellt hatte.

Als er an einer Gruppe von Fünftklässlern vorbeikam, dachte er zufrieden: Die werden in einer Welt ohne Valumart aufwachsen. Doch dann fielen ihm die Prophezeiung von Beas Oma und der große Anbau ein, den er in der Wartehalle der Zauberer gesehen hatte. Ist der große Knall zwischen Muddeln und Zauberern noch zu verhindern? Steckt mal wieder Valumart dahinter, fragte sich Barry. Oder ist die Gewalttätigkeit und Dummheit auf beiden Seiten so groß, dass er unvermeidlich ist? Nun, die Zukunft – und der Erfolg dieses Buches – wird es zeigen.

Kapitel sechzehn
HERMELINE
PLATZT DIE HUTSCHNUR

Erschöpft, mit rußbedecktem Haupt und immer noch leicht nach Drogerie riechend, betrat Barry das Büro von Direktorin Cringer.

Hermeline saß an ihrem Schreibtisch und korrigierte einen Stapel Klausuren aus ihrem Ökomagie-Kurs. Thema war das Leben und Wirken des berühmten Zauberers Vincent der Vollkörnige. In den siebziger Jahren hatte Vincent eine Zaubermethode erfunden, die weniger Qualm erzeugte. Schadstoffarme Magie war ohne Frage eine feine Sache, doch die Resultate fielen immer etwas absonderlich aus. Essen, das auf diese Weise herbeigezaubert wurde, schmeckte stets ein bisschen nach Tofu, und alles, was aus Plastik bestand, zersetzte sich oft urplötzlich und ohne jede Vorwarnung. Menschen wie Hermeline zauberten ohnehin rauchfrei. Und Menschen wie Barry glaubten, dass das Umweltbewusstsein von Menschen wie Hermeline ihre eigene Ignoranz egalisierte.

Die Direktorin roch ihren Gatten, noch bevor sie ihn sah. Als sie aufblickte, hatte sie eher einen Schmutzfleck vor sich als einen Menschen.

»Na, hast du mal wieder mit dem Vulkan gespielt?«, sagte Hermeline und wandte sich wieder ihren Korrekturen zu. »Was hast du diesmal reingeworfen?«

Barry machte den Mund auf, aber seine Frau kam ihm zuvor. »Nein, sag nichts. Ich will es gar nicht wissen. Wie gut, dass es hier überhaupt noch jemanden gibt, der bereit ist, ein bisschen zu arbeiten.«

Barry ging zu einem Sessel und ließ sich hineinplumpsen. Er zog einen Papierkorb heran und begann, sich die Schlacke aus den Haaren zu klopfen.

»Wo warst du?«

»Bei Dr. Ritalin«, sagte Barry. »Er sagt, ich bin geheilt.«

»Ach, wirklich?«, sagte Hermeline und blickte auf. »Stimmt. Es sieht fast so aus, als hättest du wieder ein bisschen Bartwuchs. Kann aber auch Asche sein.«

»Nein, ich glaube, das sind Haare. Asche wächst nicht ein«, sagte Barry und betastete einen Pickel an seinem Hals. »Übrigens, Ritalin hat mich gebeten, dir auszurichten, dass er sich unbezahlten Urlaub nimmt.«

Hermeline war überrascht. »Na, so was! Hat er gesagt, für wie lange?«

»So wie er aussah, für immer.« Barry versuchte, nonchalant zu klingen.

Die Direktorin wurde wütend. »Verdammt noch mal, Barry! Ich ahnte es ja, dass es dir gelingen würde, ihn rauszuekeln!«, keifte sie.

»Es war Valumart«, sagte Barry, der keine Lust hatte, noch länger mit der Wahrheit hinter dem Berg zu halten. »Terry hat sich als Dr. Ritalin verkappt.«

»Du spinnst ja!«, sagte Hermeline. »Wahrscheinlich willst du mir auch noch erzählen, dass er wieder versucht hat, dich umzubringen.«

»Du sagst es.«

Hermeline sah aus, als würde ihr gleich eine Ader platzen. Nach einer Weile hatte sie sich wieder beruhigt und sagte mit leiser, zorniger Stimme: »Ich hätte nie gedacht, dass ich das einmal sagen würde, aber jetzt verstehe ich endlich, was Bumblemore meinte. Du hast wirklich ein ernstes Problem, und zwar nicht nur mit dem Älterwerden! Du baust einfach nur Mist. Und ...«

»Hol mal Luft, Hermeline, sonst wirst du noch ohnmächtig.«

»Dann bräuchte ich dich wenigstens nicht mehr anzusehen!«, keifte Hermeline. Dann fuhr sie fort: »... und das ist offenbar erblich, denn Nigel ist gerade dabei erwischt worden, wie er einer Schülerin unter den Kittel gefasst hat.«

»Gefährliche Angewohnheit«, sagte Barry. »Ich werd mit ihm reden.«

»Das möchte ich dir auch geraten haben. Und Fiona ... Mein Gott, was hat dieser Teufelsbraten wieder alles angestellt!«

»Neue Streiche?«

»Ja!«, sagte Hermeline. »Ich hatte mich gerade entschlossen, sie zu Ritalin zu schicken, und jetzt kommst du und ...«

»Hermi, du machst dir zu viele Sorgen«, sagte Barry, nahm eine unbezahlbar teure Kristallkugel von ihrem Schreibtisch und warf sie in die Luft. »Das legt sich mit dem Alter. Ich bin der lebende Beweis.«

»Lass das, Barry. Die habe ich gerade mit der Post bekommen. Sie hat mal Thrasyll gehört.«

Die Kugel glitt ihm aus den Händen und zersplitterte auf dem Boden.

»Mach, dass du rauskommst!«, brüllte Hermeline, und Barry suchte das Weite.

BIBLIOGRAFIE

Anonym, *Der kleine Kinder-Kosmos der unanständigen Wörter.* New Haven: Yale University Press, 1991.

Bacon, Canadian, *Alchemie für mittelalterliche Dummies.* London: Zinnoberverlag, 1125.

Bumblemore, Alpo, *Sie nannten mich Holzkopf.* Hogsbleede: ValuBooks, 2002.

Cringer, Hermeline: *Achselhaarfrisuren für jeden Tag.* Hogsbleede: ValuBooks, 2002.

D'Endicott, Prunella, *Beaubeaux: C'est Magnifique,* Paris: Maginot, 1999.

–, *Hogwash: Hort der Sünde.* Paris, Maginot, 2000.

–, *Fradenscheude: Pfuhl des Stumpfsinns.* Paris: Maginot, 2001.

Drabble, Edith P., *Wie bekomme ich meinen Zombie stubenrein?* Port-au-Prince: Nosferatu Books, 1993.

–, *Gärtnern für Zombies.* Port-au-Prince: Nosferatu Books, 1995.

–, *Heimwerken für Zombies.* Port-au-Prince: Nosferatu Books, 1996.

–, *Untot, aber glücklich. 1001 Einsatzmöglichkeiten für Zombies – vom Catering-Service bis zur Kinderbetreuung.* Port-au-Prince: Nosferatu Books, 1998.

Edwards, Timothy, *Wie man eine Fee von einem Kobold unter-*

scheidet, ohne eine geklebt zu kriegen. London: Harpyie & Gollum, 2001

Fnord, Edith, *Dichten ohne Verben: Schlüssel zur Kreativität*. New York: Dalk und Dümmling, 1984

Grunk, Esmeralda, *Der Wichtel-Report – Die ganze, ungeschminkte Wahrheit über die uninteressantesten Geschöpfe der Welt*. New York, Marginal-Verlag, 1963.

Ignatz, Ignatz I., *Barry Trotter – Zauberer oder Zampano?* Wien, Tulifant & Ganeff, 2000.

Killington, Pansy, *Kalte Füße: Die Sonja-Henie-Story*. Lake Placid: Rittberger, 1961

Lucre, Og, *Reichtum durch Transpiration*. New York: Pleonexia Press, 1997.

Moody, Murrkopp, *Ich, Moody, Terror und Hundsfott*. Hogsbleede: Murks & Makel, 2001

Nottington, Clarabella, *Wie man anderen einen Bären aufbindet – Theorie und Praxis*. Barcelona: Ätsch y Bätsch, 1994

Ptomain, Henri, *Die Flatus-Sage*. London: Pardonmoi, 1973.

Quixotic, Marcy, *Katzen KÖNNEN Schreibmaschine schreiben!* Manchester, Maunz & Schnurr, 2001

Raisinbread, Herschel, *Magie ignorieren*. Cambridge: Cambridge University Press, 1969.

Stümpel, Arthur, *Gorp und wie er die Welt sah: 50 % Riese + 50 % Pestbeule = 100 % Superstar!* Hogsbleede: ValuBooks, 2003.

von Bock, Gailer Freiherr, *Technische Voraussetzungen für den Empfang von Sexfilmen per Kristallkugel*. Onan & Co., 1977

von Hohenzollern, Hans, *Latein mit kleinen Fehlern*. Oxford: Kümmerling & Faul, 1933.

Diskussionsanregungen für Lesegruppen

Wie sagt man so schön? »Geteilte Freude ist doppelte Freude.« Warum triffst du dich also nicht mit anderen *Barry-Trotter*-Fans und diskutierst über das, was du gerade gelesen hast? Ganz einfach: Es wäre langweilig und blöd. Aber falls deine Eltern dich fragen, wo du gewesen bist, kannst du es als Ausrede benutzen und dir so einen Haufen unangenehmer Fragen ersparen.

1. Ganz offensichtlich hat der Verfasser dieses Buches nicht alle Tassen im Schrank. Welche Kindheitstraumata könnten einen Menschen dazu bringen, zwanghaft Harry-Potter-Parodien zu schreiben?

2. Auf Seite 91 sagt Hermeline: »Neben dem Hund ist das Buch der beste Freund des Menschen. *Im* Hund ist es zu dunkel zum Lesen.« Seit wann hat *die* denn Humor? Findest du es in Ordnung, Witze zu klauen? Wenn nein: Wie sollte das bestraft werden?

3. Manche Menschen sollten keine Bücher schreiben. Andere Menschen sollten sie nicht lesen. Was könnte man mit *Barry Trotter und der unmögliche Anfang* anstellen, außer es zu lesen? Nenne vier bessere Verwendungszwecke. Was hättest du lieber getan, als dieses Buch zu lesen?

4. Falls du dieses Buch geschenkt bekommen hast: Glaubst du, man wollte dir damit etwas sagen, und wenn ja: was? Ist *das* etwa nett?

5. Große Teile des Buches ergeben einfach keinen Sinn. Was würdest du darauf wetten, dass der Autor betrunken war?

6. Im Mittelpunkt der Barry-Trotter-Reihe steht der Kampf zwischen Barry und Lord Valumart, das heißt zwischen dem nicht besonders Guten und dem irgendwie Bösen. Und seien wir ehrlich: Wirklich spannend ist das nicht. Glaubst du, dass das der Grund ist, weshalb die Bücher noch nicht verfilmt wurden?

7. Die Trotter-Reihe ist als »bedeutsamer Beitrag zur modernen Fäkalliteratur« bezeichnet worden. Soll der Autor darauf stolz sein? Seine Mutter vielleicht?

8. Mit der Figur des Ernst Ritalin führt der Autor das Prinzip der Seelenheilkunde ad absurdum. Welche anderen literarischen Gestalten müssten dringend mal zum Psychiater? Und welche bräuchten eher einen ordentlichen Schlag mit dem Hammer auf den Kopf?

9. In seiner Jugend hat der Autor, um Mädchen zu beeindrucken, sich oft als wahrer Urheber berühmter Romane ausgegeben und behauptet, er habe sie »natürlich unter Pseudonym« geschrieben. Warum, glaubst du, hat das nicht funktioniert?

10. Glaubst du, die Menschen werden eines Tages sagen: »Mit dem Buch hat das Neue Mittelalter begonnen«? Was spricht dafür, was dagegen?

Michael Gerber bei Goldmann

Mehr Informationen unter www.goldmann-verlag.de

GOLDMANN